竹掃帚博士

圓角 著

目次

第一章　管理員　005
第二章　愛、中、毒　031
第三章　醉漢　062
第四章　招惹　095
第五章　軟突圍　142
第六章　攻防法則　176
第七章　躡腳貓　211
第八章　殘局　232
第九章　之後　280

第一章 管理員

沿著停車場的斑駁水泥圍牆掃地時，總忍不住會去想，若要在設計史裡替手中的竹掃帚找個定位，我定會毫不猶豫將它劃入中國上古時期，並向聯合國教科文組織強烈建議，應明訂它為「最該被消滅的無形文化資產」。

第一，它實在太重，得緊緊夾起胳肢窩才能單手使用，然而真這麼做，前手臂還是會非常痠痛，而另一手得輔助、又得拿垃圾袋和塑膠畚斗，時不時放下、拿起、放下、拿起、放下、拿起……煩得人手忙腳亂——沒有模擬實際使用情況，這是設計大忌。

第二，竹桿掃帚柄的竹節會刮手，舊了裂開，還會生出竹屑，刺進皮肉裡實在很痛，若拔不出來，斷在裡面就更糟糕——這是為壓低售價，因而犧牲做工，是不負責任。

第三，掃帚頭每根細竹枝歪曲分叉，與地面接觸點疏密不均，隔壁小學總飄來榕樹葉，又小又多，一掃帚揮過去，十片只能移動五六片，兩三片還在原地，剩餘一兩片則到處亂彈，至少多五倍工作量，而停車場有三百坪，那可就變成一千五百坪了——功能完全不符合最低期待限度。

第四——

喀！喀喀喀……掃飛了草叢邊什麼東西，翻了兩翻，乍一看，以為那是個生鏽的T型起子，DIY

家具常會附贈的那一種，頓時想起讀研究所之後，我房間裡所有家具都去IKEA重新買過，造型簡練，淺色實木搭配金屬，不是白漆就是高彩度顏色，充滿北歐現代風格的悠閒與活力，能讓我一坐幾小時，讀讀書、寫寫論文，真是舒服呀……霎時鏽斑變成幾百隻螞蟻散開，瞬間化作雞皮疙瘩爬滿全身。

那只是一塊便當肉排的骨頭，忙拿起竹掃帚，轉念又放下。逃吧，我給你們五分鐘，哪裡有路就往哪裡跑吧。看著牠們拚了命上鑽下竄，不覺蹲下來細細觀察，好一陣子還散不盡，彷彿正看著這忙碌的世界，不知道是為了慾望，還是為了生存，更不知道值得不值得，不禁感到有點可憐……

叭——！叭叭！喇叭聲震得耳朵疼，身體隨著心跳一竦，打直膝蓋從地上彈起，忙扭過腰轉身。

「阿搏！你偷什麼懶！」

「喔。舅……老闆。」

「過來！拿今天掃的樹葉給我看。」他是我舅舅，抽著菸，一張寬臉灰裡帶黃，是停車場地主與老闆，開著他那輛零八年黑色寶馬E90，降下小一半車窗。我忙走過去，扯開垃圾袋，葉子和垃圾不少。他瞄了一眼，哼了一聲。「沒偷懶就好，來拿東西啦，快點，快！」

我忙將手上的東西都往樹下一放，伸長了手。也該發薪水了。他嘖了一聲，手往車後面比，並按開了後行李箱。繞去看，滿滿都是六公升裝的礦泉水，正的、倒的，層層疊疊，共二十瓶。

「啊？這麼多水，要拿到哪裡去？」

他手又一指，「有那麼難嗎？就先放你那間亭子裡啊，不要放地上喔，髒。」

「喔……那麼多水是要做什——」話還沒說完，車窗已經升上。

抓起塑膠拉環一手一瓶，走了二十幾公尺。半自動入口橫欄機旁邊，隔了六七公尺，靠圍牆擺了間灰色鋁合金車亭，只有一坪大，四面玻璃方窗加百葉窗簾，門和牆設計得一樣，打開來，裡面一張紅板凳、一張生鏽鐵桌、一個無印背包、一台老收銀機、一瓶我裝開水喝的兩公升塑膠寶特瓶……都是些只有功能、造型簡單卻強烈的結構主義風格，明明全出自台灣，卻有股濃濃蘇維埃味道，蘊藏衝突和革命的力量，再把大礦泉水瓶塞進去，活像是在幫二戰的蘇聯坦克囤備柴油。

早上八點，五月太陽直曬，搬了九趟，大滴小滴汗水從日漸高聳的髮際線流下，眼鏡要不是有骨折過的歪鼻樑擋著，早就滑到地上，泰半衣服都溼了，兩條稍細的腿先是發顫，逐漸發痠，開始發僵。是什麼導致了現況呢？……第一、要是他車不開這麼裡面……第二、要是他能再後退一點……第三、要是我平常能多運動一下……第四、要是……要是他能下車幫忙……

「快點。我還跟人約了要辦事呢！」舅舅從後車廂吼出來，我回頭望，看見他正打著哈欠滑手機。

「是……老闆。」大喘一口氣，終於搬進最後兩瓶，他向前開進空停車格倒轉方向出來，若非即時煞車，頭燈差點撞碎我的膝蓋。又降下小一半車窗，冷氣帶著菸味撲在身上，好涼，也好臭。

「阿摶，我跟你說，租車公司開始營業之後，等那個周總經理到了，你就搬一半水過去，要等周總經理到了才搬喔。就說，是我一點心意，不是你啊，是我、你老闆我的心意。」我喔了一聲，他又說：「人家公司和員工加起來租了十四個位子，是停車場的最大戶，說話要有禮貌，知道嗎？」

「放心啦，我跟他們店長、他們總經理一向關係都還不錯——」

「好啦，廢話這麼多。之後等到對面建設公司開門，再搬另一半過去，一樣的話照說一次。」

「啊？那間建設公司啊？」我不禁抬頭往橫欄門對面的店面望去，整面鐵捲門上，黃色油漆掩蓋不住鏽蝕與幾張撕不乾淨的海報貼痕，還塗得薄厚不均，再補上一層噴漆，雖然也是黃色，但是色偏偏冷，隱隱約約看得見「你媽B」、「屌有錢」、「爆幹爽」等髒話，旁邊還有個半新招牌燈箱，紫底、黃字，用筆劃粗細不均衡的華康粗黑體印著「鑫展建設公司」……所有元素湊在一起，看似混亂卻異常搶眼，頗有幾分達達主義的蒙太奇感，如果忘了裡頭那群人，我必定會駐足多看幾眼，然而，鐵捲門與一旁貼滿廣告貼紙的電線桿中間，擺著一個白鐵大狗籠，差不多有一個高年級小學生的高度，焊接得又粗又穩，標準以功能性為尊的包浩斯風格，裡頭沒有水盆也沒有飼料碗，也從沒看見那些人養過半條狗或任何寵物，讓我懷疑，卻不敢深思……

舅舅說：「當然是那家，不然還有哪一家。你搬進去就走，就說最近缺水嘛，因為有多的，所以才送他們幾瓶。記得，不要說太多，搬進去就立刻走啊。」

「老闆，上次他們丘董事長跑車被擦撞的事，根本沒辦法解決，我們是不是不要再——」

「嘖！就叫你別提，什麼都不懂，還說那麼多！我姊說你多會讀書、多聰明，我看都是胡扯，真不知道是哪裡來的雜牌博士，哼！臉色不會看，一點社會規矩都不了解，難怪找不到工作，沒用！」

「呃……」像鹽灑在瘡上，我不禁握緊拳頭，想往前進，卻退了半步。

「算了、算了……還有這個，」車窗裡塞出一個牛皮紙信封，「真是，請一個人竟然要我十個停車格的錢，還要補貼你房租，嘖……我、我一定要去找人來裝個電腦繳費，不請人了啦。」

今天十三號，已經晚了一星期，鬆開拳頭上前去拿，他抓得好緊，我緊扣拇指和食指一抽，終於到手。他朝我一甩手，嘖了一聲，等不及升上車窗，已經打開橫欄出去，差點與兩台機車擦撞，那是群家長，送孩子到隔壁小學後門，一時彼此都罵了髒話，那些小學生樂得笑呵呵，爭相模仿。

打開信封，橡皮筋套著二十四張千元鈔票，幾乎是勞基法規定的最低基本工資，另外還有三千元，是媽媽和舅舅說好的房租補貼。以工作量而言，這裡待遇其實很不錯，但是我心裡清楚，一切都只因停車場這塊地，是舅舅強佔了媽媽的份，這都是他欠媽媽的。

◇

記得聽長輩和街坊鄰居說過。

媽媽出生那天正好是文昌帝君生日，做滿月時，外公做了三百斤油飯，連遠住在台中的表舅媽都吃到了。那些親朋鄰居，還以為生的是個男孩子，登門道喜時才知道是個女兒，沒有人不瞠目結舌。

等到舅舅出生那年，每個人都往家裡擠，想看看這次到底會做五百斤還是八百斤，不料外公只做了一百五十斤，又不知跌破了多少眼鏡。外公疼女兒的事就此傳開，半個桃園縣都知道。

我媽媽從小學業成績拔尖，不只到台北讀書，還考上師範大學，她開學前，外公就辦了三十桌宴客，媽媽畢業後到新竹當國中老師，又辦桌，後來當了主任，還辦桌，終於考上校長那年，我親眼看見院子裡塞滿圓桌，來了幾百人，鞭炮堆成小山炸了半天，外公家門前的地磚到現在都還是黑的。因此，當外公在媽祖廟前面跟鄰居泡茶談天，說要把一半土地留給女兒，沒有人覺得訝異。

誰曾想到，有一年除夕，寒流加上一鍋東坡肉，外公中風了，從此那張和藹的臉歪了一邊，連帶著手腳都不利索，日子一久，腦袋迅速退化，臉上皺紋一天比一天僵硬，耳根子卻是愈來愈軟。

舅舅總是避開媽媽每週末回家照顧的日子，週一到週五都會回老家，拿著他做直銷賣不出去的保健食品，謊稱是高級特效藥，讓外公一天吞四五十顆，還拿出了滷肉和炸雞給外公解饞，一邊吃，一邊嫌棄媽媽總是煮青菜豆腐，說她不孝、捨不得花錢，還責怪她一回來，外公就做什麼都不行，說媽媽虐待外公、忘恩負義、不是什麼好東西……短短兩年，就把外公洗了腦，土地直接辦了贈與。就連媽媽的多年老友賴律師都說，舅舅這招又狠又乾脆，上法院打官司也絕對沒有勝算。

然而，舅舅也失算了，一時間，土地增值稅和贈與稅加起來，幾百萬繳了出去，手上的現金、股票、定存立時都沒了。想賣地，怕親戚朋友取笑；想開發，沒有銀行肯借錢。收支打平硬撐了五六年，等到外公死了，他又得了遺產，拿了幾十萬鋪柏油、種樹、劃上停車格收租金。他自己顧了兩年，一直撐到景氣回升，緊鄰著還開了間租車公司，從此每個月都有七八萬收入。

有了錢，人便再也受不了辛苦，舅舅這才想到要請個人……也讓我媽媽逮到機會，拿搶土地的事情強迫舅舅，讓我接了這工作，不僅為了避風頭，也以學習獨立的名義，趁機趕我出家門。

◇

掃了一圈再回頭，翻了翻骨頭，螞蟻已經逃得一隻不剩，掃進畚斗，倒進垃圾袋裡打結，放到車亭後頭與圍牆的縫隙，與竹掃帚和畚斗一起，另一邊圍牆外，國小的鐘聲已從耳邊響過。

住在附近的人要去上班，紛紛來開車。那些月租的人有遙控器，可以直接打開橫欄門進出。舅舅還在橫欄機上安裝了一台自動號碼機，罩在一個黑色破塑膠桶裡，可以防雨、防曬，只要按一下鈕就會打印出日期、時間和用不上的編號。臨停的人要開車進來，我就抽出一張號碼紙遞給他，權當作停車票，再用遙控器按開橫欄門放行。這樣的設計，美其名可以稱作是一種折衷主義，其實本質就是克難拼裝，必須要有一個人變成齒輪，沒有靈魂地在其中不停來回運轉——那就是我。

礦泉水擋著，我伸長了手，好不容易從車亭鐵桌抽屜裡拿出活頁記帳本和白兔牌原子筆。一小時三十元、半個小時十五元，當日最高一百五，雖然附近不算太熱鬧，但這裡距離桃園火車站不遠，又是附近唯一的停車場，價格開得頗為漂亮。拿著號碼紙，看著錶，為那些要離開的客人算妥價格，收到錢就放進收銀機，並按照日期、歷時、金額，仔仔細細登記，以備舅舅隨時都可能來查帳。

差不多八點半，換成要到附近上班的人開車進來，租車公司楊店長也來了。他開著一輛紅色豐田Camry，板金有點不平，總是習慣停在靠近中間，半開著車門下車，依舊是那一身G2000西裝、釦式皮帶、膠底皮鞋，上上下下加起來不會超過八千元，穿在他身上卻合身得像是訂做，搭配他一張唯美主義的臉龐，細緻中帶著適量流氣，低調又自信，彷彿十九世紀英國插畫家畢爾茲利筆下的人物。

「嘿。管理員大哥，你早啊。」

「早，今天又是你開店啊。」

「是啊，快遲到了。」楊店長一揮手，轉過頭走開，拿出鑰匙開了側門進去，不一會，鐵捲門也升起來。雖然話說得少，貴在主動、聲音又十分精神，雖然話題結束得有點倉促，貴在理由找得充足……和我完全不一樣，他極為得體又討喜，令人嚮往。

鐵捲門開啟後，可以看見租車公司後車庫，裡頭停著八輛轎車，兩兩一列，竟只隔著手掌厚度的距離，賓士、馬自達、奧迪、福斯……都是白色烤漆。我聽楊店長向其他員工說過，白色最受歡迎，黑、銀、藍色次之，較少客人租用，所以都停在外面，其他顏色則非常不受歡迎，公司絕對不進。就我分析研究，白色不僅可以讓車子顯大，在視覺上也搶眼，尤其在夜晚容易察覺，相對安全，還不容易吸熱，近年來，就連白色塗料會變黃的問題也被克服，所以受歡迎程度才會超過黑色。

月租客人進出得差不多後，我拿出約翰．費斯克的《傳播符號學理論》，坐在停車場的肉桂樹下，翻開到樹葉書籤，接續昨天的進度。作者將符號層次意義分為六種，明示義、隱含義、迷思、象徵、隱喻、轉喻……兩個小時，太陽曬得我滿頭汗水，其間停車場又來了五個散客，其中一個是來還車，會從後門必定是熟客，我只看了一眼，不用抽號碼紙，忙按下口袋裡的遙控器打開橫欄。所有租車公司的車，車牌開頭都是「R」，「R」是「RENT」的簡寫，算是符號的第六種層次意義，「轉喻」。僅用小部分來建構其他未知部分，用來代表整體，也許過於片面、不完整，卻擁有極好的語言效果。

「少年頭家，早啊。」五百萬的凌志LS緩緩開進來，開得有點顛，海軍藍色車體既魁梧又招搖，全開車窗內，周總經理滿頭白髮，臉上每一道皺紋都顯示著，他是個笑了好幾十年的好命人，尤其左胸上繁複的馬球繡標更加證明了這一點。

「早，」我不是什麼少年，更不是什麼頭家，但是這勉強算是一種尊稱，所以從來沒有反駁過，「周總，我舅舅有些東西要我拿給你──」

「來來來，少年頭家，麻煩你跟我來一下，一下下就好，我給你看一些小地方。」

「喔，是。」等他停好車，帶著我往停車場後面走，他身上總有股高級但是過濃的香水味，不僅熏人還有點刺鼻，讓我忍不住直揉鼻子、想打噴嚏。最裡面、靠近租車公司後門十個位子都是他們公司所承租，走過那些R開頭轎車、休旅車、貨車，今天是週一，車子幾乎沒少，轉進一輛藍色本田與白色三菱中間，他隨即蹲下，也對我招招手。他上了年紀還渾身名牌，都如此紆尊降貴，我一身佐丹奴襯衫和牛仔褲，自然應邀，還蹲得比他更低一些，以示禮貌。

「少年頭家，你看看這裡，」他手指指著些許烤漆剝落，就在後車輪胎旁、車門底部，看痕跡，刮得有些花，白色烤漆下已露出細細幾條鋼板的灰色。他看向我，說：「你覺得怎麼樣？」

「怎麼樣……位置這麼低，應該不是有人故意的吧，是常常有人踢到嗎？高跟鞋之類的？」

「嗯……」他搖搖頭，「你再看看這個。」手指往輪胎一比，輪框上帶著些許橘黃色毛髮，他看見我滿臉疑惑，又說：「這是貓毛。我家養過二十年的貓，只消看一眼就知道。」

「嗯？可是這裡很少見到過貓咃，連遛狗的人都沒幾個，這……」

「呼……」周總經理慢慢站起身，深吸一口氣舒緩血壓，說道：「少年頭家，我知道你這個停車場不負保管責任，但是環境打掃是基本的吧，看你每天做得這麼辛苦，我便知道我沒說錯。」

「喔，是，當然。可是，我最近真的沒在這裡見過什麼貓啊？」

「上次我們楊店長晚上過來一趟，發現這裡晚上可熱鬧了。你只待到九點，自然不清楚。不只是這裡有抓傷，幾乎每台車都有好幾處大大小小的脫漆呢。」

「晚上啊……呃……」

「我知道，我沒有責備的意思啊。你真是打掃得非常好，不過啊，上次有個客戶發現了刮痕，以為我們要訛詐，鬧得很不好看。所以啊，這些問題，還是希望少年頭家你一定要好好處理，好好處理，好．好．地．處．理。」微微一笑從頭頂砸下，彷彿這句話不只是期許。

「喔，好，」我忙站起身扛住壓力，「那我會……我會過來巡一巡。」

「嗯……那真是太好了，太好了，」他嘉獎似地拍拍我肩膀，「少年頭家，你剛剛說你舅舅有什麼東西要給我來著？」

我說了舅舅的心意，周總經理依舊那樣微笑著，只說真是讓我們費心了，叫一個正蹲在門邊抽菸的員工帶路，讓我把礦泉水都放在通往二樓的樓梯底下。我每天都來借廁所，除了二樓，這裡任何佈置我都知道，一個人從車亭裡搬了五趟，像個苦和尚在挑水練功，又是汗流浹背，要是有台推車、烏龜車，或是滑板，甚至是辦公椅也好，只要有一個平面加三個輪子，就可以輕鬆多了……

可惜，能幫助我的，始終只有我自己。

◇

再四五十分鐘就到中午，少了一半礦泉水，我終於可以稍微站進車亭裡避避陽光，站沒多久又得出去，準備迎接一天客人最多的時段。

巷子外，大馬路上有間自助餐店，打通了兩個店面，雖然不太乾淨，但是基本有五十道菜，一根滷雞腿賣二十五元、吳郭魚才三十，實在便宜，如果中午時段內用，炒飯、炒麵、湯、冷飲都可以無限續添，低消四十就能吃到脹。早上十一點開門，三十分就到達用餐高峰，一直持續到下午一點。雖沒看見，我遠遠已經聽到喇叭不停鳴響，空氣也微微振動，至少已有二三十台機車和轎車，能堵住整個巷口，不一會，響起尖銳哨子聲，必是交通警察定時過來指揮了。

又不到五分鐘，車輛在路邊找不到位子，便接二連三開過來，我直接打開橫欄門並按了暫停，一邊遞號碼紙，一邊指揮進入，他們隨便停進車格就往外跑，無不看著手機或手錶，算準半小時飽餐一頓，全都踩著時間回來，不先開車，直接遞過十五元和號碼紙，讓我對過了時間後結帳。

我剛來上班第一週，根本沒有這些人，是舅舅看我做得熟了，才在外面告示板上加了半小時的收費，還特別跑去跟自助餐店老闆宣傳，隔天人潮就來了，一波又一波，嚇了我一大跳。起初我還一邊收錢，一邊放車，一邊直接記帳本，後來驚覺，我每多花十秒，後面的人就必須少十秒吃飯，一個趕一個，一個擠一個，就像骨牌，終於有人被迫超時，揄著我衣領，吼著非要我自己付多出來的十五元，我才學乖，在號碼紙上寫過離場時間就和零錢一起塞口袋裡，帳目下午再補。剛過十二點，停車場的車子已經翻過一次，我滿口袋硬幣沉甸甸，皮帶都扯歪了一邊。

隔壁小學的後門就在停車場左側，送便當的媽媽、阿姨、阿嬤、阿公都已聚集，提著五顏六色的提袋，隔著柵欄鐵門往校園裡找孩子，一個接一個，突破其他人阻攔，從間隔縫隙中遞過熱騰騰的便當。又過了半小時，我這邊進出的車輛還多著呢，那些家長們大都已散去了，只剩下一個女人，淡茶色皮膚、顴骨稍高，就算我再忙都會注意到她，又在那裡不知所措地踅轉踏步。

語言、飲食、氣候、基因……各種因素都能影響一個地方人民的長相，這已經不是設計，更像是人類學、民族學，甚至是醫學範疇，但若要學好設計，就得對於這些知識有個粗淺認識，因此從第一次見到那個女人，我就知道，她肯定不是台灣人。

「俚、俚好……」她帶著越南口音，皺著一臉尷尬探頭進來，要是畫一點妝，會感覺更有精神。

「朱太太妳好啊，又等那麼久？」

「嗯，是啊，都不出來……」

「男孩子嘛，貪玩吧。顧著打球，忘了吃飯，這種事我小時候就有。」有車進來，「你好，照號碼紙上的時間結帳，如同告示，半小時十五，一小時三十……」

「嗯……嗯……」她支支吾吾站著，等我送進一台車才又說，「管、管先生……能不能……能不能又麻煩俚一下啊？」

「好，沒問題啦。妳先放我這邊，等等他過來，我會幫妳拿給他。」

「謝謝、謝謝！麻煩俚了，我還要回去顧店，我老公再等……我、我先走了。謝謝、謝謝俚……」

她遞過藍色便當袋給我，姓名牌用歪歪扭扭的字跡寫著「三年五班朱『啥啥』」名字後面兩個字筆劃實在太多了，又沾過水，已糊成一團。順手放在橫欄機上，看著便當袋上的哆啦A夢，忽想起《日本動漫的全球化與迷的文化》一書中，作者忘了討論，印有動漫圖案的商品，無論正版盜版、設計得多麼糟糕，都能為消費者帶來安全感，甚至不是動漫迷都會買單，這是社會過度追求同質化、變得標籤化，一種很不健康的現象……一恍神，朱太太已快步鑽到小巷子裡離去……我嘆了口氣，送走了一台車後抬頭擦汗，看見圍牆上露出一個男孩的圓臉，腳下不知道踩著什麼墊高，也不知道已等了多久。

「伯伯！便當！快點啦！好餓喔！」

「這小鬼……」我喃喃道，不禁翻了白眼，又送出去一台車，遞號碼紙讓另一台進來，趁著一進一出，交通有點打結，這才拎著便當袋走過去。「叫叔叔啦，什麼伯伯，我才三十四歲。」

「老師都說『管理員伯伯』的啊……」朱小弟嘟起嘴，表情裡有股說不出的執拗，「至少，我沒叫你『管』先生呀，她真是笨蛋——」

「不能這樣說你媽媽。」便當才遞出去又縮了回來。

「可是她真的很笨吔，連我的名字也寫不好！」

「呃……」原來是朱媽媽寫的，「反正不準這樣說媽媽就對了，不然，我就不給你便當。」

「你怎麼這樣啊？」

隔著圍牆我都能聽見他肚子咕嚕嚕響，「說你不會再這樣說媽媽了，而且下次媽媽來了你就要出來，不要再躲起來。說，說你下次再也不會了。」

「可是媽媽被看到很丟臉吔——」

「喂！媽媽每天幫你做飯、做便當、洗衣服，還賺錢給你花，你還這樣說她！」

「誰的媽媽不是這樣？」

「但是沒有人會覺得自己媽媽丟臉。我告訴你，覺得媽媽丟臉的小孩才最丟臉咧。說你不會再犯了，要不然……你就餓到晚上好了，等回家再求媽媽早點煮晚餐吧你。」

「這……我……我……我……好、好啦……」

「『好啦』是怎麼樣？」

「好啦……我、我不會再犯……我、我、我……我不會再笑媽媽了。」

「好，很好。吃飯去吧。」遞過便當，才轉頭要去抽號碼紙給下一個客人，卻聽到朱小弟破著嗓子大罵，我立刻又回頭去看——

「你是笨蛋！我爸爸說！管理員就是笨蛋在當的啦！只會每天掃地！掃地！掃地！掃地！那個誰不會！白痴都會！你沒路用啦！我爸爸還說！白痴說的話不用聽！所以我才不要聽你的咧！你是白痴啦！超級笨蛋！比我媽更白痴！大白痴啦你！比白痴還白痴啦！」說完，往旁邊一跳就沒影了。

我以為自己會生氣，會憤怒，甚至會一腳踹倒圍牆，衝進小學裡，揪出那個小鬼痛打一頓……沒想到，我竟自顧著臉紅發燙，流下一滴汗，感覺像滑落了一塊冰，宛如一股風吹進了爐灶，火光赤豔，將臉皮一塊塊融化，化成蠟，滴到地上去……任憑停車場的客人，喊著、罵著，要我快去服務他們，腳底卻像生了根，鑽透柏油、鑲進地裡，怎麼都無法轉過身去面對那些聽見一切的人……

……對一個博士而言，沒有比這個更難堪的了。

◇

等到稍微回過神，才發現太陽已經傾斜。而我盤腿坐在架高的車亭地板邊上，腿上便當吃剩一半，已飄出些許酸餿味，我試著去回想，幾乎想不起是什麼時候、是怎麼去買回來的，只知道是巷子口那家自助餐，因為一直都是巷子口的自助餐。掏掏口袋、看看帳本，零錢和號碼紙都已記好帳，我也想不清楚是什麼時候做好……看來我已經完全上手，無意識之中也能完成工作。唉……

這是一天生意最冷清的時段，沒車進來也沒車出去，我已沒心情看書，就這麼一直愣著，直到耳邊鐘聲響過，接著傳來一陣陣嘈雜聲，愈來愈近，小朋友們排成路隊走過眼前，大大小小串成一串，打打鬧鬧、歡歡笑笑，彼此喊著名字，玩著不知名的抓人遊戲，那麼無憂無慮，真是令人懷念……

「叔叔……叔叔……叔叔……」一個稚嫩的聲音，「叔叔、叔叔、叔叔、」感覺有點熟悉，「叔叔！叔叔！叔叔！」愈來愈近，「叔叔——！」一個小女孩從圍牆邊快速探出頭來，圓圓眼睛、尖尖下巴，兩根翹翹的辮子像一對犄角，感覺靈動也單薄，還有點淘氣。

「妳……啊，是妳啊，丁小妹妹！」回過神，是那個我不曾問過名字、喜歡問問題的丁小妹。我忙把便當藏進車亭底下，站起身迎接。

「叔叔，我有一個新的問題！有空嗎？你現在有空可以幫我嗎？」

「當然，妹妹，來吧。」

「好吔！」妹妹閃出身，兩隻小短腿快得紅色百褶裙都飛起來，踮起腳，試著拿高一張八開圖畫紙到我眼前，我忙蹲下來看。是張用鉛筆勾勒的初稿，畫著一大片天空、兩朵雲、一顆大太陽、兩座小島，一個人綁著兩根辮子，拿著釣竿，坐在一條大船上，海底隱隱約約有幾條小魚。

丁小妹說：「你覺得漂不漂亮？」

「嗯……船體的線條很順暢，整體看起來也不錯……這個人是妳自己吧。」

「對啊對啊，我還背著我最喜歡的小熊背包，很像吧。」她稍微轉身秀出背包，確實是同一款。

「『像』一直不是重點呀……」我說：「老師給的題目是什麼？」
「是『釣魚』。」
「喔，妳釣過魚嗎？」
搖頭搖得辮子都打在臉上，「沒有吔。我只有跟爸爸媽媽一起坐過船，船好大，好好玩喔。」
「那就難怪了。妹妹妳看，妳這張畫裡面，什麼東西畫得最大啊？」
「嗯……是船。」
「沒錯，船畫得這麼大，受眾……不，我說觀眾啦，觀眾們一看，會以為最大的東西就是主題，妳上次畫媽媽，突然想到可以把媽媽畫得很大，還加上一頭燙捲髮，老師就說妳畫得很棒，對不對？」
「嗯……對吔。」
「所以說，妳畫的這張，重點不是『釣魚』，而是『坐船』，題目就畫錯了，所以不是一個好作品。就像是妳要畫蘋果，最後卻畫成西瓜，是不是太奇怪了呢？」
「蘋果畫成西瓜，哈哈，太好笑了。」小腦袋瓜直點，「對對對，我畫得時候一直在想坐船那天，真的好好玩，我們去看鯨魚喔，但是太陽太大，鯨魚沒出來，但是我們有看到好多旋轉海豚，不過老師說海豚不能釣，所以我沒有畫。」
「對，去想像，這樣很好。嗯，那這樣好了，妳要不要跟叔叔講一講，妳覺得釣魚這件事，到底是怎樣的一件事。」我看著她一臉疑惑，又解釋道：「如果妳說得出來重點，那就能畫出來了，妳試試看，想像一下，就跟上次妳說媽媽做蛋糕的故事給我聽一樣啊。」

「嗯，好吧，那我試試看喔。嗯……釣魚就是要帶一根釣魚竿，有一條很長很長的線，一個勾子上放一支小蟲，丟到水裡，好多魚都過來吃，這樣就是釣魚吧。」

「嗯，很好，就妳說的這些！」

「啊？哪些？」

「對啊，沒錯。一個人、一根釣魚竿、很長的線、勾子、蟲、水、一大堆魚，就畫這些東西。」

「人、釣魚竿、很長的線、勾子、蟲、水、一大堆魚？就畫這些東西？真的可以嗎？」

「可以，這都是妳自己第一時間想到的，最直接，也最有力度，完整鎖住主題，一定可以。」

「可是……」她將圖畫紙打直又打橫、打橫又打直，「可是這張圖畫紙有點短吔，很長的線畫不進去，怎麼辦？」

「嗯……」我腦中浮現義大利未來主義藝術家，福爾圖納托．德培羅的〈戰爭派對掛毯〉，鮮明的粉色調加上黑色色塊，大砲，發射軌跡，大爆炸，山峰，軍隊，綠地，屍體，壕溝，又回到大砲，各有各的方向，卻是互相引導，動態感結合抽象造型，巧妙地創造了視覺循環，最外圍還有四面不同的重複圖形外框，循環外又添循環，只須看一眼，雙眼不停移動，有如陷入迷宮逃不出來。我暗示道：「……水是會流動的嘛，如果一條很長的線掉到水裡洗一洗，不知道會變成怎麼樣呢？」

「嗯……一條很長的線掉到水裡會怎麼樣……那一定變得捲捲的啊，啊，對啊，會變得捲捲的，圖畫紙就畫得下了啊，我好聰明喔！」

「嗯，妹妹真的好聰明。記住喔，只要畫妳自己說過的這些東西喔，不要多畫了，畫太多，力量就會分散，看起來就會亂，就不漂亮了喔。」

「好，不要畫太多……不要畫太多……」

「要記住喔，不要忘記喔。」

「不會，是我自己想的，不會忘記啦。」

「沒錯，很好，都是妳自己說的、妳自己想的。」不自覺開始微笑。

停車場外面傳來女人的喊聲，「妹妹，妹妹！」

「叔叔，謝謝你，我媽媽來了，掰掰，下次再來找你玩喔！」

「好，當然沒問題。」

丁小妹轉身跑了出去。依稀聽得見她媽媽問她學校好不好玩。她回答好玩，還說了今天的畫畫課，緊接著又說了來問我的事，她還說：「只要跟這個叔叔聊聊天，就會突然變聰明，知道要畫什麼東西，很神奇！」她媽媽說：「真的啊……」不一會，一台機車緩緩騎過來停下，安全帽加上一副亮茶色寬邊墨鏡，像是香奈兒，似是盯著我看，但讀不到表情。這可是我們第一次打照面，可別被當成戀童癖才好。我忙站起身，收斂起笑容，點點頭致意。她稍稍歪了歪頭，像是在審視我，也點了點頭，又緩緩駛離。只有後座安全椅裡的丁小妹拚命向我揮手、說掰掰。

我夢想中的學生，雖然只是那麼小小小的一個，勉強夠我恢復精神，又欣慰幾天了。

◇

下午五點半之後，附近上班的月租客人率先離開。那些臨停到附近辦事的人，就算事沒辦完也得走，緊跟在後。我收號碼紙，寫時間，收錢，記帳，稍稍忙一陣，準時晚上六點半響起〈少女的祈禱〉，樂聲叮叮噹噹，從大馬路傳進巷子裡。我習慣性走到車亭與圍牆間看一眼大垃圾袋，大概後天才需要倒，一旁倚著牆放置的竹掃帚卻已兀自倒了，我忙撿起來，擺得稍微歪一些，好找到平衡——放都放不好，這是第四個缺點。

巷子裡，街坊鄰居忙提著垃圾出去，落後的就跑起來，等音樂聲近了，又遠了，他們紛紛空手往回走，帶著滿足。自然也有一兩個沒趕上，手上還提著垃圾，喘著氣，一臉無奈。

差不多這時候，附近月租的人接連回來，這些人不用我管，只有看見「R」開頭的車牌，我再按遙控器放進來，那些熟客總是壓在八點左右還車，八點半，租車公司營業時間一到，立刻能聽到店頭拉上鐵門，員工們也紛紛離開，基本上就再也不會有車臨停，我也能下班了。

拿上我的書、包包和空水瓶，替車亭上鎖，走出停車場，特別看了看，對面鑫展建設公司悄然無聲，大門依舊緊閉。向外繞，巷子中有間米店，燈光昏暗，木板上手寫的「米」字斑駁有力，白米、糯米、糙米、長米、圓米、香米、胚芽米……有的裝布袋、有的直接放在架上木箱裡，插滿標價木牌。老闆七八十了，今天也坐在躺椅上打盹，他有一個胖兒子，小我幾歲，肚子圓滾，四肢卻頗為結實，我不只一次聽見有老先生、老太太向他打招呼，管他叫「小孟」，說他應該去上學，或是找個工作。然而小孟總是蹲在地上，不停向路過行人招手問好，笑容天真爛漫，活像一隻招財貓。從前我也會揮手回應，直到我聽好幾個租客說，他不只有智能障礙，還有些心理疾病，我才漸漸改成點頭致意。

過馬路，那家自助餐店已經在刷鍋子了，偌大菜台僅剩十來樣菜，併盤擺在角落裡，餐盒和筷子也已經收進箱子，我請已脫了圍裙的老闆娘幫我包兩個便當，她認得我是停車場的，還每天都來，都會給我包一大堆，有肉、有菜、有蛋，還夾了不少醃辣蘿蔔，不僅算我半價，剩餘的白飯也都打包了送我，好大一袋才一百塊，總是得謝上一二十次才好意思離開。

雖然肚子餓得很，但不妨礙我在黑夜裡邊走邊看的興致，白日的街道與晚上的街道是兩種風景，其中一個原因是出沒的人不一樣，但是我不在乎，我喜歡看燈。

首先是紅綠燈，畢竟安全最重要。最早在一八六八年，這個發明短暫出現在倫敦議會大廈廣場上，用得還是煤氣燈，只有紅綠兩色，之後加上黃色作為緩衝更是神來一筆。然而加上倒數讀秒就不那麼高明了，我看過一個歐洲的研究，秒數倒數反而使駕駛搶快啟動，或大膽分心做別的事，滑滑手機、喝喝飲料，反而提高肇事率。

而我最愛看的是車燈。我沒有駕照，以往通勤時不是看書，就是看書累了倒頭大睡。要不是在這租了房子，晚上要走這段路，恐怕我從來不會注意，原來，馬路上那些跟我同一方向前進的車子，所見的車尾燈是為了防撞的紅色；而跟我反方向，所看見的車頭燈，都是為了照明的黃白色……愈看愈令我感覺到，紅色就像生命，不停流逝，黃白色則像未來，朝我衝撞，兩兩在速度加成下變成流動的光，像遊魂，徘徊著找不到出口，更像我的處境，總使我眼眶不由得溼潤起來……

每當這時候，我就會趕緊轉頭，看向那些路邊的招牌燈：古早味黑砂糖剉冰、永旭機車、維膜助聽器、卡藤家飾窗簾、和生建材行……手寫藝術字、圓體字、黑體字、造型字、書法字……各有各的難看，我不禁會在腦中替它們重新設計，足可以分心……愈走愈偏僻，招牌愈精彩，老遠便看得見LED螢光燈不停閃爍，尤其兩側放射狀長燈管，玫瑰紅和黃綠色交錯，像是跟隨著音樂的節拍，又像根本沒對上，那麼張牙舞爪地，彷彿要攫人，深深吸引著我靠近，雖是台式美感，但從設計史去看，這與一九八〇年初，米蘭的孟斐斯設計有異曲同工之妙：庸俗、大膽的幾何造型，未必實用，卻比平淡的現代主義設計更有靈魂……尤其亮得刺眼，也比招牌下走過的任何人更散發光芒。

「有人嗎？」我刻意過來，探頭，屋裡頭反倒有些昏暗，好不容易找到身穿黑色薄紗的檳榔西施，我說：「小姐，我要一罐黑松沙士，一罐加鹽沙士。」

「好的，喔——」她匆匆看了我一眼，妝畫得不錯，就是有些濃，可能比看起來更年長幾歲，表情似乎有點驚訝，還來不及看清五官，她就已轉過身到冰櫃拿飲料。

「我住附近，是第一次過來，嗯……妳這裡生意怎麼樣啊？」

「……」她像是害羞，又像是心情不好，頭也不抬、話也不回。

「妳們今天放了音樂啊，是之前沒有的，有點電音，我覺得很好聽吔。」

「嗯……」

我看她腳上穿著拖鞋，桌上放著作業本，椅子上還掛著圍裙，「妳是來上班，還是住在這裡？」

「嗯……」

「喔，這裡附近有一家——」

「嗯。」她已幫我裝好塑膠袋遞了過來。

「呃……多少錢？」

「……」她伸手指向冰櫃上貼的手寫紙條，鐵鋁罐冷飲一律二十五元。

我要的不多，就想聽聽久違的女孩子聲音，聊聊天、說說話，明明口袋裡有零錢，還是付了一百塊鈔票。她找了錢，便繼續切檳榔，對我正眼不看、一句話不吐。她可能討厭我這一型吧。

回頭，往巷子裡走，裡面再也沒有任何交通號誌，走得愈深，兩旁愈殘破，大門裂開、圍牆傾頹、院子堆滿資源回收、垃圾堆發出惡臭、沒輪子的汽車被潑滿油漆……每晚，我都擔心有人會從陰影裡衝出來，拿著一把不鋒利的水果刀，用力劃破我的喉嚨。

終於走到一間五層樓公寓，外牆爬滿藤草，若不是轉角有盞路燈，沒有人會留意到這棟房子，或許，只有鬼可以吧……想到此處，背後一陣風聲，像在叫我名字，不禁背脊一涼，隨即跑了起來，忙打開大門，直接衝上樓，奔往頂樓鐵皮加蓋層，鑰匙差點掉在地上，開門，進去，快點反身上鎖。

「……阿……摶……」

「哇！」我心頭一震，忙回頭望向那有氣無力的聲音。狹小客廳裡擺了各種二手家具，雖稍嫌破敗，但在我不時整理之下，至少算是乾淨，勉強有幾分家的樣子。那張我用透明膠帶補綻過的塑膠皮沙發上，正躺著一個男人，消瘦蒼白，只穿著一條四角內褲，一條厚棉被擱在地上，吹著幾乎不會涼的電風扇，渾身是汗。「阿、阿泙，你怎麼還躺在這啊？」

「餓……餓……熱……餓……熱……」

「你等等，我幫你熱便當。」

「不用……直接給我吃，冷的好……快，好餓……好餓……熱……好餓……」

我遞過便當，他立刻爬起身，拿著湯匙大口往嘴裡扒。我將自己那份放進微波爐，轉到加熱五分鐘，一時沒有動靜，隨手往機器側面拍了兩下，裡頭立刻點亮旋轉起來。趁著空檔，換下髒衣服，快速沖了澡、洗了頭，邊擦頭髮，邊打掃滿客廳地上的衛生紙球和垃圾，用的是我那組鋁桿掃把和十六開大小迷你畚斗，細細長長，不到兩百克，銀白色與橘色聚丙烯，配色如同一九五六年雅克森設計的天鵝椅，比起竹掃帚，拿在手上不啻為一種享受……

阿泙被一口飯噎住，直搥胸口，我忙打開加鹽沙士拉環遞給他順一順。我才端了飯，剛坐下來開電視，還沒動筷子，他便當已經空了，原本乾癟的肚子凸了出來，像是扎扎實實吞了一顆保齡球。

「嗯、嗯、嗯……啊，好吃，這家便當的飯……煮得真是不錯，呼……終於……有一點點復活了……」阿泙說，意猶未盡舔著嘴唇。

「你的眼睛裡有好多血絲，你還好吧？」

「還……還好……」

「你不要一覺得熱就沖冷水澡，前幾天發冷，現在又發燒，我媽說過……呃，沒事，反正熱感冒這種事就是很麻煩的啦。」

「嗯，是啦是啦……一定是熱感冒，難過死了，一直流鼻涕，一直跑廁所。」

「你有沒有去看醫生？」

「嗯……沒有吔，沒健保也沒勞保，太貴了。我又不像你，有個這麼好的工作。」

「啊？」我看著他嘟著嘴、真心羨慕的眼神，一時真不知道該怎麼回答。

「你還不滿意啊，整天沒什麼事，就有兩萬五千塊薪水吔。真好，讀比較多書，就是不一樣。」

「是兩萬四。」其實是兩萬七。他只是聳聳肩。我說：「唉，你快點養好病，我還要找你代班咧。」

「好，一定喔。」他說。我點點頭。「太好了，這樣就能多點收入了。唉……要是我能找到這樣好的工作，我媽媽不知道會有多高興，可能會煮一大桌，先拜祖先，之後再請所有親戚都來吃。」

「是有沒有這麼誇張。」

「我沒誇張，而且之後她一定會要我加八千，每個月匯一萬八回去，那才是重點。對了……你這個月要匯多少回家？」

「嗯……就七八千塊吧。」

「喔……那扣掉平常用的，你這個月還能剩一萬一二……」他扳著手指計算，眼神閃爍看著我，

「阿摶……房東太太今天來過，我這兩個月生病……連送報紙都沒能去，中午到晚上的外送也……我那輛機車也好幾年了，好像真的得換了……可不可以……可不可以……」

「你能出多少？」

「我給了房東……一千五。」他不禁搔搔鼻子，「阿摶，下個月一定還你，可以嗎？」

「這……沒問題啦，我錢還是放在抽屜，你再幫我拿給房東。」

「喔，好，謝謝你，」他笑得臉僵，「等我明天去打工，有錢了就立刻還你。」

我點點頭。這間頂樓加蓋鐵皮屋又破又舊，冬冷夏熱，樓下連個信箱也沒有，十來坪的空間硬隔成兩房一廳，視覺上更顯狹窄，雖說是包了水電，但是契約書上明文了不能裝空調，根本佔不到便宜。當初看屋時，原本租金要七千，我半點也看不上眼，反到是房東十分中意我，直說我斯文有禮，主動降價一千不說，還幫我介紹室友，變成只要負擔三千元，有舅舅那份租屋補助就能應付，立刻付了訂金。房東給了我幾個選擇，其中一人就是阿泙，他白天當外送員，早上四點就得出門送報紙，每天晚間新聞播畢就得上床睡覺，與我的作息時間幾乎完全錯開，正是求之不得。

「對了，」我說：「要麻煩你再幫我跑一趟。」

「喔，沒問題，又是圖書館啊。」

我連說對，讓他等我一下。趕緊走進房間，從角落提出兩大袋書先放椅子上，往專放一般證件的紙盒子裡翻，卻找不到借書證，每一件褲子口袋都掏出來看，只有薪水信封，跳上床，挪開置物櫃上一箱衣服，從後面抽出一個馬口鐵餅乾盒打開，把錢抽出信封放到裡面去，與我在停車場上班以來所有用剩的薪水、護照、身分證都放在一起，多虧我省吃儉用，起皺摺的鈔票厚厚一疊，已經存了二十五六萬，拿在手上盡是辛勤的重量。關妥餅乾盒再收回去，終於想起來，在衣帽架上一只帆布袋裡找到了舊皮夾，抽出借書證，提起兩袋書出房間，差點與阿泙面對面撞個正著。

「唔！嚇我一跳，」我繞過他，一袋書放在茶几上，另一袋放在大門口旁邊矮凳上，把借書證也丟進去，「你明天幫我還這袋書，十二本，後天到期，我還預約了七八本，你拿借書證去櫃台，他們就會拿給你的。」

「喔，好啦。唉……沒看過你這樣的，明明已經是博士，還那麼認真，難道要再考一個博士嗎？」

「呵呵呵……」聲音不禁變小，只因這句話只是說給自己聽，「……是啊，因為原本的那個不夠好……」

「啊——」阿泙打了個大哈欠，「太晚了，我不行了，回房間繼續睡，不然明天又不能賺錢了。」互道晚安後，阿泙就進了房間。我吃完了便當，關上電視，先將茶几清理乾淨，再拿出另一個紙袋裡的六七本書，有翻譯也有原文，都是與設計相關的理論與品評，用發票充當書籤，打開上次讀到的位置，再拿出筆記本和鉛筆盒，用紅、藍、綠三色筆，邊讀邊做筆記。我讀過《如何閱讀一本書》，其實劃線與註記都應該做在書本上，不過書是借的，也只能多花些時間，用筆記本將就過去了。

一頁一頁讀，一字一字抄寫重點，花了幾個小時，又一本一本闔上。我知道自己資質有限，如此讀書只是把所有知識都先塞進腦子裡，胡亂堆棧，沒有梳理出個透澈的章法，但是我相信，只要先放進去了，慢慢醞釀，慢慢發酵，並在生活裡的大小設計中多多觀察，實際體會演證，總有一天能夠完全融會貫通，成為我繼續向前邁進、考取第二個博士的養分，儘管夜愈來愈深，眼皮愈來愈沉重，視線也絕對不從目標移開。

第二章　愛、中、毒

昏昏醒來，瞇了一眼我用了兩年的華碩手機，五點五十五分，感覺有點幸運。想起清晨快三點時，喪屍一樣爬上床，趴著之後就動也不動，如今一條小腿還懸在床外，有點發麻。該醒了。翻身，微微晨光穿過鐵柵欄、窗框、玻璃、窗簾，刺入瞳孔，讓人不由得趕緊閉上眼皮，眨了又眨，揉了又揉，好確認自己到底瞎了沒，翻來滾去兩次還是起不來，只好開始讀秒。

「一秒……鐘……兩……秒……鐘……三……秒鐘……四……秒……鐘……五秒……鐘……六……秒鐘……七……秒……鐘……八秒……鐘……九……秒鐘……十……秒……鐘……十一……秒……十……二秒……」這是我給自己的賴床時間，說是秒，其實數得多慢都可以，「……五……十……七……五……十……八……五……十……九……六……十。」硬睜開眼，已經是六點二分。

起床，戴上眼鏡，看了一眼阿泙凌亂的房間，沒人，他已上班去了。打開收音機，轉到ICRT聽歌，從冰箱拿出整袋白飯，全倒進大碗裡，打一顆蛋之後放微波爐轉三分鐘，一邊蹲廁所，一邊用手機登入TED網站，這是由美國一個非營利組織成立，以科技（Technology）、娛樂（Entertainment）、設計（Design）為主軸，邀請各個領域的佼佼者發表公開演說，大都在十到十五分鐘左右，分享著各個領域傑出人士的心得、成就與研究成果，不僅能吸收新知，還能複習英語。

上完廁所，刷好牙，把髒衣服丟進洗衣機快洗，往熱騰騰的雞蛋飯裡倒入醬油和一把炒花生，拿把湯匙大口杓著全吃下肚，洗了碗，拖個地，稍稍整理一下客廳，沒開水，只好煮了一壺，趕時間，便兌了一半自來水降溫，以便裝進塑膠寶特瓶，等晾好了衣服，正好聽完三場ＴＥＤ演講。

穿好鞋襪，差點沒忘了，踮著腳走回房間，拿出櫃子後的馬口鐵盒，取出四千五百元，收好盒子後將錢放到客廳鞋櫃抽屜裡。阿泙正好回來，鑰匙幾次戳不進門孔，好不容易打開門，咚一聲，安全帽扔在鞋櫃上，嘴裡跳針一般喊著好累好累，似乎沒察覺到我的存在，急匆匆往房間去。我本想再提醒還書的事，卻看他眼下烏青加深，渾身汗水又手腳打顫，必定是累壞了，便沒出聲。

走出巷口，才七點便聽見檳榔攤裡傳來爭吵聲，像是丈夫在罵太太，摔鍋子、砸碗盤，還有個小男孩在一旁尖聲哭泣。從窗戶縫隙看進去，那個檳榔西施一身黑色薄紗還沒換下，縮著身體、捂著嘴，一邊閃躲他粗壯的丈夫，一邊收拾飯桌，她看著有些害怕，卻也有幾分習以為常，我本想過去關心，一時間昨晚的冷漠歷歷浮現，不想自討沒趣，也怕她老公胡亂攀扯，便繼續往前。

路上車還不多，早晨空氣相對新鮮，卻更能嗅到排放廢氣的臭味，那些招牌已全然不亮，清晰可見污垢和灰塵，讓人更加鬱悶，只覺得頭上太陽壓得人喘不過氣，腳步愈來愈重，路過米店門口時，小孟光著屁股，正朝著一個骯髒的捕鼠籠小便，還轉過身向我揮手打招呼，尿液到處亂噴，我不自覺皺起眉頭，沉重地點頭回應，快步離開，不敢想像今天會有多難熬。

直到踏進停車場之後，本來應該往下墜落的心突然衝上雲霄——

一個女人正仰頭望向天空，晨光灑落她玲瓏的鼻子與玫瑰色臉頰，長髮透著亮，披在一席白底洋裝上，柔軟布料印著灰綠色籐蔓花莖，其間盛開著駝黃色花朵，嚴謹而妖嬈的新藝術風格襯托出她一身魅力，微風拂來，裙擺搖曳間，花草像動了起來，筆直的雙腿映在裙上，明明沒動，卻狀似曼妙地擺動開闔，引起我遐思，卻也不敢放肆，生怕動錯了一個歪念頭，便褻瀆了眼前這份聖潔美麗。

她不想動，我也不敢動，就這麼呆呆地站著，任憑時間流逝，幾乎忘了呼吸，直到她腿旁一隻小狗，雪團一樣衝到我腳邊，嚇得我輕聲驚呼、腳步後退，才打斷這份寧靜。

「啊……你早，」她看向我，烏黑的雙眸與乾淨的聲音，簡直像玉一般剔透，「抱歉，我擋到你開車了嗎？」牽著狗繩往旁邊停車格讓路，正好站到楊店長的紅色豐田車前，色彩相映成趣。

「不不不，那不是我的車，我是……我是……我是這裡的、的管理員，」管理員，不是地主，轉念又補了一句，「地、地主是我的舅舅。」

「喔……原來如此。怎麼稱呼呢？」

「我、我姓李。」

「李先生，」她又看向我，沒有打量與鄙視，惟有微微一笑，「你來得正好，正想請問，你這裡怎麼種了這麼多樹？十幾棵呢。」

「喔，我舅舅說，這是規定，要通過停車場營業申請，就要配合政府種樹綠化，都要檢查的。」

「嗯，」她又抬頭，伸出修長的手，輕輕托住一片葉子，「那你知道這是什麼樹嗎？」

「呃……」原來她不是再看天，是在看樹，「我舅舅說這是土肉桂。」

「肉桂長這麼大……是種多久了？」

「我舅舅說過，移株的時候有人那麼高，三四年了，現在都長超過一層樓了吧，他說很值錢，要我好好照顧。」

「唉呀，那就對了。錯了。」看見我一臉不解，她又說：「這不是土肉桂，這是陰香樹，陰香和土肉桂同是樟樹科、樟樹屬，卻不同種，又叫做假肉桂。你揉揉看這葉片，質感像紙一樣。真正的土肉桂有一種薄薄的皮革感，是有韌性的。」

我依著她說的做，「喔，真的吔。」假的，跟我提起地主舅舅一樣，明明不同，卻假裝是同一種，霎時羞得不敢抬頭。

「對吧，你揉碎它聞聞看。陰香樹有個香味，有點像肉桂，卻沒有肉桂那麼香，還帶著點辛辣，其實土肉桂是帶點甜味的。」

我握著葉片搓一搓，湊近鼻子去聞，「呃……沒什麼味道吔。」

「不是這樣。」她伸過手，先折了折葉子，再揉一揉，指尖和手背不斷碰觸到我的掌心，帶點溫涼，宛如撩撥在心弦，讓我忍不住湊近鼻子，聞她身上一股淡淡沐浴乳香精味道，那味道配不上她。她說：「好了，你再聞。」

「嗯……」我頻頻點頭，「有了，有點辣辣的，沒有甜，不是肉桂粉的味道。」

「是吧。這兩種樹長得太像，若是樹苗，專家也分不清楚，不過陰香樹是外來種，長得又快，還會和土肉桂雜交，威脅到土肉桂的生長空間，不是什麼好東西，你舅舅應該是被騙了。」

「妳、妳怎麼……？」知識使美麗更昇華，讓我看直了眼。

「我是學生物的。那你……呃嗯……」她禮貌地欲言又止，低頭看著那隻應該是馬爾濟斯的小狗，牠正張開了腿，拉了坨屎，「啊，怎麼。抱歉抱歉，有掃把嗎？跟你借一下。」

「沒關係，我來就好。」

「抱歉抱歉，真的抱歉，我剛剛開始養狗，還沒買清潔工具呢……」

我忙跑向車亭後面，抓起所有掃地的傢伙跑過來，不小心竹掃帚碰撞到陰香樹，撞了好大一下。第五個缺點立時浮現——掃帚頭突然脫落，露出削尖的掃帚柄。

掃帚頭和掃帚柄之間原是不做任何黏合，僅靠摩擦力固定，長期使用，綁掃帚頭的鐵絲鬆開，便再難以支撐。我忙重新插上，將竹掃帚倒過來，握著掃帚頭，往地面敲打掃帚柄尾端，利用慣性再次深入固定，搞了好幾次，用力過度又掉下來，狼狽得我臉紅，等不及修理，抓了一個髒塑膠袋套在手上，一把抓起狗屎反套起來，扔回大垃圾袋裡，軟軟、熱熱、臭臭的，強行掩蔽了她適才遺留在我掌心美妙的觸覺記憶。我快吐了。

「啊，謝謝你。真抱歉……」

「呃……不會啦。」

「我就說不想養這個鬼東西，果然很麻煩。」她自顧自地邊說邊用力扯著狗繩，牠只能張嘴嗚咽。

「我、我覺得牠還挺乖的吧，都不會叫。」

「呃，是啊，應該是割了聲帶，可憐的小東西。你喜歡狗？」

小狗跑向我腳邊舔了舔，我忙後退閃開，「呃……我、我不行，我小時候被咬過，還有點怕，不太敢摸。如果是貓，那還好一些。」

「真的啊，太好了，難得遇到有人也不喜歡狗。」

「呃……嗯……」臉紅。

「我也比較喜歡貓，尤其是路邊那種不愛理人的野貓。不喜歡狗，太黏人，尤其這些號稱純種的狗，不過是人類強行配種出來的怪物，生命可不是物品，不能這樣隨意玩弄，看到就覺得噁心。」

「嗯，是，有……太有道理了……」生命可不是物品，不能這樣隨意玩弄——此話直擊我的內心，激揚起漣漪，化作層層浪花，往靈魂深處沖刷，「請、請問，妳叫什麼名字——」

「棻姐——！」後面有人大喊，隨即兩個黑衣男人衝過來。其中一人一把推開我，另一人說：「棻姐，妳怎麼跑出來的？要買早餐派我們去就行了。」

「這個人是不是在找妳麻煩！」推我的人說：「我立刻劈了他！」

「住手。你們煩不煩，我跟這位李先生不過是在聊天而已，沒什麼別的事情，你們都給我回去！」

「可是大哥交代過，要我們——」

「回去！」

「……」兩人不作聲，就這麼站著僵持住了。

「可惡，」她瞪了兩人一眼，「李先生，不好意思，我得先回去了。」

「好，妳請便吧。」

兩個男人都堪稱健壯，一左一右，護送著這位比我年紀小的「棻姐」出了停車場……我權叫她

「菉」吧，倚木而芬芳，我第一時間就想到這個字。她背影並不單薄，遠遠望著卻顯得有幾分渺小，猶如犯人被綁往刑場，走著，進了對面鐵捲門，我才發現對面鐵捲門已半開，門前停了幾輛黑色轎車，是鑫展建設公司的人終於來了，趕忙去搬那十瓶礦泉水，還沒開車亭門就聞到一股腐臭味，循著味道四下找了找，在車亭底下，找到了我昨天吃一半的便當盒，拿出來，打開盒蓋，嚇得我趕緊撒手，一隻死老鼠歪著舌頭，肚破腸流，連同餿掉的米飯灑了一地。

我一反胃，差點真的吐出來……這應該是貓咬死的吧，真可憐……不過，至少牠在死前還努力了一次，飽餐了一頓，不像我……我一定不能像牠一樣，困死在這裡。

◇

接連兩天都有死老鼠，一隻扁了一半，一隻斷了腿，怕弄髒，我每次都撿了個小塑膠袋套住塑膠畚斗，卻找不到袋子能套住竹掃帚頭，只好又用了一個大垃圾袋，在兩邊各有防護的情況下，強忍著遠端的觸感，勉強把屍體掃進畚斗裡，閉住氣，反套起小塑膠袋，盡量打死結，與落葉扔在一起。

然而，每次都會發現有一兩根竹枝早就刺穿了袋子，看位置、看那沾上的黏稠暗紅色，絕對有碰到老鼠屍體，只能多掃點灰塵掩蓋血污，卻一直讓我感覺聞到臭味，就算捏著鼻子時也一樣——竹掃帚的第六個缺點。

中午，肚子雖然餓，我卻已噁心得晚餐也不打算吃了。舅舅又來了，按照慣例，先打開垃圾袋檢查，把落葉翻來翻去，不知道在看什麼，直到死老鼠的臭味薰得他猛咳嗽，才願意收手，說明來意，原來是因為接到周總經理的電話，特意過來交代我，每天晚上都要過來巡邏，直到抓到貓為止。我每晚都要讀書，其實不想來，卻也受不了天天掃死老鼠，立刻答應。舅舅卻以為我在敷衍，我便一而再，再而三地答應了好幾次，他反而更不信了……

「阿搏啊，」舅舅說：「你不要不當回事，你這個火爆脾氣呀……千萬不能得罪了他們，十四個車位，一個月三萬五呢，可以說啊，你的薪水都是他們付的。」

我一邊招呼客人，一邊說：「我說過了，我會過來。」

「你不要這個口氣喔，這是你的工作。」

「我說我會，就一定會。」

「你別騙我。我再說一次，絕對不能失禮得罪他們喔。」

「放心，我今晚就會過來。而且我跟他們處得不錯。我一直都很有禮貌——」

「別扯了，別以為我忘了你做過什麼事情。我有看新聞，上個月又一個學你的白痴被抓了，哼，要不是有這事，你媽不會跟我搞這一齣。」

「……」他記得，也是，誰不記得呢。兩個客人剃著牙回來，我迅速替他們結帳……不聽，不想。

「你啊，我跟你說——」一通手機讓舅舅停止囉唆。聽對話，又是三缺一、又是要復仇。舅舅撈撈口袋裡沒有錢，雖還沒月底，還是決定進到車亭裡對帳本，沒有五分鐘，清點了金額沒錯，拿光收銀機裡所有錢就開車離開，開戰去了。

終於鬆了一口氣。

其實，我這兩三天以來，不只是為死老鼠分心，還為了她。無時無刻，兩隻眼睛總是不由自主，一直往對面鑫展建設公司裡張望，可惜他們一樓的大片玻璃落地門窗，在視線可及的高度一律貼上霧面方格膠膜，看了三天，只見黑色人影幢幢，不是在看電視、打電玩，就是在打撲克牌、賭骰子，不然就是在吃飯、吃零食……遍尋不到棻。只能盡量擦乾淨鏡片，瞇起眼，試著鑽進格子間的透明縫隙中看個仔細，明知道她必定換了衣服，還是想要找到那件白底印花洋裝……趕著去吃自助餐的客人好幾次喊我動作快一點，還是控制不住視線，就連作夢也會夢見……

下午三點，天變陰了，沒心情看書，也沒心情發呆，我依舊這麼盯著，不禁頻頻點頭瞌睡、差點跌倒，頭一仰，雙眼一睜，終於看見了：她不在一樓，而在二樓。米色窗簾唰地拉開，棻就站在那裡，像是剛沖完涼，長髮濕漉漉沾在肩膀，唯有一條浴巾壓在身前，露出身體兩側曼妙的曲線，舒暢的表情帶著幾分慧黠，像是個頑皮孩子，因過於無聊而四下打量，想要鬧出一件有趣的事，好打發時間。

我看著，心中悸動，如果現在能跳上大狗籠，就能從一旁電線桿和路燈的夾縫爬上去，踩著加蓋遮雨棚登上窗台，就能再次靠近她，再聊聊陰香樹和小貓小狗，一定會無比開心吧。

然而，我連招手都不敢，四肢僵硬，就算沒有臨停客人，也站在橫欄機旁邊不敢移動，甚至緊閉起嘴唇，免得不小心發出聲音……時間一久，不自覺低下頭，又緩緩抬起頭，一會又低頭，抬頭，又低頭，抬頭，又低頭，抬頭，又低頭……心裡希望她能看見我，又希望我不要被她看見，像是一把水壓不穩的蓮蓬頭，不斷俯仰，就這樣猶豫了三五分鐘，差點沒折斷脖子。

不斷偷看，發現她視線終於不再挪動。當然，沒有停留在我身上。深呼吸一口氣，我抬頭徑直去看，她嫣然一笑，像是縮時攝影下一朵花正在綻放，那麼嬌豔、那麼難以想像，緊接著她手一放，浴巾落下，露出一對渾圓挺立的乳房、纖細的腰身、不疏不密的一角毛髮……我羞得急吸一口氣衝上腦門，彷彿心頭中了一顆子彈，迅速閉起眼睛，用力垂下頭顱，褲子裡立時充血，又硬又脹直發疼，疼得彎下腰都不能舒緩，窘得我趕緊轉身，踩著又快又碎的步子走向租車公司後門，正巧遇見楊店長，他剛洗完車，手指夾著菸，背靠牆，一臉愜意，將口中濁煙呼向天空越過的飛機。

「天氣真熱啊，管理員先生你辛苦了。」

「不會不會，我……我借個廁所。」

「請。」

「謝、謝、謝謝、謝謝……」

我在心裡又謝了他幾百次，閃進去，找到廁所，鎖上門，迅速褪下外褲和內褲到膝蓋，放下馬桶蓋坐上去，伸直雙腳使其完全挺立，用力抓住開始活塞運動，愈來愈快，想打出來，但這是別人的地方，太沒有公德心了，必須讓自己分心。試著去想一九二〇年十一月份《Photoplay》雜誌，羅夫·阿姆斯壯為瑞典籍女演員安娜·Q·尼爾森畫了一張肖像，倚著香肩，露出雪白的背，淡淡回首一望，若有所思又充滿慾望，宛如在對我輕聲呼喚……發熱、發燙、發汗……又想到一九五〇年一月號《Vogue》雜誌，攝影師歐文·布盧門菲爾德抹去女模特兒臉上其他細節，只保留她一隻低垂顧盼的綠眼睛、柳葉般的彎眉、紅潤飽滿的嘴唇和唇角邊一顆黑痣引人遐想，猶如正朝著我上下打量……手上更快、更用力……一九五三年《花花公子》創刊雜誌封面，創辦人休．海夫納買了瑪麗蓮．夢露一張照片刊登，只見她身著深V禮服，嬌坐在一團白棉紗上，張大嘴、瞇著眼睛，露出燦爛笑容，對著讀者熱情揚起手臂，無比柔軟，彷彿邀請我過去一起同樂……快破皮了、快不行了……

要出來了，要出來了，要出來了——

死老鼠、狗屎、死老鼠、狗屎、死老鼠、狗屎、死老鼠、狗屎、死老鼠、狗屎、死老鼠、狗屎、死老鼠、狗屎……我拚命想像，感覺自己正握著一隻死老鼠，一陣作嘔，瞬間就軟了，軟成一條狗屎，終於控制住慾念，忙鬆開手，起身，迅速拉上褲子，強吸一口氣抑制喘息，按下沖水，小心翼翼走出來，沒人，拿下眼鏡，扭開水龍頭，不斷捧著冷水往臉上拍打，強行洗滌濁亂的思緒……

◇

挫敗感揮之不去，人也愈來愈沉重，直到下班，才踏進頂樓加蓋的家裡，驚覺這幾天帶去的書一直放在背包裡沒動，時間都白白浪費了。立刻回到房間，搬出成堆書本到客廳，沖了澡就坐了下來，讀不了幾頁就換一本，一本換過一本，腦中不是浮現棻曼妙的身體，就是浮現一隻又一隻的死老鼠。

不能吸收新知，我改成複習總可以吧。再次回房間，從大書櫃裡找出我整理的五百七十二本筆記本，還有活頁筆記和各式各樣自製講義，從讀大學開始累積到現在，有課堂重點、演講精華、考前猜題、看展覽和各種紀錄片的心得、單本書的深入分析、多本書一起交叉比對、從設計出發到其他領域的延伸閱讀、每篇論文的構思紀錄、各種研究主題的發想……有薄有厚，各種尺寸，要是全疊起來有胸口那麼高，加上裡面寫滿原子筆墨水，只拿了五分之一，抬起來感覺比水泥空心磚還重。

我很久以前就發現，語言的力量有其限制。如果不限時長、沒有稿子，讓一個人不停訴說，將腦子裡的想法傳達給他人，難免會兜兜繞繞，瞻了前就忘了後，說錯字又漏句子……或許十年過去還不能說清楚，難保把自己都說糊塗了。

但是文字不一樣，文字躲在文章裡，一次攤出來，利用閱讀次序，讓所有意見一一呈現，厚積薄發之餘，還能來來回回確認，即便不能一目了然，也能讓人慢慢參詳，終究能被理解。

我總會想，若是有個研討會，想要了解我一生研究的範疇，我也不用再行書寫，更不用說乾了嘴，只要搬出這些筆記本，就足以代表我腦中每一寸學識：

從《富國論》到《資本論》，從《榮格心理學》到《怪咖心理學》，從《精品策略》到《半秒直覺》，從《物體系》到《遊戲設計概論》，從《品牌思考很簡單》到《數位分心症候群》，從《文化經濟學》到《文化創意產業讀本》，從《美術設計的點．線．面》到《當代設計進化論》，從《美感經驗》到《醜的歷史》，從《色彩原論》到《書設計．設計書》，從《觀看的世界》到《好研究怎麼做》……藍色、紅色、綠色三種文字，無數線條、記號、箭頭將每個段落架構得嚴絲合縫，愈看，我就愈加確信，自己是確確實實存在著，並且有著無與倫比的價值——

手機鬧鈴聲響起，打斷我因知識帶來的一陣陣腦內高潮。十二點了，該去停車場走一遭，累得想偷懶，卻又不想再次處理老鼠屍體，猶豫間，突然發現鞋櫃旁邊有個紙袋擱在地上。這幾天都沒遇到阿泙，必定是他幫我拿書回來，沒機會交給我，走近打開，全是舊書。嘖，他忘了。起身，走到他房門口，本想敲門，再交代一次，又想到他病好像一直沒好全，等等四點還要去送報紙，之後再去外送也成問題……不禁縮手。

再拖下去會罰更多錢，還是自己來吧。拿了手機、鑰匙，提上書，我從未在這個時間出過門，一個人在夜裡，天氣不知怎麼又冷了下來，我沒添外套，只好縮著身體前行，感覺暗巷變得更黑了，擔心得三步併成兩步，卻又不敢發出腳步聲，彆扭得幾次差點自己絆倒自己。走到外面大馬路，那家檳榔攤還開著，傳來小孩的淒厲哭聲……停下腳步想管一管，又搖搖頭，繼續向前……其他店的招牌都已關暗，路上也剩沒幾輛車，空空蕩蕩，沒東西能讓我分心，只能順著紅綠燈一路走，順路先到了市立圖書館，望著象徵知識高度的階梯，我稍微停住腳步，好好喘了喘一路疲憊。心裡想著：不知道什麼時候才能有時間進去逛一逛，待個一整天，好好放鬆一下。

叭叭——叭！喇叭聲嚇得我跳到一旁讓路，回頭去看，兩盞黃白色車頭燈亮得我睜不開眼，好不容易瞇起眼適應，就看見黑白相間的塗裝和車頂上的紅藍燈，警察局就在附近，有警車也算正常。

兩個警察下了車，淡紫白色上衣、藏青色褲子，左肩上掛著無線電對講機，腰上帶著警棍，卻沒看見警槍。他們其中一個向我走來，一張娃娃臉帶著痘疤，感覺十分年輕，另一個則保持距離，年紀大一些，一張方臉感覺更穩重，但是微微搓動的手指似乎顯露緊張，彷彿也才畢業不久的樣子。一前一後、可攻可守，是用來對付嫌疑犯的陣型。

年輕警察靠得有些近，他說：「我在附近沒看過你，你是誰？」

「辛苦了，」我提高袋子，盡可能保持鎮靜，語氣也盡量禮貌些，說：「我只是來還書。」

「還書？呵，現在是什麼時間，這時候來還書？」

「喔，我上全天班，找不到時間過來。這些書都到期了，不還要罰錢，所以才趁著晚上過來。」

「哈……」他歪頭一笑，看了眼後面的警察，「哈哈哈！笑死人，要騙人也不找一個好一點的理由，這都十二點多了，你要來還書，你是要還給誰？難道圖書館還有人特別加班等你過來還書嗎？」

「呃……有還書箱。」

「還書箱？」

「是的，就擺在門口，像郵筒一樣的東西，在閉館的時候會打開，讓錯過時間，或是沒有時間還書的人，可以把書投進去，隔天工作人員再去取來登記，就可以完成還書了，不用面對面辦理。」

「啊……？」他又望向後面方臉警察，不經意露出了左臂上的警徽臂章。另一個警察微微搖頭，又微微點頭。看不懂是什麼意思。

「還書箱就在大門那邊，我可以帶兩位過去，我不是什麼可疑的人啦。」

「胡扯！這麼晚了在這邊閒晃，一定是要做什麼見不得人的事，身分證拿出來，快。」

「不……」絕對不能拿出身分證，要是讓他們查到我做過的那件案子，那就更難脫身了，「……我記得看過新聞，警察要盤查民眾，應該要先出示證件，還是……請你們先表明身分吧。」

「你是在質疑我嗎？」

「我不是這個意思，我——」

「我身上的制服、警徽、這台巡邏車就是最好的證明，警察叫你怎麼做，你就照做！」

這麼激動，一定有問題，「你要盤查我，有什麼理由？」

「什麼理由？我想查誰就查誰！身分證交出來就對了！不要給我說這麼多廢話！」

「咳……」後面方臉警察一聲乾咳。

「……」年輕警察又向後望了一眼，第三次了，他隨即收斂起情緒，「你……你半夜不回家在這裡閒晃，是潛在的治安威脅，我依照《警察職權行使法》行使職權，請你配合調查。」

「這、這個理由不成立，夜店酒吧都開到凌晨呢，便利商店二十四小時都有人，你們怎麼不去那邊？反倒來圖書館抓人，他們比我可疑多了，這個盤查不符合程序。我要去還書，不、不奉陪了。」

「你給我站住！」

我才踩上兩階樓梯，提書的手腕立即被用力扯住，差點跌倒。

「我、我懷疑你身上有毒品！與人約在這裡進行交易！立刻給我拿出證件！」

「胡扯！這是什麼亂七八糟的推論！」

「你說我亂七八糟！這是汙辱警察！這是妨礙公務！趴下！給我趴下！」

不知道他用了什麼擒拿手法，我手臂立即被扳到腰後，一扣一壓，我膝蓋一軟，跌下兩階樓梯，單膝跪地，痛得叫出聲來，渾身只剩脖子能動，往旁邊一看，整袋書落在地上，散得到處都是。年輕警察再次施加壓力，想把我壓趴在地上，我硬撐著腰腿不肯就範，他四處跨步，想找到位置方便施力，一雙皮鞋將書踩得面目全非，尤其是蘇珊．桑塔格白色書皮的《論攝影》。馬的！動我可以，敢動我讀過的書，那就是對我最大羞辱！怒氣衝上腦門，我用盡力氣將脖子向後甩，後腦勺砸在他臉上，咚一聲，隨即一陣嗚啊亂叫，箝制的力氣鬆開，我連滾帶爬往前跌去，翻過身，一邊抬起四肢防禦，一邊向後瞧，只看見他扭曲的臉上滿是鼻血，眼淚都流了出來。

啊，又來了，絕對，這次我絕對死定了——

「嗚！啊！啊！啊——！哇——！襲警！他襲警！哥！哥！哥——！」

「我的制服！」後面的警察急忙跑向他，「不要亂動，蠢貨！不要用手擦！脫下來！快！不要動！快脫下來！」

他叫他哥？他說我的制服？這麼晚了還到「圖書館」巡邏？我忍著渾身顫抖，扶正眼鏡，伸長脖子去看他們的盾形電繡警徽臂章，紅色底、藍白色國徽、金黃色鴿子和一組編號，顯眼的三原色，一目了然：編號一模一樣。太大膽了，附近就是警察局，難道這個娃娃臉的男人是……

「假警察……」我忍不住脫口而出，聲音不大，卻被黑夜襯托得近乎響亮。方臉警察匆匆回頭瞥了一眼，露出隱隱殺氣。真警察還有法律可管，假警察就能胡作非為了。趁著他們忙著扒衣服，我趕忙起身，邁開大步飛奔逃竄，怕跟蹤，不敢回租屋處，倏地穿越馬路，隨便選條巷子鑽進去，一條換過一條，見到縫隙就鑽，繞了一大圈，憑著僅存的方向感，終於逃到了停車場，拿鑰匙開門，躲進車亭裡反鎖，確認所有百葉窗緊閉後，立刻脫力癱在地上，喘得身體前抖後擺，就像台過熱馬達，一時打出渾身汗，彷彿溺水，從頭到腳都溼透，等到熱氣散盡，又開始發冷。

突如其來一陣腳步聲，奔跑著，由遠而近……難道他們追來了？嚇得我趕緊掐住口鼻，不敢發出半點聲音。不一會又聽見「哈哈哈……喵……哈哈哈哈哈……喵！」詭異笑聲伴隨著淒厲貓叫，時有時無，在停車場裡四處亂竄，繞繞轉轉，久久不曾消停……我稍微恢復冷靜之後，終於明白，不是那兩個警察，想起身去看看，無奈雙腿發軟，幾次嘗試只是摔疼屁股，抬頭望，路燈照出忽大忽小的人影，張牙舞爪地不時映在百葉窗上，手上似乎拿著一把大鐮刀，忽長忽短，如同死神一般，要攫取任何脫逃不了的靈魂，在我身體與心靈不支崩潰之後，還鑽進夢境裡繼續作亂……

◇

一坪的車亭裡放了書桌和板凳，四肢伸展不開，屈腿、彎腰，蜷縮在地上幾小時，沒有哪個關節不是又痠又痛，加上一個接一個惡夢：警察、盤查、鮮血、逃跑、追逐、人影、貓叫、死神……來來去去，去而復返，昏睡一陣便驚得撐開眼，才撐開眼了又昏睡過去，昏睡久了又撐開眼睛……像是爛醉之後，又被施加了剝奪睡眠的酷刑，一直到車亭被太陽曬成烤箱，我才完全熱醒。

打了兩個噴嚏，頭昏腦脹，好不容易撐起身體，看手機已經八點，探頭走到車亭外，沒有警察、沒有貓、沒有死神，閉氣，檢查車亭下面，也沒有老鼠屍體……這才終於放鬆呼吸，卻被自己渾身汗臭味熏得直嗆。

住附近的人紛紛來開車，想衝回家洗澡已經來不及，索性放棄，拿了竹掃帚和畚斗開始掃落葉，重新默數這玩意一共有多少缺點……直到楊店長來開後門，我才借了廁所，先洗把臉，又端了些水，躲在車亭裡擦了腋下和胯下，好讓味道淡一些。

渾渾噩噩到了九點半，我趁著沒人停車的空檔，播了通手機。

「桃園市立圖書館，您好，需要什麼服務嗎？」女人聲音略有些低沉。

「我、我……昨……書……」我實在不願意承認，自己是一個會棄書於不顧，只顧逃命的人呀。

「請說得大聲一點，聽不清楚喔。」

「是。我昨天不小心，要還的書整袋都弄丟了，想要請問一下賠償的事，我、我該賠多少錢……？」

「啊？整袋書都弄丟了？是有多少本？」

「一共十二本……」

「唉呀，怎麼會這樣呢？給我姓名或是借書證號碼吧，我幫你查價。」本名說不得，雖然她一查就知道，我還是默背出借書證號碼。在一陣打鍵盤聲音之後是一陣短暫沉默，「……咦？李先生是吧？」

「嗯……是、是的。」難道我被認出來了嗎？

「你現在只有七本書在借閱中喔，你是不是記錯了？」

好險，她沒認出我，「啊……？等等，是不是妳搞錯了？」

「我沒搞錯，紀錄都在這，有十二本書今天都還了。還有你預約的八本書也已經到了，還請你抽空過來拿，不然下禮拜就要開放給其他讀者了喔。不過，你有逾期費用，要記得先繳清，否則被停權就不能拿書喔——」

「等等，還的書之中有蘇珊．桑塔格的《論攝影》嗎？」

「我看一下，有喔，有這本書。嗯……這些書就在我旁邊，這……有污漬和破損喔。應該還能清理啦。下次請好好保管，這可是珍貴的公共資源。」

「怎、怎麼會這樣？」

「應該是撿到的人幫你拿來還了吧……真的是，這個社會上到處都有好人。」

我可不覺得那兩個傢伙會是什麼好人，「那、那還書的人有問妳關於我的事嗎？」

「啊？你的事？什麼事？」

「就是打聽我是誰之類的……？他們是不是警察？」

「有可能是警察啦，很可能是交給警察代還，上個月就有一件是這樣子。」

「我不是這個意思。我是要請問妳，有沒有看到對方長什麼樣子？」

「我看看……他這……等等……」旁邊傳來另一個人的說話聲，「……喔，是這樣啊。李先生，今天還沒有人來還書，他這是從還書箱還的啦，沒有看到人喔。你是不是想找到對方，表達謝意呀？嗯？李先生，你這個名字，是不是之前上過新聞的那個——」

我趕緊切斷通話。心想：如果是用還書箱，那他們就放棄了得到我個人資料的機會……他們該不會是心虛了吧，所以才不想查我的資料、不想再跟我見面……不，不是不想，是不敢，他們壓根就沒膽把事情鬧大，所以才替我還書，向我示好。對，絕對是這樣。忍不住長長吁了口氣……還好沒事。

心情放鬆之後，感覺身體也恢復了不少，迎接中午來吃自助餐的車潮時，又碰見朱太太給兒子送便當，她待了好久，其他家長都達成任務回去了，就她一個人依舊等在那裡來回踱步。

「朱太太，還是交給我吧。」

「俚好……管先生，不用了……我等一下就好……」她說，臉上比上次見面多了個OK繃、腿上也有些瘀青，表情十分尷尬。

「已經等二十分鐘了，還是交給我吧。」

「真的、真的不用了啦……」

「不行！」小學後門裡傳來小而尖銳的吼叫聲，「妳敢把便當交給那個白痴，我就不吃飯！」不用探頭去看，我聽出是那圓臉的朱小弟。我大聲說：「你早點出來拿便當不就沒事了。」

「你閉嘴啦！」

「你！」我走出去瞪他。朱太太在這，實在不方便發作，「你要有禮貌……」

「俚終於出來了，快來拿便當啦。」

「妳好煩！」朱小弟一把搶過沉甸甸的便當袋，指著他媽媽鼻子，說：「妳以後可不可以不要說話，不要露出妳的臉，同學都笑我！老師也叫我去學什麼奇怪的外勞話！大家都在笑我！妳下次不要來了啦！妳、妳，以後妳便當就放在這個牆角，不然就晚上給我帶便當，不然就給我錢訂便當。妳不要再來了，大家就不會知道妳是爸爸買來的！好丟臉！丟臉死了！給妳生出來有夠丟臉——！」

「俚……」朱太太臉一皺，糾著胸口，退了又退，像是被全世界賞了一個大巴掌。

「靠——」這是我人生中第二次暴怒，立刻往外衝，抓著小學後門欄杆猛搖，撞得鏗鏗作響，「臭小子！你給我閉嘴！她是你媽吔，你這個沒出息的人渣！你不能這樣傷害她！你給我滾出來！跪下！道歉！現在就出來，你不要走！就不要讓我在路上遇到你，否則我要你好看！——」

「幹……」一聲輕聲又沙啞的咒罵從耳邊飄過，來不及轉頭去看。

碰咻——

一陣壓抑過的爆響從身後發出，半個瞬間不到，忽感受到身旁鑽過一股銳利風壓，還來不及搞清楚是怎麼回事，已見朱小弟手上的哆啦A夢便當袋突然爆開，白飯、青菜、肉絲、蘿蔔、雞蛋，滿滿愛心散了一地。

我嚇得立即閉緊嘴巴，罵了一半的話全硬吞回肚子裡，差點岔了氣，不知道過了多久，差不多是半分鐘，或者只有三秒，我才趕緊轉身查看現在到底是什麼情況——

一個男人剃著三分頭，滿臉橫肉，一隻手打理著西裝皺摺，另一隻手已揹到腰後，我看清了，他拿著一把黑色手槍，與他魁梧的身材不搭，動作從容而優雅。我在心中直呼不好——鑫展建設公司丘董事長回來了。他似乎剛從一旁紅色蓮花跑車下來，一群身穿黑衣黑褲的手下正快步出來迎接。

「怎麼了？」朱太太一臉懵然，迅速張望了一圈，然後看向我。我明知她什麼都沒搞清楚，卻看得出，她已決定這件事是我做的，跑過來扯我手臂，說：「俚、俚別這樣，他、他只是個小孩子啊！」

我忙舉起兩隻手證明清白，不遠處兩個路人嚇得不知所以，聽朱太太這麼說，都用驚詫的眼神盯著我。停車場門口，兩名計程車司機絕對目睹了一切，卻紛紛別過鐵青的臉，緩緩升上車窗，假裝什麼都沒看見，就算我一直沒過去替他們拿號碼紙、開橫欄門，也沒有半句抱怨。

惟有朱小弟，慘白的圓臉上，雙眼頓時失去所有光彩，直楞楞盯著丘董事長，全身白嫩肥肉都在發抖，抖著抖著，金黃色尿液抖了出來，溢出褲子，流過雙腿，襪子，鞋子，在地上漾開……

「小朋友，」丘董事長的聲音粗糙得像喉嚨有兩顆石頭互磨，「你沒資格，吃你媽媽做的便當。」

「咿……咿……咿……」朱小弟張大了嘴，竟發出了類似老舊木門關上的聲音。

「不要讓我再看見你。知道嗎？」

朱小弟遲緩地點頭，點個不停，僵硬地轉過身，像是中了邪、失了魂，一跛一歪跑開。朱太太見狀，忙放開我，跑向小學正門的方向，定是要幫兒子收拾去了。丘董事長手一揮，帶著一群黑衣手下魚貫進到公司裡……四周頓時一空，像是剛剛那些驚心動魄的事從沒發生過。

我無所適從了幾秒，一個客人剛吃飽要繳錢，對著我直喊，我這才回神自己就是管理員，趕忙接著工作，揣著忐忑的心，送往迎來，不過五六分鐘功夫，一個黑衣男人帶著不祥的氣息，從建設公司徑直向我走來。

他說：「李先生，我們董事長請你下班之後過來我們公司，一起喝杯茶。」

「呃……什麼意思？」

「我們董事長請喝茶，下班之後，請來我們公司一趟。」

「啊？」我不是聽不懂這句話，「……不是，可是我、我是說……我……我……我……」

「……」他就這麼站著。

「這……呃……是……是……我、我、我……」

「……」

「我、我一定到。」

「好的，我這就回報給董事長。」他轉身去了。

「糟糕……」忽然心底像漏了風，一直往外流洩……趕緊打手機給舅舅，響了好幾聲才接通，我加大音量好壓過那頭的麻將聲，說丘董事長找我，必定與跑車刮傷的事有關，要他快點過來。

「你、你、你不是有領薪水嗎……」舅舅壓低聲音說：「就、就全交給你了。」

風漏得更大了，吹得我一身狼狽。

◇

一年前，我才在停車場上班三四個月，只裝潢三天的鑫展建設公司正式開幕，大紅鞭炮炸了滿地，四處送來的蘭花、開運竹、金錢樹擺滿路邊，客人絡繹不絕，連舅舅也去道了賀，湊熱鬧順便招生意。

誰料得到，第二天早上，停在建設公司門口邊上的紅色蓮花跑車出事了，竟多了一片刮傷，二三十幾條水平刮痕，足足有巴掌大，位置差不多是膝蓋高，板金也有點凹陷，明顯是有車子在轉彎時擦撞導致。連舅舅也覺得，必定是客人開車出停車場時不小心撞到。

雖然原因很明顯，就是因為花籃太多，跑車被頂出半個輪胎到馬路上，所以才會發生事故，舅舅還是非常上道，備了肉乾禮盒和水果禮盒上門做公關，還專門要我去提著，站在一旁充場面。

原本以為對方絕對會一笑置之，出乎意料，丘董事長當場拒絕了所有禮物，只說，賠償和道歉都是小事，找到犯人才是大事，要我們揪出誰是兇手，而且還不能報警，否則下場難料。

我和舅舅嚇得急急研究起那片刮痕，卻發現乾乾淨淨，並沒沾到別顏色的烤漆，我們只好比對著高度和寬度，將停車場裡所有車輛都仔仔細細巡了兩次，每一點污垢、每一條刮痕都看過摸過，沒有半個符合，還找了巷子兩端的監視攝影機，盯了十幾輛車，也沒看見哪一輛車特別緊張遲疑……搞了一個星期，最後舅舅躲在我身後，將結論回報給丘董事長：應該是臨停的人肇事逃逸，抓不到了。

那時的丘董事長穩然不動，簡直像尊石像，蠕動著嘴唇，說道：「好，好，好，很好，你們很好。要是，同樣的事情再發生一次，我把你們整片停車場，轟成亂葬崗。」

◇

遠遠聽見〈少女的祈禱〉愈來愈清晰，披著夕陽衝出停車場倒垃圾，可能是刻意，也可能是巧合，建設公司裡一個黑衣男人也提著垃圾袋出來，就在我身後，一到巷子口垃圾車已近了，街坊鄰居都站在那裡等，我有停車場要顧，多走一段路過去。果然那個黑衣男人也跟來了，我假裝絆了一下，蹲下來綁鞋帶，想讓他先走，耗了幾秒，一抬頭，他還在那，就站在面前俯視著我。

「呃……你、你也來到垃圾啊……」

他說：「李先生，今天下班之後，千萬別忘了過來喝茶。」

「是、是，我會去的，絕對……」

黑衣男人點點頭，把垃圾交給清潔員，轉身便走了。我起身太快，感覺有點頭暈，正交出手中大垃圾袋，突然想到裡頭還裝著老鼠屍體……說不定，明天這個時間，我也被裝成一袋一袋，在垃圾車裡壓縮碾碎，一起燒了，埋起來，我就和牠永遠作伴了……明明立夏已經過了一個星期，背心還是不禁打了個寒顫。要不逃吧？急轉頭，馬路對面還有另一個黑衣男人，假裝抽菸，其實正用眼角餘光瞄著我，倏地我腳底也涼透了。

想快點下班時，太陽永遠不肯下山，不想下班時，天黑得比打翻墨水還快。楊店長鎖上後門，與我揮手道再見，我卻不想結束工作，還想多收幾個臨停再走，怎麼等都沒車來。建設公司裡幾個黑衣人，已經把臉貼在落地玻璃上，透過霧面方格膠膜的縫隙朝我張望。沒辦法了，鎖上車亭，下班，走了過去，還沒握到把手，玻璃門就被拉開，兩名黑衣男人立即迎了我進去。

「歡迎，李先生，裡面請。」其中一名黑衣男人說。

我虛應了兩聲，走進去，冷氣開得太強，冷得我滿頭雞皮疙瘩。趕緊環顧一圈，白油漆、長管日光燈、合成木桌、貼皮電視櫃、塑膠板凳、膠皮沙發……都是些堪用而不耐用的廉價家具，我之前都見過，不同的是，有十七八個員工身穿黑衣，圍著茶几和餐桌吃飯，見了我便點頭招呼。他們買了四五十個紙餐盒和紙餐碗，有乾有溼、有菜有肉、有魚有蝦、有熱有涼、有酒有茶、有鹹有甜……聞著陣陣香氣，肚子不禁哀號起來，一直靠上去，想搶個兩口，免得待會做了餓死鬼，那就真淒涼了。

帶路的黑衣男人拍拍我手臂，告訴我正確方向。我忙擦去口水，點點頭，挪回腳步繼續往前走，走進一條走廊，一盞角度不對的燈刺得我皺眉，好不容易能看得清楚些，路已到了盡頭，一扇厚重鋼板門擋在前方。黑衣男人按下對講機，說李先生到了。門鎖立刻彈開，他讓路，幫我推開門，裡頭燈光不明不暗，曖昧得人更不安，不想進也得進，踏入，定睛一看，以為是地獄，卻有天使在等待。

棻穿著細肩帶背心，散著長髮坐在沙發上，頭上戴著全罩式耳機，正盯著六十吋大電視看韓劇。她迅速瞅了我一眼，像指尖沾水似的，又迅速轉開頭，拿起遙控器和洋芋片，視線回到摟在一起的劉寅娜和李棟旭……彷彿只要與我多交會一秒，就會引發驚天動地的大災難。

「這個是我乾女兒。」丘董事長突然出聲，嚇了我一跳。

我趕忙轉身。他人不在紅木辦公桌後的皮椅上，壯碩的身體坐在角落，就著一張灰黑色大理石桌，桌面上依石料的凹痕紋路，粗雕了一個凹洞，洞裡有水，水上冒出兩頭石雕水牛，栩栩如生，彷彿是田野邊一池清幽。池子裡稍淺的位置放著一個掌心大的紫砂壺、一個品茗壺、兩個白瓷茶杯，丘董事長滿臉愉快，擠出雙下巴，正拿著一個手工日本老鐵壺往上頭澆著熱水。我大學時因選課網路塞車，明明不喝茶，卻上過「茶與生活」的通識課，趁機盡量想著那些茶具的用法與來歷，至少讓心靈抽離。

「來。坐。」

「呃，我——」

「請坐。」

「不敢……」

「坐。」不容質疑的聲音。

「是。」一忙拉了張板凳坐下，明明是平面，卻感覺屁股全是倒插的釘子。直視著丘董事長深不可測的瞇瞇眼，我知道，自己再也逃不了了……

「我離開了幾天，讓你們調查的事，有新進展嗎？」

「呃，丘董事長……那已經過去一年了，而且我舅舅之前也報告過，我們已經把所有的車都檢查過了，的確沒有痕跡吻合，那個擦撞的人應該已經……已經跑了，而且時間也過了那麼久，所以……所以就算我時時都有在查看，他們該烤漆也烤漆了，該維修也維修了，現在……很抱歉……現在已經、已經……已經不會再有什麼新進度了……」

「嗯……」他拿起紫砂壺，將熱水倒進水牛池，拿木夾夾了一撮茶葉，先放進竹茶則，再用一竹棒播進紫砂壺裡，重新拿上老鐵壺，以畫圈方式注入熱水，緩緩蓋上壺蓋，「你說得很是啊，連我自己的車都重新板金，還烤過兩次漆，一年過去，沒道理肇事那台車不去烤漆，你是這個意思吧？」

「是是是，我就是這個意思。」

「我知道，這個道理明明很簡單，你是不是覺得，我早就該想到呢？」

「不、不敢……」

「『不敢』就是承認了？」

「不是，我不是——」

「呵。坐，坐。」他對我壓壓手，讓我焦急的身體別離開座位，「那你有沒有想過，為什麼，我的確應該要想到這些，卻沒有想到呢？」

「這……我……」

「你慢慢來。」他依序拿起品茗壺與兩個瓷茶杯，裡頭的熱水依舊倒入水牛池，再將紫砂壺的茶湯先倒進品茗壺，再由品茗壺倒進瓷茶杯，動作慢得堪稱優雅，茶湯愈多愈顯暗紅，沒有半點雜質，就像血。他說：「想到了？」

「呃……這……」

「呵，」他斂斂下巴、轉轉脖子，要公佈答案了，「我是要立規矩。」

「規、規矩？」

「沒錯，就是規矩。」他端了一杯茶放在我面前，一杯自己啜了一口，一臉悠然，「如果是我的手下撞了我的車，還敢逃逸，我是一定要追究到底。斷手斷腳，或趕出公司，都是選項……但，重點是一定要把人找出來，這是規矩。規矩不能因為幾根香腸、幾顆水梨、幾句道歉就改變，如果這麼簡單就壞了規矩，要我怎麼帶人，怎麼讓這群年輕人跟著我做事呢，你說是吧。」

「嗯……是。」

「所以，我才要你們去找兇手，所以，我才不讓手下把車停進你們停車場，好表明我的憤怒和懲罰。這，你應該能了解吧。」

「完全、完全了解。」跟我說這些到底要做什麼啊？

「很好，很好。但是今天中午，情勢全變了。」

「嗯？是……怎麼變的？」

「呵，因為你的一番話，因為你阻止了哪個渾小子汙辱自己的媽媽。」

「沒有，還是您出手才——」

「呵呵。」丘董事長朝我揮揮手，制止我說話，又抬抬手，讓我喝口茶，又接著往紫砂壺裡加熱水。這是讓我不要提開槍的事了呀。我迅速照辦，燙，甘潤和清香中有股陳舊的風味，應該是普洱，還很高級，可惜我不喜歡。慢慢喝完，盡量別說話，卻忘了自己已超過二十四小時沒吃東西，肚子不禁幽幽發疼。他接著說：「你能跳出來說出這些話，代表你是一個重情重義、有教養、懂感恩的人。」

「過、過獎了。」

「不，不過獎，我好歹也混了這麼多年，看人的眼光還是有那麼一點。你一身清白，默默認真又不引人注目，必定是個值得託付的人啊。」

「喔……」我轉念一想，沒控制住笑容往臉上湧現：這是要介紹乾女兒給我啊。一個勁點頭，說：「嗯嗯嗯，是、是的。」

「好，很好，果然好啊。」他幫我添了第二次茶湯。我立刻喝盡了。「來。」他說，拿出一個中型透明夾鍊袋放在桌上，裡面裝著四五十個小夾鍊袋，分裝著色澤異樣的白色粉末，「這一批貨你帶回去，收好，一個禮拜內，幫我送到苗栗義忠路的金派電機公司，我給你一萬元當報酬。完成這次，我們長期合作，一個月至少有五次，你就可以多出五萬元收入，多的話，可能有十次，就能有十萬。而且，你若能幫我們公司攬下這件大事，那之前一切事情就可以一筆勾消，我們不僅會把車停進你舅舅的停車場，還能讓他再給你加一倍薪水，這樣你說好不好啊。」

「呃……」我用盡全力讓臉上肌肉維持在微笑狀態，不自主開始發僵，進而開始發顫，從頭頂到兩腿都在抖，就像突發地震。這是毒品！這是犯罪！逃！快逃！我要快點逃！

「沒關係，你想一想……」他又開始擺弄茶壺，慢慢把第三泡茶湯倒進我杯裡，「請。」

「這……」

「請吧。」

「……」

「請你，不要讓我失望才好啊。」

「喔……」我急著伸手，不小心打翻了杯，一半茶湯漫進水牛池，另一半流到我腿上，燙得我跳起身，霎時後腦一滴冷汗沿著脊椎流到尾椎上，「對、對不起，請讓我再想想、再想想，再、再考慮一下，讓我再想一下，再想幾天，再想幾天就好——」

丘董事長突然伸手到腰後，小眼睛霍地一睜，明顯是動了殺意。我在腦中對自己吶喊：快跑！不！快答應他！不！立刻跪下求饒！不！要站挺、要有自尊！不！應該先發制人，先揍他一拳再說！不！還是先看看情況吧！怎麼辦！怎麼辦！怎麼辦！快！快！快！快！快！……腦子裡各種計畫亂成一團，沒有三色筆標出重點，做不出決定。

「丘哥，嘴好乾，你讓人幫我去買可樂，要玻璃瓶的比較好喝，冰的喔，還有鹽酥雞，我要兩份花枝腳，現在就要，不然晚上不跟你好了——」甜膩膩的喊聲吸引所有目光，只看見棻在沙發上轉過頭，原本撒嬌的表情變成詫異與歉意，一把抓下頭上耳機，「你、你們怎麼那麼久還沒談完啊……」

原來他們兩個是……。丘董事長臉上登時緩和了一半，有點尷尬、有點愉悅，就是沒說話。

「那、那我不打擾了，就、就先離開了。」

「等等，」丘董事長喝住我，「東西拿走再慢慢考慮吧，下個星期一，我給你三天時間，千萬不要讓我失望。」

「呃……我……這……好……是……那我……先離開了……」

抓了那包毒品塞進口袋還不放心，隔著布料緊緊握著，生怕掉出來。一路往外面走，盡力避過所有人的視線，慢慢加快速度，出了大門，已下著小雨，一手捂著頭頂，假裝避雨的樣子跑了起來，轉過彎，單手手刀飛奔。天啊！天啊！天啊！天啊！天啊！天啊！天啊！天啊！天啊！天啊！今天沒死真是奇蹟啊，三天後還有沒有這種好運，那就難說了。

衝過馬路，差點被車撞飛，閃躲間摔在地上滾了兩圈，渾身發疼，還被那個司機賞了一句幹你娘。我才想回嘴，車已走遠。我挾著半分怒氣，趁勢逼自己冷靜下來。不行、不行、不行，不能這樣亂搞，我要想辦法，什麼辦法都行，一定要想出來……眼前最重要的就是，非得要快點藏起手上這顆不定時炸彈，要是我這時候出了車禍，警察一來搜身，我就完蛋了！

爬起身，雙腳慢慢朝著家裡移動，心卻在狂奔。

第三章　醉漢

剛搬出來的第一個星期，我沒錢買家具，在路邊看見一個被遺棄的合板置物櫃，想都沒想立刻撿回來放在床邊的角落，但櫃子後死死黏著一個延長線大插座，外殼鏽了一半，六個插槽只剩一個能用，剛好拿來插手機充電器，卻因此與牆面間隔出一道縫隙，常往裡頭掉東西，就在上面擺了一箱衣服擋著，找了一個橢圓形奶油餅乾馬口鐵盒，專放重要證件和攢下的薪水，全藏到這個狹窄空間裡。

住了一年多，也就這麼藏了一年多，一直覺得極為隱蔽，很安心。如今盒子裡多放進了一包不知是安非他命還是海洛因，害得我徹夜躺躺坐坐、翻來覆去，整整檢查了四次，每次都得仔仔細細數過，一共有四十四小包，確定一包不少，這才能稍微緩解焦慮。

雨聲打在鐵皮屋頂上形成白噪音，我好不容易睡了一陣子，竟然夢到自己穿著白內衣、白內褲，站在約恩．烏戎以白帆船形象設計的雪梨歌劇院前面，頭上頂著深澤直人在二〇〇一年為無印良品設計的白色壁掛式CD音響，耳朵戴著iPhone最經典的白色耳機，手上捧著一大疊Double A白色影印紙……正不知所謂，突然迎面刮起白色大風雪，把所有東西吹成毒品粉末，我困在其中，慌亂間突然發現有個肥壯人影正在打量著我，才想著多看兩眼，猝地爆出火花與一聲槍響，鮮血從心口迅速漾開，帶著霉味，把所有白色燒成紅色……嚇得大叫，跌下床，骨頭差點摔散。

「阿摶？」一股聲音說。我抬頭去看，門開了一個縫，阿泙端著一大碗白飯吃著，眨著眼睛，正朝著我打量，「你沒事吧？一直聽到彈簧床吱吱叫，我還以為你在打槍咧，結果搞了一整個晚上。是怎樣？熱感冒嗎？還是拉肚子？」

「喔……沒、沒事……沒事啦，我沒事，」一時爬不起來，「真的沒事。」

「沒事那就好……」阿泙進來拉我，他的手又冷又溼，「你的書自己拿去還了喔？」

「嗯……」另一手撐著床，終於站起身，「呼，是啊。」

「抱歉抱歉，我忘記了啦。」

「沒關係啦，」現在已經顧不上那些，發現才六點出頭，看向阿泙，他枯瘦的身子披著條厚毛毯，我不禁問，「你怎麼又沒去送報紙，又感冒了嗎？」

「呃……嗯，是啊，不知道怎麼搞得，身體一直發冷……喔，你放心，我今天還是會去外送，下個月一定還你錢──」

「沒事沒事，我沒說這個，沒催你，慢慢來沒關係，我還不急著用錢。」

「喔，是嗎。那你是……？」

「我只是擔心你身體啦，這幾個月你狀況實在很差，要不要我再借你一點，先去看看醫生吧。」

「不用，不要再借我錢了，我可以的，多吃一點就撐得住啦。」

「喔，是嗎。那就好。」

「那個……阿摶，我幫你代班的事？」

「今天還不行。唉……反正今天我是非去不可，之後再來安排代班吧。」

「喔，好……」他又扒飯去了。

本來計畫讓阿泙代一天班，我可以去圖書館享受一番，但我今天若不出現，恐怕丘董事長緊張起來，不會讓我這麼好過……沒心情料理早餐了，也沒心情聽TED演講，蹲了五分鐘廁所也沒拉出半點東西，洗把臉，揹上包包，拿上保特水瓶，出門上班。檳榔攤的爭吵聲也不能讓我多停留半秒。已經有三十幾個小時沒進食，找間早餐店，吃了一套燒餅油條、一顆飯糰、一碗鹹豆漿，噎著好幾次，肚子撐得不行，還是繼續吃。直到老闆笑著對我說：「又不是吃斷頭飯，不用那麼急。」我才終於恢復理智，趕緊退了加點的蛋餅和蘿蔔糕。

到了停車場，還沒有人進出，把隨身東西都放進車亭，拿了竹掃帚又開始打掃。原本一次可以掃妥的落葉，竹掃帚要掃五次，經過一夜雨，所有落葉都黏在地上，至少還得多三倍功夫，掃個十五次，勉強才算乾淨。還有幾片葉子死活不肯離地，除非去撿、地上乾透了、或者是換一支掃把，否則絕對不會認命進到畚斗裡。折騰了一個半小時還沒打掃乾淨，我有點想算了、不掃了：一來，我吃得太飽，彎不下腰。二來，建設公司又開門了，舅舅怕麻煩，除非假日，他絕對不會來檢查。三來，賣雜貨的老闆還沒過來，等他來了我就能解脫。

我正專心想著，對溼地面沒轍，這勉強能算是竹掃帚的第七個重大缺點，沒注意到黃色鐵門悄悄拉開，直到建設公司裡三個黑衣手下出來，唸叨著買早餐，我這才趕緊綳緊神經，偏過頭，盡量不去看他們。他們卻是主動打起招呼。

「李先生早安！」「大哥你這麼早啊！」「您辛苦了！」

「早……早……早……」

他們走後不久，建設公司玻璃門又打開，又出來兩個黑衣男人，後面跟著一個女人，她身穿一襲過大的白色男性襯衫、緊身牛仔短褲、白布鞋，三個人一起向我走過來……

「這位就是李先生吧。」菜說，她臉上沒化半點妝，嘴唇透著自然的玫瑰色，長髮慵懶地斜在一邊肩膀上。沒有第一次見面時的聖潔感，也和在二樓窗戶看見的嫵媚性感不同，現在的她，從骨子裡透出一種堅毅，充滿自信，像是一位巨星，雖已洗盡鉛華，卻永遠不會平凡，舉手投足、抬眉斂目，無不是如畫般的美麗景緻。「……李先生？」她又說一次。

「啊……是……唉呀！」我看愣了，手一鬆，垃圾袋和竹掃帚都落在地上，又趕忙撿起來。

「呵，昨天晚上，丘哥已經把事情都告訴我了，」她揮揮手，示意兩個手下向後退，她自己往前兩步，說：「你很好，丘哥他很欣賞你，所以讓我來問你一些事情。」

「喔，」我偷偷移動視線，建設公司二樓窗戶裡雖是陰暗，隱隱可見一個壯碩的肉色人影，足以讓我想像昨晚兩人間發生的一切，「……妳請問吧。」

「李先生，你今年三十五還是三十六了？結婚了嗎？」

「我三十四，還、還沒有結婚，」我忙說：「我認為應該先立業，之後再成家，因為——」

「嗯，是的，」她打斷我，點點頭，似乎早在意料之中，「那有女朋友嗎？」

「也、也沒有。」搖頭。

「太好了，我的丘哥不只經營這間公司，還認識很多女孩子，有很多都很美，你可以見一次，也有很多個性很好的，可以陪你一輩子。只要肯替丘哥做事，你一句話，有什麼需求，她們隨時都可以為你服務。」

「啊？服務……喔，這……我、我、我不需要。」

「怎麼可能呢，沒有人會不需要，每個人都有需求，除非……你該不會還沒交過女朋友吧？」

「呃……」回憶全速倒轉，「……有。」

「交過幾次？是什麼時候的事？」

「嗯……就、就一次。是、是我高一的時候。」

「喔——」她無禮地拉高聲音，「等等，你該不會還是——！」

臉一下子紅了，「我不——」

「不急不急。你們都退下，退遠一點！我和李先生聊私事！」菒一說，兩個手下隨即照辦，一邊掩嘴偷笑，一邊退到橫欄門邊抽菸。她聲音突然變得又細又快，說：「抱歉，我不是故意要讓你難堪，只是這麼說才能讓這兩個人退開。李先生，無論你接下來聽到我說什麼，請都當作是聽見我要給你介紹女朋友、或是給你安排召妓，請務必控制住表情，因為他正在看，不能讓他發現我在說什麼。」

「妳……妳要做什麼？這樣是什麼意思？——」

「請答應我。」

「呃……好吧，妳到底要說什麼？」

「救救我。」她說得神色自若……眼神卻發顫。

「啊——？」我忍不住張大了嘴。

「控制你的聲音。」

「喔……嗯……呃……」盡力壓低聲音，「啊？」

「李先生，姓丘的那隻豬威脅我，用槍逼我，擄我到這裡，還說要對我家人下手，強迫我當他女朋友，」說得雲淡風輕，像在轉述一則網路小故事，「噁心透了，已經整整一年，他每天逼我跟他上床，每晚虐待我，我真的受不了了。馬的，他真是個人渣，也不看看他自己長得像豬一樣，沒水準又很臭，找機會，我一定要割下他兩個蛋蛋，踩碎。而且他還用毒品控制我，讓我離不開他，真是他媽的卑劣到了極點。李先生，我知道他所有祕密，現在只有你能救我——」

「等等，妳到底在說什麼？」

「表情，控制你的表情，不要太大、不要太誇張。」

我趕忙拉長人中，繃起面部肌肉，「妳……妳說已經一年了？我怎麼沒看過妳？」

「那個混蛋怕我逃跑，都把我關在二樓，白天不准出門，夜裡才讓我出來放風。我那時候就看過你了，你每天掃地、收錢，有時間就會看書，你很不一樣，是個特別認真的人，而且你還跟小孩子處得很好，一起聊天，一起畫畫。你很善良，我信得過你。」

「喔……」我才為她抬過一次頭，卻不曉得，她已經為我垂下了無數次眼眸，感覺碰觸到心底一塊柔軟的角落，腦袋裡卻是充滿疑惑，「我先問一下，丘董事長到底想要我做什麼？」

「喔，他一向都是這樣招人做事的。那個混蛋要找人跑腿送毒。最近警察查得特別緊，也不知道是不是要賄賂，反正他的生意受到不小影響，所以要找一個臉生的人，還要背景單純，最好在經濟上也不寬裕，生活也比較……比較侷限。他看來看去，就相中了你，本來以為一個月五萬、十萬可以誘惑你，卻沒想到你竟然敢拒絕。」

「喔……我背景單純？」這一定有誤會。看來丘董事長真把我當成一般停車場管理員了。

「李先生，我跟你說，我有方法對付那個姓丘的——」

「可是，就這樣？妳就這樣信任我？這……這不是在開我玩笑吧？」

「這絕對不是玩笑，我時間有限沒辦法多說——」

「可是我不懂，完全不懂。」比丘董事長找上我更難懂。

「好吧……」她的表情愈來愈嚴肅，動作卻依舊柔和，丘董事長只從側臉和背後絕對看不出破綻，這演技可以得獎了。她又說：「我有兩個理由：第一，我、我沒有別人可以求了。第二，是因為昨天，除了你，沒有人敢當面拒絕那個人渣，可見你有正義感。而且你今天沒有逃走，還來上班，所以我知道，你一定很聰明。聰明又有膽量，所以……所以我才敢信任你。」

「昨天？妳怎麼知道的？」

「我昨晚按了靜音，雖然戴著耳機，但你們說什麼我都聽見了。李先生，我相信你一定有能力可以暗中達成任務，把姓丘的那隻豬抓起來，關進牢裡，關到死，讓我重新得到自由。」

「自由……」誰不想要自由，「可是，我只是一個——」

「要是你能幫我，我什麼都可以為你做，」她緩緩放慢聲音，手輕輕一撥頭髮，「什麼……什麼都可以。」

「我……」呼吸一滯，立時想到許多齷齪又快樂的事情，用力搖頭驅散，避免又充血脹彎了腰。

「不只是我，還有你……不，是我們，我們兩個人可以一起……一起擺脫掉那個姓丘的王八蛋。」

「啊，是啊……」能和棻在一起，還能擺脫掉丘董事長，沒有比這個更好、更該做的事了，

「那、那妳先說說看吧，妳到底知道他什麼祕密？」

「我親眼看到，他將所有毒品都放在二樓房間衣櫥裡的保險箱，有好幾包，一個臉盆都裝不下，還有兩本帳本。李先生，我用性命保證，只要警察查到這些東西，姓丘的那隻豬一定完蛋。」原本冷靜的面容因興奮而微微發顫，不像在騙人。「答應他，李先生，星期一你一定要先答應那隻豬，之後趁他不防備，去通報警察，我們就可以在一起展開幸福生活了。」

「不能直接報警嗎？」

「不行，那地方只有我知道，直接報警，他那些手下一定會懷疑我，不會放過我和我的家人。」

「這……」這個計畫好像有點不合邏輯，但是她哀求的眼神讓我分心，「我、我得想想……」

「好，太好了，你能夠想想就已經太好了。」她說。身後兩個黑衣男人已抽完一根菸，把濾嘴往水溝蓋一彈，看看手機、手錶，往我們走了過來。

「他們來了。」我說。

「好。對了，我還沒告訴你我的名字——」

「我知道，我有聽到他們叫妳，妳叫『棻』。芬芳的芬，下面一個樹木的木。」

「嗯……對，你怎麼知道？」

從設計的觀點，「妳就適合這個字。」

其中一個黑衣男說：「棻姐，差不多了吧。」

「呵呵呵，」誇張笑容重回到她臉上，加大音量對我說：「沒錯，你能想到的花樣，她們都能提供，我看你似乎有點心動了吧？癢了嗎？」眼睛眨了又眨，要我配合。

「嗯……的確……很不錯，我會考慮看看。」

「好，你能夠考慮就已經太好了。我的任務達成，相信你會給我、給丘哥一個滿意的答覆。」

「放心，我絕對會非常非常認真思考。」

「嗯，我們走吧。」

她招招手，三個人一起回頭。等棻走進了大門，建設公司二樓，肉色的丘董事長也退進黑暗。買早餐的幾個人提著大包小包回來，邊走邊吃，和那兩個黑衣男人在路上碰頭，像是早已餓得等不及了，站在那裡翻翻找找，吵吵鬧鬧，都想先搶到各自愛吃的餐點，還喊著問我要不要也來一份。

我肚子還撐著，腦子也混亂，忙說吃過了，握緊竹掃帚，繼續與黏在地上的落葉奮鬥，其實不斷在心裡向自己提問：該怎麼做才能不把我牽扯進去，還能把棻拯救出來？

巷子另一頭，忽然傳出一陣紛沓腳步聲與爭吵，在靜謐的早晨裡聽得格外清晰。

「……別這樣啦！不要這樣啦！」一個女人大喊。

「閉嘴！滾！」一個男人的聲音。

「俚不要亂來！這樣不行啦！俚快停下來啦！」這口音，是朱太太，聲音愈來愈靠近。

「死到一邊去！幹妳娘咧！」男人大吼，伴隨一聲清脆巴掌聲和朱太太一聲尖叫，「誰敢欺負我兒子，絕對不能放過他！」

這是朱先生要來找丘董事長報仇了。真是愚蠢，人家不僅有槍，還養了一大幫手下，你拿什麼跟人家討公道啊。我趕忙往橫欄門走去，看能不能找個什麼理由，阻止他去送死，也阻止他打老婆。

「快跑啊！」朱太太大喊，「管先生！俚快點逃啊！快跑！管先生俚快點跑啊——！」

「啊？我？」還來不及後退，一個皮膚黝黑的男人衝了過來，他身穿泛黃吊嘎，滿臉通紅，圓睜著兩隻眼睛，粗著脖子、繃著嘴，全身筋肉緊繃，活像尊木雕的修羅還著了大火。只消瞪一眼，便看見我手中竹掃帚，認出了我管理員的身分。

「就是你！」嘶吼，一甩手砸碎酒瓶，滿嘴檳榔染出的紅色，像是牙周病出血。

「不、不、不、不、不、不是我啊——」

「你還裝！」

朱先生硬掰開橫欄，助跑兩步便蹬地一躍，飛身揮出拳頭，像一顆巨大隕石砸落，我試著歪過頭時已經遲了，就打在我曾斷過一次的鼻樑和顴骨上，霎時劇痛衝進腦子，直退了好幾步，眼淚、鼻血、鼻涕立時噴了出來。不是我——僅存的信念讓我抬起竹掃帚反擊，太重了，兩隻手用盡力氣卻還是有氣無力，一揮，小竹枝在他臉上劃出兩條淡淡血痕。他更憤怒，渾身漲紅、青筋爆出。

竹掃帚的第八個缺點——就連拿來打架都廢啊。

他拖鞋都飛了，又撲過來，將我撞倒在地，橫跨到我身上，一屁股壓住，開始對我猛揮拳頭，揮一拳就罵一句髒話，口水亂噴，帶著酒味和檳榔渣。我只能哀號，連求救都沒力氣，更別提反擊了，雙手鬆開竹掃帚，額頭挨拳就擋額頭，肚子挨揍就擋肚子……沒有幾下子就已防禦崩潰，招招打在臉上。恍惚間，聽見菜在驚叫，大喊著快上去幫忙，隨即腳步聲亂成一團跑過來，好幾個黑衣人拉住朱先生，任憑他用力掙扎，還是被硬拖起身體，就在我以為終於逃過一劫時，他伸出一隻污垢龜裂的腳，猛地朝我鼻子一蹬，我緊急閃躲之下，正中太陽穴，來不及痛，來不及暈，瞬間像是有人幫我扳下了總開關，光熄了，聲音空了，進入深層睡眠……

◇

國中時，我的成績超級好，在班上永遠第一名，全校排名的紅榜也從沒出過前十，不只如此，還會許多才藝。

我很會背書，背書比賽在校內沒有對手；查字典比賽全校第一；演講比賽得過校內第三；五次作文比賽得名；參加的合唱團得過全縣第五；兩次代表學校參加朗讀比賽；閩南語字音字型比賽全國第二……這些都是其次，我尤其擅長繪畫，寫生比賽的獎狀可以掛滿一扇門，還得過桃園美術獎學生組特優，代表學校參加過兩次全國繪畫競賽，都得了佳作。

我記得，準備甄試入學時，教務主任拿著原本不應該給學生看的推薦信給我，還讓我親自彌封，她在結尾寫到：此生品學拔萃，才藝驚人，實為堪比少年達文西的全能奇葩。全是實話。

輕輕鬆鬆就上了第一志願武陵高中。開始高中生活，學習、比賽、社團一切如舊，我還加了一個新目標——對面樓六班的地理小老師。

我清楚記得，那個下午異常悶熱，我正趴在課桌上打盹，她拿著一疊考卷來我們班，要交給我們共同的地理老師，白皙面容清秀得隱隱發光，溫柔細語帶著圓潤細膩，宛如一塊糯色白玉，讓人忍不住想拿在手中、揣在心上，讓我不禁緩緩坐直身體，像是聞到花香春意，將所有瞌睡蟲趕走。

從此，寫情書、唸情詩、唱情歌、唱閩南語情歌、畫她的肖像畫……所有才藝都用上了，別說使她心動，連在走廊上讓她駐足都辦不到。直到有一天，全校舉辦愛滋防治海報設計大賽，我聽美術老師說她有參加，所以我便跳到椅子上拼命舉手自願，也參加了。

我只會畫水彩，渲染、縫合、重疊、平塗……甚至還用了留白膠和撒鹽技法，試了十幾次，完全做不出半點設計感。眼看截稿日期一天一天靠近，我在不知如何是好的情況下，只好每天下課都到圖書館報到，找到設計書籍區，花了兩個禮拜蒐集資料，仔仔細細翻了四十八本設計書籍和無數畫冊，從平面設計到工業設計，從一八五〇年藝術與工藝運動到一九八八年迄今的解構主義，什麼都瀏覽過一次。最終，我決定用剪黏手法，剪下雜誌裡的男男女女，貼滿全開厚紙板每個角落，再用廣告顏料做出第一次世界大戰前，類似維也納工坊風格的抽象幾何格子花紋，並刷上淡淡一層紅墨水代表血液，再填入加州新浪潮的螢光配色，表現出愛滋病毒的意象，最後用銀色油漆筆重新繪製卡桑德爾設計的Bifur字體，以密而細的平行線條代替部分筆劃，還多加了幾個圓點，更增強它的裝飾感。設計得獨樹一格，吊打一大票ＰＯＰ麥克筆海報，毫無懸念獲得第一名，也正好贏過她一名。從此走廊上相遇，原本的不理不睬，變成不服氣的斜眼偷瞧。

班上同學都覺得我弄巧成拙，卻不知我還留了一手。海報交出去前一天，三十元一支的夜光膠，我在文具店買了十五支，用黃綠色膠點了幾千幾萬個點，點出她的名字，還有「做我的女朋友」字樣，又用粉紅色膠點了一顆結結實實的愛心，風乾之後幾乎完全透明，正好能藏在繁複細節裡，就算評審老師發現，靠近去看，也只會以為那是我為了突顯病毒效果的立體設計，看不出整體。以現今眼光來看，那一時的亂搞，是有點反設計的味道。

得獎作品都展示在體育館前面，曬了一整天，夜光膠吸飽能量，至少可以亮到晚上八點。後來我聽說，首先發現的是田徑隊，他們跑得很快，一下子籃球隊就知道了，籃球隊又傳給體育室所有老師，隔天，羽球教練說給羽球隊聽，羽球隊再說給動漫社，動漫社立刻跑到隔壁國樂社，國樂社裡，她正在練習拉二胡，立刻起身，跑到體育館，撥開其他不相干的人，一看，據說愣了五分鐘。

隔一天，她在走廊上攔住我，紅著臉對我說：「白痴，下次不要這麼招搖。」

可以有下次了，那是我記憶中笑得最燦爛的一天。

從此，我們一起聊天、吃飯、讀書、她拉胡琴我就畫圖，我稱兩人是「神鵰俠侶」，她則說是「莫大和丹青生」，我笑得不行，然後開始聊起小說、聊生活……一切是那麼美好，直到期末考成績揭曉。

班上有四十五個人，我第四十三名，不得不面對上了高中以來的現實——我沒經歷過大考，還是用舊方法死讀硬記。一旦考試難度增加、科目增多、範圍加大，我根本無法應付，尤其數學，飄渺的公式成堆，卻出不了一題應用題，我一向是實用主義的擁護者，完全失去學習動機，數學成績愈來愈差，幾次掛鴨蛋……然而我卻忙於使生活更豐富，一直裝作沒看見，最終壓不住，一次爆發。

我永遠記得媽媽拿到成績單時的表情，那麼期待，像是拿到一盒蛋糕，畢竟我向她承諾過，期末考一定會有大進步，直到她打開來看，吃了一口，卻發現蛋糕是苦瓜口味，整張臉皺了起來。或許是嚇到了，又或者是她沒有前例可以參考，完全不知道該怎麼反應，以致於什麼都沒說，那年春節依舊吃吃喝喝，紅包一樣很大包，玩得十分開心。

下學期開學第一天，導師就約談我，他告知我不許再參加任何社團，我追問原因，他只知道是訓導處交代的。我跑去問訓導主任，主任只說是校長交代的。我又跑到校長室攔人，校長只叫我回家問媽媽。帶著滿肚子疑問衝回家，看見我所有水彩顏料、筆洗、調色盤、畫架、畫板、紙張、鉛筆、炭筆、寫生本都已裝進大垃圾袋，媽媽手上拿著我寫生、繪畫、各種才藝的獎狀，放進另一個小垃圾袋裡。我忙問她是怎麼回事？

媽媽說：「就憑你那麼爛的成績，還浪費什麼時間畫什麼水彩，完全沒用。現在立刻進房間，學生只要做一件事，就是讀書，連這你都做不好，還想要別的。我告訴你，要是你沒有考上一所好大學，就永遠別想畫圖。」

我沒有在她臉上看過那種表情，帶著一股淡淡的厭惡，還有露骨的失望。媽媽曾經上過報紙，記者介紹她身為國中校長，如何帶領學校同仁，挨家挨戶地拜訪，重新輔導那些中輟生復學，多麼地用心、多麼地不遺餘力，還拍過一張照，她那樣神采奕奕、兩眼放光，好像人間到處都充滿了希望，但是那些希望都用在照片裡了，裱了框，放進玻璃櫃，一點都沒留給我。

我整個人傻住了，不知道是忘了、還是不敢，也有可能是心虛，連爭論兩句、反抗一下都做不到，立刻進房間做功課，做完功課就複習，拿出新課本，每一頁內容都略略看過一次，直到媽媽說便當買好了，我才敢再次出到客廳裡，安安靜靜吃完，安安靜靜又回房間，連電視和收音機都不敢開。

第二天下課，我還想去繪畫社串串門子，卻被社團老師擋在門外，灰心喪志走到國樂社，想找她訴說一切，門一推開，媽媽已經在裡面了，她正與她面對面。一個站直身體，居高臨下；一個坐在演奏椅上，仰著頭。媽媽說我來得正好，她們已經談完了，推著我肩膀，要帶我一起回家，我的腳步卻不動，像生了根，正想發出怒吼，她放下胡琴，先說話了：

「噁心。」

我知道，做什麼都沒用了。

我幾乎忘了是怎麼度過剩下的高中生活，只記得我用盡全力，想要搶到全班第一名，但能進入第一志願都不是吃素的，二十七名，已經是我不眠不休拚到的最好成績。終於熬到考大學，別人都是經驗豐富，我卻是第一次參加大考，一次檢驗三年來所有成果，面對那無比巨大的考試範圍與壓力，我又崩了，數學才拿了一級分，為了救數學，其他科目也不甚理想。填志願時，媽媽幫我精算過，分數抓得死緊，前八個志願都是她填的表，全是些末段國立大學的低分科系，要我之後再準備轉系考試。

畢竟她還是高估了，最終我考上第九個志願，私立醫明科技大學圖文傳播設計學系。

之所以會填這個科系，一切都是因為那張海報，因為那曾為我帶來短暫的美好與幸福，那也是我在評量成績與志願順序之後，唯一有可能考得上，並能感到興趣的科系。媽媽本來希望我重考，但是她心裡比我更清楚，以我的考試能力，下一次只會更糟，只得打消念頭。

我永遠不會忘記報到那天早上，從門縫中看見她坐在房間梳妝台前，搖著頭，毛刷沾著蜜粉，在日漸鬆弛的臉上有氣無力地塗抹著，不一會便放下，拔起鬢邊一根根白髮，痛得臉上更皺，不自覺間嘆了一口氣，自言自語地說：「……用了那麼多心力……怎麼生出這麼一個兒子……實在是……唉……要我拿什麼臉見人呀……」

我彷彿聽見一道響音，狀似有什麼東西逕自破裂了，鏘然細碎聲中，似乎在呢喃……對不起……對不起……對不起……對不起……對不起……對不起……對不起……對不起……對不起……對不起……對不起……回聲般連綿不絕，彷彿不會消停，直到永遠……

「……對、對、對不、不，對不起……」

「李先生……」聽見一個聲音說，「……李先生，你在說話嗎？」晝白色燈光太亮，刺得不能完全睜開眼，「李先生，你終於醒了，這裡是醫院，你不要緊張喔，我們會好好照顧你的。」模模糊糊視線中逐漸適應分辨，那人身穿白衣，應該是位護理師小姐。

「原來……是夢……」如果，一切都不是真的、都沒發生過就好了，可惜……

◇

「痛痛痛，好痛！」我雙手緊抓枕頭，腳趾緊扣床單。

「忍耐一下唷。」護理師拿著好大的棉花棒，沾妥了各種藥水，一根接著一根，往我臉上直戳。

「麻、麻煩，輕一點……輕一點……」

「好的，不過消毒還是要做徹底喔。」

「呃，好、好痛……」力量根本沒減多少，「……請問，我傷得很嚴重嗎？」

「鼻樑骨和顴骨有點裂，不過基本上沒大礙啦。其他都是皮肉傷，只是眼眶四周的皮膚比較薄，瘀血比較嚴重，要多休養幾天才會痊癒喔。」

「這……我到底是被打成什麼樣子了？」光說話就抽痛。

「我有鏡子，要看嗎？」

「呃……還、還是不用了。」

「放心啦，還不到要縫的程度，也不用整容，帶一點傷反而感覺很MAN喔。」

「呵呵……痛、痛、痛……」清鼻子時，不停牽動淚腺，我忙仰起頭，以免眼淚不爭氣地流出來，順勢看了眼急診室牆上的大時鐘，已經十點半了，「這麼晚了啊……請問，我什麼時候才能出院？」

「再觀察兩三個小時吧，如果沒有頭暈嘔吐就可以離開了，不過回家之後還是要觀察滿四十八小時，以免腦震盪喔。」

我已痛得說不出話，也不敢點頭，就在感覺臉皮要被戳得掀開來時，護理師小姐終於幫我敷上紗布，貼上透氣膠帶固定，大功告成後來不及讓我多問兩句，隔壁床上一個男人突然大吼大叫，他渾身酒味又甩手踢腳，幾乎要掙脫床單束縛，護理師小姐跟醫生趕忙多拿了一條床單去捆他。我起初以為是朱先生，嚇了一跳，直到看清他蒼白臉上的髒污和一把大鬍子，確認不是他，這才稍稍放心。

不一會，一個建設公司的黑衣手下走過來，又嚇了我一跳。他說是他送我就醫，停車場有兄弟幫我顧著，讓我不要擔心，還問我要不要喝水？要不要吃飯？要不要上廁所？無論要什麼都能使喚他去張羅。我說什麼都不要，讓他快點回去。他沒推辭，臨走前還說了一句，說那個打我的人已經解決了，不會再來找麻煩。我問是怎麼樣解決的？他只是笑了一笑。

我現在是自顧不暇，沒閒心擔憂別人了。找了找身邊，沒手機、沒電腦、沒書、沒報紙，只能呆坐在病床上，一雙眼睛溜啊溜，看著因各種傷病而困在此地的人：

有個婦人一身名牌，說是吃太多進口堅果，渾身密密麻麻地長出紅白色小疹子，她總忍不住搔癢，一抓就出血，沾在衣服上，讓我想到自行車車賽的紅點衫；有一個女孩渾身穿環，說是喝醉後，被朋友壓著睡了一夜，如今整條右手臂抬不起來，醫生一鬆手就兀自甩落，軟得像橡膠，活像魯夫碰到了海樓石；有個瘦小男孩，還滿嘴蛀牙，被螞蟻咬了一口，腿腳腫得像大象，得護理師幫忙剪開鞋子；又抬進來一個男人，肌肉碩大，只穿著一條三角褲，不停抱著抽筋的大腿，聲音叫得比《魔笛》的夜后還尖；又進來一個濃妝女人，一身華麗旗袍，嘴裡塞著一個燈泡，怎麼都拿不出來，說話沒人聽得懂；有個老太太一臉恍惚，一直左顧右盼，不知道她自己為什麼會在這裡……

所有人臉上都寫著痛苦、無助和疲倦，無論什麼人都一樣，看著看著，我突然覺得安心，有種歸屬感，覺得人生沒有這麼難，一抹缺德的微笑不禁罩在臉上……像是每年我都會去世貿參觀新一代設計展，除了看看那些不甚成熟的作品，汲取一些靈感，我也喜歡看那些學生，忙得四處奔走、站著打瞌睡、蹲在廁所旁邊吃便當，去跟他們聊聊設計、告訴他們辦展的竅門、聊聊過去的生活，會覺得很輕鬆……在那裡、在這裡、在生老病死之前，每個人一律公平。

……慢慢地，分針走了一圈，忽一陣悶悶鈴聲緊貼著我耳朵響起，四下看了看，在枕頭下邊找到了我的手機，螢幕已摔出了好幾道裂痕……希望我的臉不是這個樣子……是租屋那裡打來的電話。

「阿泙？怎麼了？」

「你被打了啊？怎麼樣？還好把？有一個小姐打電話給我，我沒接到，剛剛才聽到留言，說是你在停車場被人打得好慘，你現在還好嗎？」

一定是棻，「我沒事啦……她、她還說了什麼嗎？」

「喔，她說是看了通話紀錄才打給我，說她抽不開身，讓我有空就去照顧你。需要我現在過去嗎？」

「不用啦，再一兩個小時就能出院了。你狀況也不好。」

「我……我已經好了，好多了。」

「真的不用了啦，對了，這個時間你怎麼還在家裡？」

「喔，我、我機車壞了啦，說是要幾天才能修好，就先回來休息。」

「機車啊，這太糟糕了……」要是沒有機車，阿泙送報和外送的工作就沒辦法接了，更沒有錢能寄回家，而且，沒有機車，他要怎麼來照顧我，真是的……不過聽他聲音，確實有精神多了。「阿泙，需要我幫忙嗎？我可以再借你一點──」

「不用、不用啦，我自己可以……我好多了，真的好多了，剛剛還煮了白飯呢……」他說，侷促得像個做錯事的孩子。「對了，我聽那個小姐說，她好像還會打給其他人喔。」

「啊？喔……反正不是你，就是我舅舅，他絕對不會來，沒差啦。」

「你舅舅是絕對不可能去，我是怕，她打給──」

一股視線使我猛抬起頭，「媽……」

「對對對，我就怕她打給你媽。聽你說過之後，我就覺得你媽她還真是個恐怖的人吔──」

沒切斷通話便垂下了手機，「媽……妳、妳怎麼來了？」

我雙眼發直，媽媽腳踩短跟高跟鞋，套著肉色絲襪，身穿粉色短袖外套與A字裙套裝，胸口上一枚鑲鈿銀邊的白色山茶花胸針，內搭一件亮白蕾絲襯衫，一頭柔順半短髮正好壓在領子上，和藹的圓臉繃著些許皺紋，有憤怒、責備，也有心疼，只是我永遠分不清哪個情緒更多一些……

「你怎麼把自己搞成這個樣子！」

媽走上前，伸手要摸我臉頰，我下意識歪過頭，讓她撫了個空。她愣了愣，一屁股坐到床邊，要搭我的手，我又情不自禁一縮，將手藏進被子裡，她修長的指甲在纖維上刮出咻一聲。一陣尷尬帶來沉默，好像會持續到天長地久，久到我覺得自己應該可以出院了。

「媽，」我先開口，「妳吃過飯了嗎？學校怎麼樣？」
她看著我，說：「為什麼打架？」
「……我沒有打架，是我被打，擋不下來。」
「為什麼被打？」
「就停車場隔壁那個國小啦，有個小孩他、他沒禮貌，我說了他兩句，旁邊一個人也說了兩句，說得比較過份，大概是那個小孩回家跟爸爸說，他爸爸很生氣，搞錯了，以為都是我做的，所以才來找我算帳。」
「是這樣嗎？」
「是。」我說。畢竟她當過主任，隨即露出不信任的眼神。我暗忖，一定是省略了太多細節，所以才引起懷疑，但是我絕對不會照實說，丘董事長威脅我的事不會說，朱小弟罵他媽媽的事也不會說……我自從接了管理員工作、搬出來住那時就決定了，之後所有的事情我都要自己處理。
「報警了嗎？」
「沒、沒有。」
「嗯……做得很好。」她低下頭，說：「你要不要到新竹住幾天——」
「不要，」我回答得太快了些，「不……先不用，我現在在這裡住得挺好的，薪水也不錯，一切都習慣了，不用回去。」
「可是，那個人會不會？」

「不會，剛剛……剛剛我朋友說，他們已經幫我解決了，不會再來找麻煩了。」

「喔，那就好……你說的是什麼朋友？」

「就是我剛剛說，旁邊罵小孩罵得比較過份的那個人啦。」

「嗯，有交到新朋友是好事。小摶，你瘦了好多，三餐有沒有照時間吃？你身上這件衣服也太舊了，縫線都鬆了，怎麼不買些新的？」她抬手要掐線頭，見我身體一緊，又放下了，「……錢夠用嗎？」

「夠，我有存下來。」

「存錢？你存錢要做什麼？」

考第二個博士，「……買新電腦，我那台舊筆電常常維修，是時候該換一台了，還有想買一台影印機，去便利商店印東西太貴了。」

「喔……」她斂了斂眼神，要開始說道裡了，「小摶，用錢和職涯都必須要有規劃，不能想到哪做到哪，沒有按部就班絕對行不通。存錢不是為了花錢，花錢必須有計畫，工作上也是，要循序漸進，不會一下達到目標。媽媽讓你出來住，讓你到舅舅的停車場工作，就是為了讓你體驗勞動的辛苦，幫你早日出社會工作，不是要讓你安於現狀，更不是讓你這樣亂來，跟別人打架打得滿身是傷。」

「我沒和人打架。」

「嗯……是，是我說錯了。我的重點是，我是要你在這段時間裡好好思考自己的人生，不是要你這樣漫無目標地每天當個管理員，你要知道，你已經三十六歲了——」

「我才三十四。」

「啊……？你是三十六，你連自己幾歲都不知道嗎？」

「我知道，我是一九八四年生的，現在還沒十一月，我還沒過生日，我是三十四歲沒錯。」

「你非要這麼算嗎？論虛歲，你就是三十六……」

「我出生到現在還沒三十五年，所以就是三十四歲。」

「那我懷孕的十個月……嘖，我不是來和你討論這個。我要說的是，你舅舅他很快會去裝電子收費，你再做也不會超過半年。你有開始構想未來嗎？你有好好想想，之後到底想要做些什麼了嗎？」

「我說過，我的夢想一直都沒變。」

「你說過？……喔，還是那件事？」她深深望進我的瞳孔，「你想教書？」

「對，一直都想。我想教學生創作。」這是我所想到，能參與並影響最多作品的方法。

「這……你知道現在老師有多難考嗎？全國有兩萬名流浪教師，我們學校今年用的非正職代課老師數量，比起十年前，多了十倍。」

「我說過，我是想在大學裡推廣新的設計史課程，叫做『設計史與創作發想』。」

「我當然記得這件事，你的博士論文就是這個主題。」

「對，最好是上下兩學期的課程——」

「但是，你必須明白，國內的美術教育已經十分落後了，更何況設計，舊的模式都未必有人願意去完善，恐怕台灣教育界沒有這個環境接受你創新——」

「台灣有，妳沒看到現在多少年輕人投入設計創作工作——」

「你說的那是文創，那都是騙人的——」

「那是因為方法不對，我要告訴他們，設計不能只是專注於實做、不能只想要發展未來，我們前進的同時，也必須回顧過去的經典——」

「不會有學校想要更改課程，這一塊吃力不討好，他們本來就不注重——」

「那是因為他們沒看過我提出來的課程計畫——」

「那太過理想化了，學生不會有興趣——」

「不會，我設計的課程與創作密切相關，非常活潑有趣，當初大學部的都很期待——」

「直接告訴你吧！憑你那間末流大學的博士學歷，憑你做過的這些事，那是不可能的！」

又一波沉默來襲，挾帶著冷風，將我們兩人凍得僵硬，只剩眼神還能挪移，一左一右各自飄開，我用眼角偷看她，褐色眉線，唇膏比唇色嬌嫩了五個色號，粉底愈來愈厚，卻幾乎遮擋不住遍佈眼尾的皺紋……她總是如此，刻意強化女性特質，必要時才會露出更勝男人的精明幹練，就像感光塗料，一曬就會變色，只是不知道，在她眼中，我是帶來溫暖的太陽？還是紫外線，拖累她的容貌？

「媽……如果我是國立大學的博士，妳是不是會比較認同我？」

「……」她微微蠕動嘴唇，看著我良久。

「如果說，我是台藝大的設計學博士，妳會不會比較為我驕傲？」

「小搏……」她瞳孔慢慢放大，猶如注視著黑暗深淵，「我已經不需要你是什麼國立不國立、博士不博士，這些都已經無所謂了。」

「可是我需要。」

「呃……聽媽媽說，你真正需要的是看清現實。」

「可是，要完成我的夢想，當教授、教設計，就需要一個真正的博士學位，這就是現實。」

「聽我說，媽現在知道了，完全知道了，學歷並不能代表一切……社會上真正有用的人，是看他們做了什麼，而不是只看文憑，你應該……嗯？等等，你剛剛說『真正的博士學位』，是什麼意思？」

「就是……」可惡，說溜嘴了，「比我現在的學位更有用的學位。」

「什麼？你還要再考一個博士！」她倏地從床上站起身，瞪著我，聲音之大，我跟隔壁病床喝醉的男人都嚇了一跳，「你、你、你、你……你準備多久了？」

「媽，妳先不要激動……」

「你到底準備多久了？」

「一、一年又三個月。」

「這……啊，就是從接了停車場工作開始。難怪、難怪我要你來這裡，你一個禮拜之後就沒那麼抗拒了……你那個時候就計畫好了，你、你到底在想什麼啊？你知道嗎？就算是台清交的博士，在教育界、在業界，同樣吃不開，你知道嗎！」

「我知道，媽，妳小聲一點。」

「知道你還這樣做！李子搏！你是不是故意要跟我作對！要向我報復是不是！」

「呃……不是，當然不是……」我搞不懂媽媽為什麼要這麼生氣，還氣得臉頰發抖，抖得不太服貼的蜜粉紛紛剝落，要是露出裡面皮膚，恐怕是鐵青色。我想要坐到床邊跟她解釋，突然頭頂一陣暈眩把我困住，說：「……我、我是要讓妳開心……怎麼會、怎麼會是跟妳作對……當然不是……」

我一時難受恍惚，不得不低下頭、瞇起眼睛，因而沒看見媽媽臉上的表情，只看到她後退了一步、聽見她倒吸一口氣。

一時間，旁邊的護理師和醫師都過來請媽媽小聲一點，不要打擾其他患者。媽媽用生硬的聲音承諾不會再犯。待我稍微緩過頭暈，抬頭去看，只見她緊緊繃著嘴唇，眼睛眨都不眨地瞅著我，臉上帶著淡淡哀傷與陌生，彷彿迅速變得蒼老……又是無話可說，像是有人一屁股坐在ＤＶＤ遙控器上，不小心按到了暫停……直到一通手機尖聲叫喚，她走開幾步，說了幾句，並承諾立刻出發，又走回來，遞出一封信到我手裡，我沒接。

「不管怎麼樣，眼前該處裡的事必須先處理掉，一切才有餘地……這是賴律師拿來的通知，下週五開庭，你要提早兩個小時，先到台北地方法院裡有間萊爾富，賴律師會提前過去和你討論案情。」

「呃，我可以不去嗎？去了也不讓說話，乾脆都委託給賴律師去處理不就可以——」

「不行。你之前幾次沒出面，已經給法官留下壞印象，而且是你先動手，本來就理虧，現在正式開庭如果再不出面，那這場官司就不用打了。」

「我不理虧，他才理虧，是他騙人——」

「我不管，小搏，你就去那邊坐著就好。賴律師說過，要用盡一切方法增加勝算，還要我轉告你，要是被重判，留下前科，以後就算你過馬路闖紅燈，警察都會特別關注，更別說之後就職、出國，都會非常麻煩，可以說是想做什麼都不行。你一定要把事情牢牢放在心上，千萬不能想著要敷衍過去。」

「就職、出國……嘖……做什麼都不行……嗯……」

「知道嗎？聽清楚了嗎？」

我點頭，接過信。媽媽偷偷嘆了一口氣，又輕又長又沉，讓我保重自己後，便說趕著要回新竹處理校務。我揮揮手告別。她沒再說什麼，轉身就走了。我想著，從小到大，她告訴我很多話，很多很有道理、很多是她一廂情願、很多她或許都不知道她自己在說什麼，但是今天所說這一句讓我不停斟酌，「……想做什麼都不行……」這是一個能讓我脫身的好主意，我正要在腦中開始計畫，就聽見兩個人正窸窸窣窣說著話。

抬頭看，一個是剛剛照料過我的女護理師，另一個太太一身辦事員打扮。兩人用好奇又戒備的眼神偷瞧著我，不停交頭接耳：

「……姐，他是不是就是那個李子搏啊？」「是吧，剛剛那個女的有說。妳認識啊？」「去年上新聞、引起好大騷動那一個啊？」「哪一個？」「就是放火燒學校，還引起好多人模仿的那一個壞蛋啊。」「喔——有有有，好像有點像吔，他是不是變瘦、變黑了。」「我剛剛才幫他消毒，不知道跟誰打架，又鬧出什麼事了喔。」「真是太危險了，要小心一點，急診室最多暴力事件。」「姐，我們偷偷幫他拍張照上傳啦，一定很多讚。」「好啊。」「我手機快沒電了，用妳的，等一下寄給我……」

我立即用雙手遮臉，還怕擋不住鏡頭，扯起被單蒙住整個頭，布料經年漂洗，透出淡綠色光芒，像是逃進了另一個時空。雖然隔了一年多，適才媽媽一喊，馬上有人認出來，這下子我更有信心了，但是這裡人太多，靜不下心去想，還需要先回家，拿我的筆記本和三色原子筆，先好好分析研究一番後，才能擬定一個完備的說法，好用來對付丘董事長。

◇

多待了兩小時觀察，經過醫生快速檢查後，他宣佈我「大概率」沒有腦震盪，我還想問兩個問題，他已經忙著去看旁邊那個腿腫的小男孩了。繳費出院，咬咬牙，叫了計程車到停車場。

雖然是禮拜六，停車的人不會太多，但畢竟是收了錢，工作還是得做好。一下車，本以為會看到舅舅，早準備好要被念個幾句，卻只看到兩個建設公司的黑衣手下在這裡，抽著菸，聊著天，幫忙遞號碼紙和收錢，一切照看得妥妥貼貼。我連忙向他們道謝。他們讓我不要客氣，還問我的傷。我說沒事，反問他們怎麼能打開橫欄門。他們拿出幾張號碼紙和銅板，連同遙控器一起遞給我，說是楊店長借給他們用的，讓我代還，之後便迫不及待離開，回到店裡打牌、喝飲料、吹冷氣……一想到他們可能是被丘董事長騙進公司的，不禁替他們感到些許心酸。

進車亭算了錢，記完帳，花了五分鐘才找到竹掃帚，他們幫我倒過來放在另一頭牆角，必定是沒放穩，掃帚柄尾端插進旁邊水溝，纖維吸滿了水，溼溼黏黏還發臭——第九個缺點。

掃乾淨早上剩下的一半落葉，天一下就暗了，又一台車牌R開頭的白色休旅車開進來，我忙開啟橫欄。不一會，楊店長出來接待，我便拿著遙控器遠遠站著，等他忙完。

楊店長說：「劉太太，這一趟回基隆喝喜酒都順利嗎？家人都好嗎？——」

「楊店長！你這什麼爛車！」租車的女人一下車就大吼，她頭髮染成暗紅色，還插著紅花、穿著紅色薄紗、戴著珍珠項鍊，腰圍至少有九十公分，看著像是一位貴氣的女子摔角選手，「你們公司是不是都沒在保養啊！冷氣不涼就算了，煞車還不靈！想害死人也不是這樣！」

「啊，劉太太，那真是太危險了，非常抱歉。」楊店長快步走近她，似乎沒抓好距離，微微鞠躬，額頭差點撞上她的胸花，「真的非常抱歉，不過我還是得先驗收一下車子。」

「哼！真是的，這種車還驗什麼驗，我不是第一次在這裡租車了，你們公司就這樣對待熟客嗎？」

「抱歉、抱歉，真是太抱歉了，」楊店長快步繞著車子走了一圈，「喔……那我們公司一定要給您一些補償才行，您又是大常客，不如……我向公司幫您登記兩千元優待券，送給您，勉強作為補償，請您一定要接受本公司最大的誠意。」

女人緊繃的臉忽地笑逐顏開，「那那那……那太好……嗯，好吧，那我就勉強接受了吧，呵呵呵。」

「但是，劉太太您可能沒發現，車子後側保險桿有個凹痕，還加上一片烤漆脫落。」

「喔，有嗎？」她說，想都沒想，立刻走向車的右後方，「啊，還真的有吔。」

他微微一笑，說：「只是一點點，一千五就可以了，我要是不登記下來回報，恐怕沒辦法向總公司交代，還請您多多體諒。」

眼珠子一轉，像是已經心算好了，「那、那沒問題啊，一定是在哪裡有別的車撞了我，我沒注意到啦。沒關係……來……」

「您真是個好顧客。」楊店長笑臉盈盈，收了那女人喜孜孜掏出的現金，並拿出手上平板電腦滑了滑，讓女人簽了名，他手指一點，又說：「已經申請好了，最遲明天中午就會寄到您信箱裡。」

「好好好，太好了。」

「不過啊，還是要提醒您一句，下次喝了酒就不要開車了，不僅危險，保險公司還不理賠，要是真出了什麼意外，或是遇到臨檢，就不是這樣輕輕鬆鬆可以解決了。」

她忙抓起領子一嗅，「呃……是、是……再也不會了、再也不會了。」

那女人原本氣勢洶洶，一時全被散盡，半心虛半陪笑，匆匆走了。我趕忙上前遞還遙控器。

「楊店長，謝謝你借了遙控器，停車場才沒有停擺。」

「不會，」他把東西收進口袋，臉上滿是笑意，「我們時常進進出出，麻煩你更多呢。」

「不會啦，」我看著那女人走出橫欄門，才說：「那樣的奧客，你還給她兩千元優待券啊，這不就虧大了。」

「你都聽到了啊，呵呵，不會虧，她明天就會知道，那是四十組五十元的序號。」

「啊……你……哈哈哈。」我們兩個人一起笑出來。這個人很有一套呀。我說：「那你忙吧，我先去準備——」

「我不急，你傷得還好嗎？看起來很嚴重吔。」

「呃，沒事……我還好。」我沒料到他會找我聊天，不禁愣了一愣，感覺有點榮幸。

「管理員先生，記得你姓李吧？」
「嗯，是啊。」
「李大哥，我們一起在這地方工作也一年多了，我總感覺你不像是會待在這裡掃地的人。」
「這……是……我說……不是……」這個人確實很有一套，一句話就戳了我的肺，嘴巴像是電動門感應不良，張了又閉，閉了又張，半個字都答不上來。
「你是桃園人嗎？」
「是啊……你呢？」
「我也是，不過我是中壢。你是讀哪個國中？」
「呵……不是什麼有趣的學校啦，」這個話題再聊下去，恐怕就會聊到我的博士學位了，「你呢？」
「喔，我讀中壢國中，也是沒什麼特別。那你家裡還有什麼人？」
「呵呵……我現在自己出來住啦，」我也不想聊這個，這會提到我媽媽，「你呢？」
「我也是自己租房子住，我爸爸和媽媽都還住在中壢老家。你……你平常有什麼興趣嗎？」
「呵，這……就跟一般人差不多吧，」答案是設計，但這個話題也不能聊，會聊到我就讀的大學，而這個大學創校數十年來最有名的，就屬我那件事了，「你、你呢？」
「呃，我也跟一般人差不多吧，聽音樂、看電影，差不多就是這樣吧……」楊店長不自覺地嚥了口口水，舔了舔嘴唇，一看便知道，他感到無趣了。我心裡有點著急，卻也不知道該再問他些什麼才好，畢竟我已經好久好久沒有過社交生活，都生疏了。

「抽嗎？」他遞出一支菸。

「我、我……不抽。」

「喔……」

「……」唉，這難得的對話就到此結束吧，「那我就先去整理一下東西——」

「李大哥，你是下班後才吃晚飯嗎？」

「喔，是啊。」

「我也是，那等等我們一起吃個飯怎麼樣？我記得我們下班時間應該是差不多。」

「啊，這……我還……也是可以……但是……」

「那就這麼說定了，等我一起下班，我知道這附近有一間不錯的熱炒餐廳，我帶你去。」

「呃……好。」

「待會見。」

他說完就跳進車裡，開進店裡停妥，忙碌別的事去了，留下我一個人在夜色裡，瞪大眼睛想不透：楊店長一直與我保持適當距離，今天怎麼會突然向我搭了話，而且，明明聊得這麼不投機，他竟還想找我一起吃晚餐，不怕被我無聊死嗎？照我過去的經驗，這類人必定有什麼圖謀，但是我區區一個管理員，沒錢、沒人脈、沒話題、沒樂趣、沒抽菸、沒反應，他能圖謀什麼呢？……無論怎麼想都想不透，就像我第一次看庫柏力克的電影《二〇〇一：太空漫遊》，滿螢幕的太空時代風格設計，視覺上超級精彩，但結局是一個胚胎在宇宙中，一邊漂浮著，一邊睥睨地球，看得我滿頭問號……

路燈亮起來，該離開的車散去，垃圾車奏完音樂就走了，該回來的車歸來，建設公司手下還來問我要不要幫忙買飲料和晚餐，我連忙說了有約才婉拒。

八點半，租車公司營業時間結束，楊店長最後出來關門。我才想著，若這是個玩笑就好了，他卻已經向我招手。等我拿了東西，鎖上車亭，他便領著我走進巷子，過了一家水果攤往更裡面走，就在一家徵信社旁邊，有一家「99熱炒王」，楊店長才踏進門，就向正與火焰搏鬥的掌杓大廚詢問生意好不好，點菜時，也和女服務生聊了兩句她男朋友的近況，問了我沒有不吃的東西後，三兩下就點了快十樣菜，一道都還沒上，就和酒促小姐要了兩手冰台啤。

「清醒」是我僅存的傲骨，對於那些會劇烈影響大腦運作的東西，諸如香菸、糖份、咖啡、茶，甚至是會直衝腦門的芥末，我都盡量不碰，更何況是酒精，上次喝酒還是在大學畢業謝師宴，都已經是九年前的事。拒絕了兩次，楊店長以為我是怕負擔不了，便說要請客，讓我千萬不要客氣，讓了半天，實在是盛情難卻，便斟了一杯慢慢喝。上菜後便吃了起來，本以為楊店長要向我探聽些什麼，但他除了說說菜、勸勸酒，什麼也沒多聊，兩人就是吃飯，氣氛倒是輕鬆。

這家店火候掌握得不錯，肉鮮嫩、菜青脆、海鮮有味，就是太鹹、太油、太辣了，讓我忍不住多喝了幾口酒壓一壓，杯子還沒見底，楊店長立刻替我斟滿，一口又一口，一杯又一杯，喝得我臉耳緋紅、渾身冒汗。在我最後一絲理智消失之前，只記得沒開的啤酒只剩下半瓶，而我自己正在知無不言、高談闊論，掏盡所有心裡話，作嘔一般狂噴出來……

第四章　招惹

睜開眼睛，彷彿看見滿滿粉紅色泡泡，糊里糊塗四下亂摸，摸到了眼鏡戴上，我才看清眼前都是印刷出的圓圈圖樣，有洋紅色、粉紅色、淡紫色和肉色，一個圈套著一個圈，以田字形的四組不同圓圈設計為一個單位，棋盤排列在整個天花板上。

「好廉價的普普風格啊……」我喃喃說，隨即一股更廉價的香水味竄進鼻腔。

忍不住伸手抓衣領遮鼻子，卻只抓到絲滑的尼龍被套，低頭一看，身上衣服脫得一乾二淨，露出我稍嫌虛弱的胸膛。啊！喊了一聲，趕緊坐起身，甩著脖子看了一圈，這才察覺這是間廉價旅館的套房。一摸，四角內褲還在，一看，皮夾、鑰匙、遙控器、手機都放在床頭。安心之餘，不覺好笑：憑我這種貨色、這種身價，難道還有什麼便宜可以給別人佔嗎？

起身，在玻璃小茶几上找到一張A4影印紙，寫著：

「李大哥：我實在聽不清楚你家住哪，只好帶你來這。你的衣服褲子被吐髒了，已請旅館清洗，房錢也已付清。都是我灌你太多酒，不好意思，請你原諒。楊。」

突然一陣頭痛來襲，宿醉加上昨天挨揍的傷口，整顆頭從內痛到外，就像田裡一顆泡水西瓜，馬上就要裂開了。不管怎樣，先洗個澡吧。進了浴室，第一次看到自己臉上的傷，紫一塊、黃一塊，皮膚到處都是暗紅色裂縫，拆了紗布，鼻樑上的破皮像一輪彎月，見得到肉的鮮紅……所有元素集合起來，宛如一九一二到一九一五年英國的漩渦主義作品，亂又雜，循環、糾結，冥冥之中好像有種規律，卻讓人愈看愈混亂，愈看愈發愣，像站在龍捲風風眼，平靜只是暫時，其實無處不是燥亂——

我到底做了什麼，怎麼淪落到這個地步？

沖了熱水澡，支支吾吾給櫃台打電話。服務員小姐送回衣服，還貼心地多拿了一件免洗內褲，我羞著臉道謝，趕忙關門換上。出旅館，這裡離家裡不遠，今天星期天，停車場大多只有月租客人進出，晚點也無妨，本以為可以輕鬆走回家，殘餘的酒精卻不願撤手，折騰得我暈頭轉向，一路上推著菜車的婆婆媽媽賞給我不少白眼。終於接近租屋處巷口，看見那間檳榔攤，想買兩瓶椰子水解酒，也能順便關心一下是否有家暴，拖著身體走過去看了一眼，卻沒開門，地上還髒兮兮的，像是被吐了一地檳榔汁，紅得怵目，只好作罷回頭。

到家之後，頭痛得更嚴重了，正好遇見阿泙從我房間走出來，手上拿了我當作被子用的棉被套。他說：「阿摶，我今天要洗床單，洗衣機還有一點空間，就幫你也拿去一起洗了喔。」

「喔……好，謝謝你，辛苦了……」

「哇！你也被打得太慘了吧！天啊，快坐下來！」

我腿一軟，跌進舊沙發裡，「阿泙，我今天沒辦法去停車場，你、你有空嗎？可以幫我代班嗎？」

「好好好，沒問題，我今天也是太累了，沒辦法去外送，正好可以有收入。」

「你身體還沒完全好啊？」

「好多了啊。」

「可是我看你臉上沒什麼血色吔。」兩頰也有些凹陷。

「喔，是啊、是啊，醫生說熱感冒沒那麼快。」

「你有去看醫生那就好……對了，要是對面建設公司有人過來問我，就說我明天就會去上班。一定要這樣說，不然怕會有麻煩。」

「喔……好。」

我拿遙控器和車亭鑰匙給他。阿泙又進了他自己房間，拆了床單、被套，一起扔進洗衣機，交代我兩小時洗好之後再拿去曬，便立刻出門去了。我癱了半天，連上床的力氣也沒有，直到快中午時，終於把宿醉稍微緩過去，爬起身，曬了床單、被套，順手沖了碗。

突然想到明天就是星期一，是丘董事長給的最後期限，趕緊進房間拿了三色原子筆和筆記本出來，趴在茶几邊想了半天，總是靜不下心來計畫，又耗了兩個小時，一通電話打來，維修中心的工程師說我的筆電修好了，這才想到應該出門一趟，轉換一下心情。

先往圖書館，找遍渾身上下沒有借書證，索性繳了錢又辦了一張。拿了預定的書就後悔了，人還得進去呢，只能又掃了一次條碼，把書全都帶進去。找了個位子，在光線相對充足的角落，五分鐘就進入狀況，再沒有兩個小時，藍色小字、紅色大字、綠色箭頭，搗破螞蟻窩一般，爬得到處都是，彼此連結交織，建構起零散的思緒，寫滿半本筆記本，一共設計了十五套說法。其中D、H、L三個方案最可行，正好和創立於美國的快遞公司一樣名字，更讓我覺得順利，而J和M只是純粹好玩發洩，不太可能說出口。重複看了幾次，料想應該沒有問題，我才出發去拿筆電。

剛上路就再次後悔，我應該先去拿電腦才對。提著一袋書已經很重，現在還要往反方向走兩倍路程，才一小段就撐不住，直頭暈發喘，汗溼了衣服。不得不坐上公車，不過三四站，到了電腦維修中心，抽了號碼紙，習慣性遞給了身後的客人，只好又抽一張，發現旁邊有茶包和即溶咖啡，便裝了杯溫水喝。等了半小時才叫到我，忙坐到櫃台前，遞出維修單讓工程師取件。

年輕工程師身穿格子襯衫，匆匆拿回我的筆電，說：「已經幫你換了一個新鏡頭，你測試一下。」開機，開啟視訊測試，我說：「有了有了，鏡頭終於有畫面了。」

「好，總共是一千兩百元。」他撕下黏在筆電上一張估價單遞給我，「還有，李先生，這筆電已經太舊，型號也是比較普遍，零件都已經用完停產了，下次再拿來，恐怕沒辦法修了喔。」

「可是，我才買了一年不到，當初那個賣場說，一年還在保固期之內吔。」

「啊？這還在保股期之內？」年輕工程師趕緊翻過筆電底部看序號貼紙，輸入桌上電腦裡查詢，「真的吔，我看這台電腦這麼舊了，竟然還在保固內，你是怎麼用的啊？尤其是這個鍵盤，一半鍵帽都不見了，這……這你一天是打幾萬字才能用成這樣啊？」

「呃……我是常常寫些論文報告什麼的啦，喔，對了，我買的是展示機啦，鍵盤本來就有點鬆，但是鏡頭我從來沒用過，想不到才要用就壞了。」

「喔，福利品啊，你買多少？要一萬三嗎？」

「你猜得真準，一二九九〇，我買半價。」

「喔，它可能是摔到了啦，這是四年前的機種，一般福利品出售都是看鍵盤、硬碟、螢幕、ＵＳＢ、電源，不會檢查這個啦，所以才會便宜這麼多。」

「呵，是啊。那這維修費用……？」

「呃……我問一下喔。」年輕工程師先問了隔壁一個稍微年長的資深工程師，他過來看了看，不敢下結論，又找了另一個女工程師過來，又討論了半天，她也不敢做決定，便提議去問經理。年輕工程師點點頭，起身往後面跑去。

我一個人坐在櫃台邊上等著，看著那個資深工程師匆匆送走了一個女客人，沒有叫號，滿臉堆笑站起身，直接招手讓一個男人過來，那個男人穿著川久保玲紅心T-shirt、埃德溫503牛仔褲、踢不爛皮靴，手臂、脖子上都是刺青，耳朵上穿滿了金屬環，活像是潮流雜誌的封面人物。

那個男人伸手拿出一台十七吋大螢幕筆電，炫光金屬外殼上雕滿菱格紋路，邊角不修圓，一律打斜，變成獨特八角造型，彷彿未來電影裡會出現的道具或是某個宇宙機器人遺落的零件，簡直完美詮釋了高科技風格設計。我知道這一台，逼近七萬元的電玩旗艦機，剛推出那時我每天都在關注開箱文和實測影片，特別滿意，就是沒錢買。

那個資深工程師說：「高選手，好久不見了，你每一場ＬＯＬ我都有看，太精彩了！」

「謝謝你的支持啦。」

「下次大賽是什麼時候？」

「十月，在德國，不過今年MARK退出之後，我看是不好闖了。」

「MARK手速早就不行了吧，有你在一定可以啦。來，請坐，我讓人給你倒一杯好咖啡。」

「不坐了，我還得去團練，你幫我看看這個，」高選手掀開筆電，螢幕黑了一角，「這能修嗎？」

「摔得還真是嚴重啊。」

「昨天喝醉，太high，不小心踢到了。能修嗎？我直播離不開它。」

「能修，當然能修。這台旗艦機故障率低，工廠料子還很多，都沒用上呢，最遲一個禮拜就好。對了，剛好我們這個月有推活動，維修一台就可以借一台，我這邊剛好有台一樣型號，你需要嗎？」這個月的活動？我也是這個月來修筆電，怎麼沒人跟我說。

「需要需要，太好了。」高選手搔搔額頭，又說：「可是……我這台好像上個月才過保固，不知道需要多少錢——」

「上個月啊？我查查。」找到序號輸入電腦，「真的是，才剛過兩週而已，沒問題啦，我可以申請會員回饋，幫你續半年保固，一定會通過的，這完全沒有問題，你東西交給我們，絕對給你處理到好。」

「那實在是太好了。」

資深工程師立刻開出一張維修單，並請高選手稍等一下，他要去裡頭拿替用筆電。服務得這麼親切，頓時讓我心情變得不錯。保固過了都能續，那我的電腦還在保固內，也一定沒問題。資深工程師才離開，年輕工程師回來了，他皺著一張臉，說：

「不行喔，雖然說序號登入日期沒問題，但是推算應該已經開機展示至少一年了，必須扣回去才行，不能算在保固內。」

「這……這不太對吧，你剛剛才查過，明明就還在保固期限裡啊。」

「這個是賣的商家沒有遵守公司的規定，公司有說過不行，但實在是管不到，不好意思。」

我眉頭一皺，臉上傷口都痛了起來，「不是這樣子吧，那個老闆親口跟我說有一年保固。」

「你要是有問題，可以找那個賣電腦給你的賣場，我們公司不能處理你們之間的消費糾紛。」

「怎麼變成我們之間的糾紛了？那也是你們公司管理的問題吧？」我說得有點大聲，其他工程師和高選手都望了過來。

「你……我在電話裡有向你報過價，你也同意了，所以費用不是問題——」

「你之前在電話裡說的是：沒有保固的話要有費用。但是我有保固啊。」

「那是你理解得不正確，不好意思，公司有公司的規定，必須請你支付維修費用。」

「那你怎麼不幫我申請會員回饋，再幫我續半年保固呢？」

「什麼回饋？續什麼保固？我們公司沒有這種服務。」

我忍不住站起身，指著高選手與隔壁櫃台上的旗艦機，大聲說：「這個人摔壞了筆電螢幕，根本就不在保固期內，剛剛那個工程師不僅不收錢，還說可以幫他續保固吔，你現在卻說沒有這種服務，那這又是怎麼回事？」

「你……呵，高選手是ＶＩＰ客戶，你買的是福利機，」年輕工程師上下打量我，嘴角輕蔑一笑，「高選手可以為我們帶來多少宣傳效果啊，你怎麼比？」

高選手得意一笑。

我氣不打一處來，說：「所以說，你們公司只把花七萬元以上的人當作客人，花一萬三的就不是客人了嗎？其他人都喝廉價即溶咖啡，VIP來就趕忙要端出高級咖啡？」其他顧客都聽到了，紛紛轉過頭來看，「我等了半了小時，他剛剛甚至沒有排隊吔！」

年輕工程師也大聲起來，說：「這位客人，請不要這麼激動，理性解決問題好嗎？」

「我是在說道理，你不要用情緒化污衊我——」

「等一等，」那個資深工程師回來了，說：「這位先生，請你不要鬧事，你已經耽誤到大家的時間，在場所有客人都沒有特權，請你付清費用之後，馬上離開，不然我就要報警了喔。」

「你們——」正想再度發難，耳邊卻聽見其他客人，有的發噴、有的嗤笑、有的暗罵，風向完全被帶偏。我瞪著眼，想不到該說什麼扳回劣勢……一個已經不好對付，又來一個，還一個比一個厲害，看他們配合得這麼默契，絕對不是第一次這麼做。不覺又握緊拳頭，滿腦子只想著要躍過櫃台，豁出去，好好教訓他們一頓。

可能是表情太猙獰，牽動鼻樑上的傷口，疼痛讓我差點泌出眼淚，同時心裡一沉……想到媽媽提醒過，開庭前千萬不要鬧事……還想起丘董事長，想起他如何只用言語與一身氣勢，就幾乎能逼我就範……又想起我為了丘董事長設計的眾多說法，尤其是因風險太高而被淘汰的計畫M。或許……這是一個好機會，可以讓我練練膽。

「不知道，你們這間維修中心，用的是什麼材質？」我說得輕輕的，拳頭放鬆，收斂眼神，猶如怕多一個人聽見，讓所有人都不得不豎起耳朵。

「啊？你說什麼？」資深工程師說。

「我是在問，你們這裡的裝潢，不曉得有沒有通過防火認證啊？」

年輕工程師說：「喔，你是想要檢舉我們嗎？去啊，我們消防檢查每年都合格，不怕你啦。去啊！」

「呵，看樣子……你們真的不知道我是誰啊？」

「哼，誰管你是誰，反正你不付清費用，你就沒辦法把筆電拿回去。」

「我叫作李子摶。」

「李誰……？沒聽過。」

「去年，在鑒明科技大學，用一罐瓦斯，燒掉半間辦公室，並在全國接連引起十三件縱火事件的……李．子．摶。」

我看見記憶在他們的眼神中流轉，緊接著兩位工程師和高選手不約而同倒抽一口氣。

「你們還沒回答我呢，」我摸了摸木造櫃台，又打量起木板隔牆和天花板，「這裡的裝潢，到底有沒有通過防火認證呢？……」

三個人不斷呃啊驚呼，像是三隻雞被割斷氣管，很吵，卻是我活了三十四年來，聽過最美的旋律。

◇

筆電終於回到手上，回家，接上二九九元一個的黑色鍵盤，花了一小時四十分鐘，以一分鐘一百五十個字的速度，將這兩個禮拜攢下的筆記全部整理成Word檔，存到雲端硬碟，不僅可以永久保存，還可以加強記憶，作為複習。本以為搞定一切之後，可以好好睡一覺，關了燈卻是在床上翻來覆去，精神異常飽滿，半點睏意都沒有。

我清楚記得這個情況，就在考博士班筆試前一天，雖然我自認為已經盡了全力，準備得非常充足，八點就早早上床了，但那一夜卻經歷了有生以來最大一場失眠，瞪大了眼睛，像是喝了一百杯濃縮咖啡，每一根神經完完全全亢奮著，無論聽有聲書、喝熱牛奶、吃碗泡麵、甚至聽愛樂電台都絲毫引不起睏意，就連考完試當晚回家，我還是睡不著。

如今的我早已知道原因，這是因為強烈緊張帶來的腎上腺素過剩，便早早放棄了抵抗，抱起筆電，好奇地看了看已經一年沒登入的臉書頁面，一見到有999則留言我就關掉了，打開Gmail，寫了一封明天才打算寫的英文郵件寄出去，再戴上耳機看TED演講，直到天亮。

星期一正式降臨，才出房門就聽到阿泙房裡傳來嘻笑和音樂聲，敲了門，進去問了兩句，他滿臉紅光玩著手遊，說是已經送完報紙了，遙控器和鑰匙都放在茶几上。我拿了三十分之一的月薪八百塊給他，他不收下，也不用來抵欠款，只說收入已經有起色，不用我擔心。看來病確實好全了。

我打理好自己，拿上那幾包毒品出門，感覺街上陽光特別大，瞟了幾眼，刺得我眼油都流出來。出巷子，看見檳榔攤的霓虹燈招牌又已亮起，彷彿還聽見一個女人在抽泣，感覺有幾分可怕，便加快腳步離開。到了停車場，隔壁小學的榕樹葉落滿了牆邊，原本還帶著點綠，放了一天都黃了，遠遠看去像是鋪了張毯子，倒有幾分亮麗……阿泙又忘了要打掃。

才在車亭放好了東西，拿起竹掃帚和塑膠畚斗，身後喇叭大聲鳴響，嚇我一大跳。

「少年頭家！」海軍藍凌志轎車裡，一頭白髮探出頭，皺紋臉上的笑容變得有些誇張。

「啊，是周總經理啊，早。」

「來來來，你先不要忙了，跟我來、跟我來。」

不等我回應，他車子一路往前開。我放下東西跟上去，心裡知道不妙：他讓我抓貓的事已經過了一個星期，我才來了一次，只有發現腳步聲和人影，神出鬼沒地在停車場裡到處亂竄，伴隨淒厲的貓叫聲，實際上發生什麼事我半分都不知道，等等他要是問起來，我可不知道要拿什麼話交代。

他車開得快，沒停進他慣用的車位，而是開到租車公司後門，拿了鑰匙開了側門進去，不一會又出來了，手上提了一個水桶，裡面裝著海綿、細毛巾、還有一黃色罐子的汽車水蠟。

「呃……這個是。」

「唉呀，車子刮痕又增加了。」

「抱歉，真的抱歉，我這個禮拜比較忙，我有來過一次，是有聽到一些動靜——」

「不用，不用抱歉，來來來。」他身上香水味臭得我一時分心，水桶已經塞進我手裡。

「這是……什麼意思？」

「你知道的，我們是一間連鎖大公司，全國一百二十家營業所，上上下下養了五百多個員工，光薪水一年就要花幾千萬了，當然是希望，每個人都可以好好在崗位上，做該做的工作、負該負的責任，絕對不能因為其他因素，而分心去弄一些與原本職務無關的雜事，你說對吧？」

「呃……的確……」

「呵呵呵，那就是了。少年頭家啊，我不管什麼保管義務不義務，我只知道，打掃停車場無疑是你的責任，現在沒做好，讓我公司的車添了許多刮傷，若是一直要我的員工來處理，那責任歸屬就是沒分清楚。只有讓真正沒把事情做好的人負起責任，那才是管理好一間公司的不二法門，你說對吧。」

「這……你要我用水蠟擦掉烤漆刮傷？」

「對對對，唉呀，少年頭家，你比我想得聰明多了啊。」他讚許地拍拍我肩膀。

「可是，我又不是你們公司員工，自己的事情應該自己做──」

「可是這是誰的責任呢？」

「要是你怕刮傷，其實你下班之前，可以用個車罩套起來啊。」

「嗯，好辦法。但這不是例行工作，我不會要求我的員工去做。」

「所、所以你要求我？我跟你們公司又沒關係。」

「怎麼沒關係，我在這裡租了十四個車位，我是你們公司的客戶，由於你的失職，損害了客戶的權益，當然要負責善後。」

「一開始就說了不負保管責任啊，這太離譜了。抱歉，我有自己的工作……」有了昨天一場勝利，我自信地把水桶放在地上，轉頭回車亭，拿起竹掃帚和畚斗。

「年輕人呀，太年輕……」

周總經理沒有離開，站在那裡撥了一通手機。我才要開始打掃落葉，口袋裡手機就響了，本以為是凌晨寄出的郵件有了回音，趕緊接通湊近耳朵，不料是舅舅打來，吼得我耳膜差點震破。

「你這個白痴！到底在想什麼啊！他們可是租了十四個車位，十四個！就算人家只租一個，你都不能得罪，何況是十四個！我跟你說，人家叫你洗車你就洗，他叫你吃屎你也得吃，就算人家想睡你，你也得馬上把屁股翹起來讓他幹！你聽到沒有！」

握緊拳頭，「我——」

「我什麼我！要是你再敢得罪他們一句話，只要一句話，開除！再也沒有薪水了！」

「呃……」沒有薪水、沒有錢，那我的計畫就……

「現在！馬上去做！」通話切斷前一秒，聽見他飆罵五字經。那可是你姊啊，混蛋！

突然覺得臉皮發燙，像是淋滿了熱蠟，結了厚厚一層難堪，猶豫了幾十秒，好不容易才能挪動腳步，轉過頭，就看見周總經理一臉雲淡風輕，彷彿早看穿了這個結果，嘴角微微上揚，似乎正在說：你看吧……。

低下頭，看著那個佈著污點的水桶，還有水桶邊那雙光可鑑人的真皮皮鞋。感覺自己左腳和右腳像是有幾百公斤重，得輪流抬起才能緩步向前，猶如一座兵馬俑，慢慢往前走，慢慢往前走，走到他跟前，站在他的影子裡，彎下腰去拿水桶……

周總經理嘴邊呢喃著說：「什麼沒知識的下流東西，拿什麼敢跟我爭？要是我兒子這麼沒用，早一巴掌打下去了……回去多讀幾本書再來吧。」

我腦中頓時出現兩個選擇：一、忍住。二、拿水桶砸破他的頭，把水蠟灌進他嘴裡，一腳踹碎他膝蓋，再一腳踢破他的胃袋。我本來想選後者，但是媽媽勸戒的聲音再度出現耳畔，讓我一時不能下定決心，耽擱了幾秒，他已經踩著勝利的步伐走進店裡。

我趁機重新整理思緒，深呼吸一口氣，強行壓抑住追上去的衝動，忽然覺得口中有一股腥甜味道，舌頭一舔，源頭在臼齒附近，伸手指去摸，是我咬牙咬得太用力，牙齦滲出了血，使我警覺也使我慶幸：好險是我，倘若晚個幾秒，見血的是他，恐怕此時的我想要安然站著都難。

擦車的差事讓工作變得複雜，先要找到車子上所有刮痕，蹲著，把水蠟擠上海綿，用不停畫圓或井字形的方式擦拭烤漆，太大力不行、太小力也不行，非常難掌握，直到撫平刮傷，最後再用細毛巾擦乾多餘的蠟。每當有臨停的車進出，我就得從停車場最後面走到最前面，幫忙抽號碼紙或是收錢，有時候還沒走到水桶邊，又得回頭，光是來回走動就夠嗆了，還加上一夜失眠和炎炎太陽，兩眼頻冒金星，第一輛車就花了我快一個小時，感覺手都快斷了。直到應付完中午吃自助餐的車潮，還匆忙換了號碼機的熱感應紙，終於找著那股巧勁兒，愈做愈順手，三點左右，終於把二十輛車全都搞定。還水桶時，周經理刻意經過，對我燦爛一笑，悠悠地又說了句：貓的事，還是拜託你了喔。

買了便當，坐在車亭地板上吃，有一口沒一口，累得難以下嚥。

「李大哥！」楊店長才停好了車就向我跑過來。

「楊店長啊，這麼晚。」我沒力氣起身。

「我都聽店裡人說了，抱歉抱歉，還要你洗車。」

「沒洗車，打水蠟而已啦。你去台北開會啊？」

「是啊，開會。抱歉，我們副總就是這樣，自以為大公司主管就到處欺負人，我都快受不了他了。」

「副總？他不是總經理啊？」

「不是，那只是尊稱。他是總經理的叔叔，也是董事長的表弟，反正都是親戚啦，不過當年出了點錢，又靠著在內政部裡認識幾個人，早先是拉過不少業務，現在根本沒什麼能力了，作威作福第一名啦。」

「難怪……我想說總經理怎麼一直不在總公司，每天都在桃園。」

「因為這裡業績好啊，離他家又近，所以他才假借督導的名義一直賴在這裡，都一年多了，不僅搶功勞，還愛多管閒事，我手下員工為了巴結他，全都很不聽話，得罪了好多客戶，我這個店長都快跟他翻臉了。」

「還有這種事？我看他每天都很悠閒，還以為他是一個不錯的老闆呢？」

「唉，賣給手下不大不小的人情，搶著給上頭報好消息，就是這種人。跟你說，你知道他為什麼每天都笑嘻嘻的嗎？」

「為什麼？」

「他到這一年多來，每天躲在二樓辦公室，裝了一台卡啦OK，唱一些二三十年前的老情歌，還一直喝紅酒，一天至少一瓶，喝到他出來上廁所都在傻笑，還搞什麼薰香、噴香水，每天到處熏人，我一靠近他都得忍著不咳嗽。他每天混，下班還去酒吧放鬆，月薪就可以領三十萬，你說開心不開心。」

「哇！這麼多啊。」

「多是多，但是他兒子早就沒了，老婆也走了兩年，就剩他一個人，錢再多也沒用。」

「都死了？怎麼會這樣？」

「喔，這件事我剛好聽老業務說過，你想知道嗎？要不要我講給你聽？」

「呃……好啊。」我想著，分散一下注意力也不錯。而且楊店長一臉就很想講的樣子。

「我記得老業務說，副總那時候靠公司股票賺了大錢，就在外面包養女人，好像是個酒店女公關，副總每天花天酒地不回家，氣得他老婆回娘家去住了三個月。他兒子那時讀高中吧，趁著家裡沒人，就偷開他爸的車，才第一次，沒出兩條巷子就出事了，當場掛掉。」

「這、這也太慘了。」

「是啊，後來他老婆差點跟他離婚，他也醒悟了，一直求、一直求，聽說又下跪又磕頭，還發誓每天回家不再亂搞，這才沒離成。」

「真看不出來，他也會求人啊……」

「就是啊，我想，可能他只把家人當人吧……」楊店長聳了聳肩，「我還見過他老婆一次，就在我剛進公司那年的尾牙，她一臉死氣沉沉，正眼都沒看過她老公，真不敢想像他們的夫妻生活。後來沒兩三個月，剛過清明節，就聽說他老婆突然死掉了。」

「怎麼這麼突然？是意外嗎？」

「這就是奇怪的地方，我也聽很多人說過這件事，卻沒人真的知道到底發生了什麼。之後副總就自請調來桃園，立刻露出原形，每天在那邊亂搞，真的很煩。」

「原來還有這樣的事情……」我一時有了精神，不住推敲各種可能性。

楊店長看著我，微微一笑，說：「抱歉啦，要是我在店裡，一定不會讓他這樣亂來。」

「不會啦，也……也還好啦。」我瞄了眼楊店長，這故事雖然令人好奇，但我更訝異於楊店長怎麼如此親切，特意過來說了一通八卦，確實讓我心裡怨氣消退不少，忍不住問道：「呃，對了，楊店長……那天我們一起吃飯喝酒，我……我沒、沒說什麼吧？」

「喔，」楊店長又給了我一個內斂的微笑，彷彿我們之間有種默契，可以心照不宣，「沒說，李大哥你什麼都沒說。對了，這給你，我路上買的，辛苦你擦車了。」

他遞給我一個袋子，裝著一箱人蔘提神飲料。我不收，他拒絕我的拒絕，僵持了幾秒，他假裝接手機就走開幾步，趁我不注意便跑進了租車公司後門，還刻意朝我揮揮手作別。不想收也只能收下。

好不容易吃完了便當，已到了隔壁小學放學時間，打鬧歡笑聲中，一個稚嫩的聲音再次靠近，速度飛快，像顆小砲彈。

「叔叔……叔叔……叔叔、叔叔、叔叔！叔叔！叔叔——！」丁小妹從圍牆邊衝出來，一雙圓圓眼睛睜得老大，甩著兩根翹翹的辮子，拿著一張套著透明塑膠袋的圖畫紙，朝我狂奔而來，「你看！你看！你看——！」

「慢點慢點！」我趕忙蹲下來，伸出雙手緩衝擋著，她還是幾乎撞進了我懷裡。

「你看！你看！你看嘛！」

「好，我看。」

接過圖畫紙，翻到正面，丁小妹的〈釣魚〉已經完成了：

畫紙打橫，一個小小的女生只待在左上角，綁了兩個辮子，一臉吃力表情，拿著一根又粗又黑的釣魚竿，一根好長的釣線，從釣竿尖端開始延伸，伸進藍色水彩染出來的海水裡——我最擔心這裡，怕她把釣線畫成一團打結的毛線，但是她處理得非常好，來回勾轉，形成順暢而且不斷循環的「8」字形，有大有小，佔了畫面又分隔了空間，空間裡塞滿大大小小、五顏六色的魚，有一隻最大的魚死盯著釣線末端魚鉤上的蚯蚓，表情極為生動。且畫紙四周忽視所有透視法，添上了一圈水草、珊瑚、海葵、海星、貝殼……像是裝了畫框般精緻。

「哇！好漂亮喔！」我感覺自己像打開了藏寶箱，臉上映滿了金光，「小妹妹妳好棒啊！這十足童趣就不用說了，還很有設計感，尤其這個循環構圖，真的、真的太精彩了！」

「對不對！」她開心得不停蹦跳，指著畫紙介紹，「這個人是我。你之前有教過，沒做過就假裝一下。我是拿拖把假裝釣魚，讓媽媽幫我拍照，才畫出來的喔。」

「做得好，好棒，好用力的樣子，太生動了！太棒了！」

「還有這個釣魚線，是數學課太無聊，我才突然想到可以用『8』來畫喔。」

「很棒，沒錯，要多觀察生活裡的小東西，都可以找到靈感。」

「你猜看看最大這條是什麼魚？」

「鼻子那麼尖，一定是旗魚。」

「答對了！坐我旁邊的張豬頭一直說是海豚，海豚就不能釣啊。叔叔你看，這裡有一百條魚，都是我翻海洋百科一條一條畫出來的，每一條都不一樣，你說過要找資料才會更漂亮，我都有做喔！」

「真的好棒喔！超級棒！」太久沒遇到一件值得我開心稱讚的事，除了「棒」，我實在說不出其他詞彙來讚美，只能直摸她腦袋，她像隻飽受寵愛的柴犬，樂得眼睛都瞇了起來。

「還有喔，」她說：「我們老師叫我去參加全國兒童繪畫比賽喔！」

「這麼棒啊，要參加比賽，那這張圖要收好，不要弄髒了。」

「不能用這張，我們老師說，比賽要用四開圖畫紙，這張太小了。叔叔，我下個星期就要交大張的，老師說，要我畫得跟這張一樣，可是我畫不出一樣的……」她從書包裡拿出一張四開圖畫紙攤開，滿是鉛筆和橡皮擦的痕跡，還破了一個洞，看得出她想重現畫面，卻因為面積太大，完全失了比例。「叔叔，你教教我，怎麼樣可以把這張小的，畫大張一點，還可以像小的一樣漂亮，好不好？」

「好，當然好。」

我拿過她的作品和那張四開圖畫紙，翻到背面，跟丁小妹借了一支鉛筆，教她隔著塑膠套給畫打格子，再給四開圖畫紙也打上一樣多格子，如此就能看著格子裡的圖案，大致不差複製過去。接著再教她一個科技的方法，原畫直接拿去7-11影印放大兩倍，再把背後塗上鉛筆，墊上新圖畫紙，從正面描一次，圖案就可以隨著鉛粉，原封不動挪移過去。兩個方法都讓丁小妹直呼神奇。第一招能夠多添加變化，第二招則是省時省事，我讓她自己選。一邊說，我還一邊問她：海水要是顏色淡一點，魚會不會更清楚呀？魚鉤旁的魚，怎麼都不想吃蚯蚓呢？水草也在水裡，會不會漂來漂去咧？……

丁小妹一邊回答，一邊思考，一邊腦子裡又冒出了需多新想法，立刻說出來，我們兩人談得有夠開心，有個人從外面走進來，我也沒多理會，她沒開車，繞到我們身後聽著，似乎很感興趣……直到二十分鐘後，我突然想到丁媽媽怎麼遲到了這麼久？丁小妹也覺得奇怪，一抬頭，不禁喊了出來：

「媽媽！」

「嗯？我是叔叔啦——」

「媽媽妳什麼時候來的？」

「啊，」我這才發現丁小妹是朝著我身後說話，忙站起身打招呼。「是丁媽媽嗎？妳好妳好，我姓李，我是這裡的管理員。」

「這位李先生，你很不錯呀。」丁媽媽脫下香奈兒墨鏡，露出一張保養得宜的圓臉，一雙丹鳳眼猶如是用指甲摳出來的，又小又亮。

「媽，妳看！」丁小妹趕忙趴到媽媽大腿上，「我這張畫畫得超棒的，對不對！」

「在家裡就看過了。」

「老師說要去參加全國兒童繪畫比賽喔！」

「嗯，妳手機裡說過了，真的好棒。」她低頭捏捏女兒的小臉，手放在她頭上一直摸，抬頭對我說：「李先生，怎麼你對小孩子那麼有一套？你孩子多大了？」

「我、我還沒結婚。」

「喔……你是讀幼保科嗎？還是學藝術？」

「呃……不是……我學的是設計。」

「對對對，設計好啊，你教圖教得這麼有見地，絕對不會是幼保科嘛，我在說什麼呀。對了，我聽妹妹提到你好幾次了，你真的好厲害，妹妹的作品經你指點，變得實在太漂亮了。」

「過獎了、過獎了。」

「我這個人啊，有一句說一句。我告訴你，妹妹本來好喜歡畫畫，後來上了小學，她們一二年級那個爆炸頭老師根本不會教，一直想要孩子們畫得像，像有什麼用呢？還要孩子們都照他的範例畫咧，害妹妹都沒興趣了。多虧遇到你，她這又重新喜歡上畫畫了。」

「喔，原來……原來那天是這樣啊？」

「啊？哪天？」

「喔，就是我和妹妹第一次見面，是在去年放暑假前一個禮拜，我看到丁小妹她畫了一個爆炸頭的鬼，滿嘴暴牙，綠色的臉，我看她畫得有趣，忍不住過去找她聊天，我們這才認識的。」

「喔！是那張畫啊！哈哈！那張就是畫那個老師啦，不瞞你說，還真的畫得很像咧！哈哈哈！」

「呵呵呵，真的嗎。」我們三個人都笑了起來。

「嗯……這個，李先生，你在這裡工作待遇不錯吧？一個月有兩萬四嗎？」

「呃……嗯……」猜得還真準，「這裡也就還好啦，過得去吧。」

「就是風吹日曬，辛苦了點，是吧？」

「呵，是啊。」

「而且，如果再換上電子設備，那就更沒你什麼事情了，對吧？」

「沒錯，我可能也只能做到這個暑假了。」

「啊……」丁小妹滿臉失望，說：「真的嗎？」

「那樣正好！」丁媽媽說：「我家裡男人他啊，有意思租下一層樓，投資一項事業，離正式簽約已經談了一半，只是方向還沒決定下來，到時候要是有什麼進展，一定請你來逛逛，考慮一下，待遇絕對比這裡優渥得多。」

「是什麼樣的工作呢？」

「我這個人啊，實在是有一句說一句，這是我男人做決定的事，我現在也沒辦法確定，不好亂說。但是我知道，要是你肯來跟我先生聊一聊，絕對可以輕鬆勝任——」

「媽媽，」丁小妹說：「妳說爸爸要開安親班的事啊？」

「哎呀，還沒確定，妳不要亂說。」丁媽媽摸摸女兒的頭，對我說：「反正只要事情確定了，我一定會第一時間通知你來聊一聊。」

「好的，沒有問題。」

丁小妹拉拉我的手，說：「叔叔，你千萬不能突然跑不見喔。」

我嗯了兩聲，點點頭，問了她剛剛兩種方法選哪一種，她立刻要求媽媽帶她去便利商店。我送兩人騎上機車離開，心裡想著：我可不要去安親班帶孩子做作業、吃點心、管秩序，而且我希望，等到那時候，我已經考上博士班，忙著上課、忙著與教授一起討論論文，已經完全遠離這些事情……不過，不能見到可愛又聰明的丁小妹，的確是會有一小點寂寞就是了。

一轉頭，看見巷子裡朱小弟在偷看。我正想叫住他，問問他爸爸的狀況，他立刻拔腿狂奔，跑得不見人影。他眼神裡帶著血絲，挾著些怨氣與害怕，讓我又有種不祥預感，就像站在一場設計展門口，看見海報用了細明體當內文，渾身都不對勁了。

◇

太陽愈往下降，我心跳得愈快。終於楊店長關了租車公司後門，還刻意過來問了兩句話，不過我實在太緊張，半個字也沒聽進耳裡，只是隨口說不舒服，掩飾了過去。

走到停車場入口，「一秒……鐘……兩……秒鐘……三……秒……鐘……四秒……鐘……五……秒鐘……六……秒鐘……七……秒……鐘……」我站在建設公司正對面，慢慢數著，「……五……十……四……五……十……五……五……十……六……五……十……七……五……十……八……五……十……九……六……十。」

不能再拖了。跨過馬路，才想去推，鑫展建設公司的落地玻璃門就被拉開，出來兩個人，我本來以為他們又是準備好要接我進去，忙點頭致意，沒想到兩人嘴裡說著肚子餓，只是要出去吃晚餐，正眼沒看我就走了。

我忙扶著把手開門，與上次一堆人吃飯的氣氛不同，今天店裡空蕩蕩的，半開著燈，沙發上兩個黑衣男人邊抽菸邊玩電玩，若我沒看錯，那是去年在ＰＳ４大火的《ＵＦＣ終極格鬥王者３》，我在遊戲雜誌上看過。兩個肌肉壯碩格斗選手，渾身血漬地在擂台上互毆，3D畫面真實又流暢，詭異的是電視沒開聲音，也沒人戴耳機，只聽得見快速按壓搖桿的喀喀聲。

一個男人半隻腿跨在沙發扶手，餘光瞄到我，什麼也沒說，只是趁著遊戲空隙向裡面比了比，讓我自己進去。這麼隨便？還是……有埋伏？甩甩頭把哪些《無間道》的電影片段都拋開，心臟都要提到嗓子裡了，順著廊道慢慢走，一路上半盞電燈沒開，只有酒櫃裡的小燈泡照路，暗得我像半瞎一樣，得摸著牆才能順利前進，走到董事長辦公室大門，鋼板門虛掩著，不敢按對講機，只是敲了敲，指節都疼了也不太響，也不敢再敲，就這麼站在外面等著。

「外面有人嗎？」是丘董事長沙啞的聲音。

「有，是我……對面的管理員。」

「喔？喔，對對對，是今天，來，進來。」

我推開門往裡面走，丘董事長坐在沙發上，身旁坐著棻，美麗的臉上帶著玫瑰色潮紅，神色慌張，正忙扯著衣服、扣鈕扣，撫平一身凌亂，玲瓏曲線與絲滑肌膚若隱若現，要不是之前在二樓窗裡看過她裸著上半身，褲子裡必定已硬得我彎下腰了。趕緊把臉轉向丘董事長，三分頭、滿臉橫肉、倨傲又不耐的表情，足以把所有慾念澆熄。

「丘董事長……你好。」

丘董事長也是一身凌亂，指了指電視前方一個小凳子。有了上次經驗，我不敢推辭，一屁股坐下。他理著衣服，又輕輕一咳，棻立刻拿起遙控器開了電視、戴上耳機。我忍不住看她的手，要是又按靜音，丘董事長現在看得到螢幕，肯定會被發現。她正要按下，頓了一頓，似乎也想到了不妥，立時嘴裡哼了一聲、眼一翻，裝出沒半點興趣的模樣，把電視音量轉到最大聲，另一手卻握住耳機往上摸，似乎摸到了一個小開關，隨即輕輕一按。還有這招啊。

「你倒是守信用。」丘董事長說。

「當然、當然。」

「希望你的回應能讓我滿意，說吧。」

「丘董事長，」仔細回想筆記本的內容，啟用說法H，「承蒙您那麼看得起我，願意給我那麼高的報酬，還有貴公司員工都那麼照顧我，實在是一個賺大錢的好機會，我心裡特別感動。所以，回家之後非常認真想了整整三天，實在就是因為太心動了，想要跟著丘董事長您好好發一次大財——」

「喔？你答應了？」丘董事長說。

眼角看見棻瞟了我一眼，眼神發亮。我說：「呃……但我回去想了又想啊，一直在想丘董事長您說過的話。」他揮揮手讓我往下說，「您說過，您要找一個清清白白、做事認真、不引人注目，要找一個值得您託付這些任務的人，您是這樣說的是吧？」

「嗯……是，我是說過。」

「老實告訴您，我並不是特別清白，在警察局有我的案底，在法院也有案子，一直在審理，這個星期又要開庭了。」

「喔，有這種事？」沙發上兩個人，一個驚訝詫異，一個失望。

「是真的，您看。」我遞出開庭通知書。

「還真的是，這是刑事的呢……嗯……？」他瞇起眼睛，「你叫做李子『傳』？你不是阿賢嗎？」

「阿賢？喔，阿賢是我表姨媽的兒子，也姓李，停車場那片柏油就是他鋪的，不是我……」他果然有查過啊，「還有，我叫做李子『摶』，是提手旁，不是『傳』。」

「喔……真的是『摶』，是李子摶……李子摶？這個、這個名字怎麼那麼熟悉啊？」

「呃……就是一個普通名字，沒什麼啦……沒什麼人知道。」

「不對，我在新聞上看過這個名字……你這是……」他抬起又大又重的臀部，從褲子口袋拿出手機，搜尋了沒有五秒鐘就已查到，「喔！你就是那個打傷鑒明科技大學一名主任、兩名教授、兩名助教、三個學生，還放火燒了辦公室的那個男人！」

太好了，一切都照計畫進行，「燒辦公室是意外，他們在吃火鍋，我是翻桌的時候不小心點燃了一箱廢紙，這才燒起來，我並不是故意——」

「你為什麼翻桌打人？」丘董事長一臉興致盎然。旁邊的棻也直接轉過半張臉來。

「呃……」這一題超出了說法H的範圍，我立刻改用說法D，說：「就是對於我申請教職的事情，起了一些衝突。」

「教職？……對對對，沒錯，新聞裡有說，我差點忘了，打人放火的是一名博士，原來你是一名博士啊！這裡有照片。才一年，你怎麼瘦這麼多，還曬黑了，難怪我沒認出來。」他拿起手機，用我上報那張襯衫領帶、細皮白肉的照片現場比對一番，「到底是發生什麼事？我真的很好奇。」

「嗯……總之，我在鑒明科技大學待了好幾年，原本都已經談好了，要讓我在過年後開一堂設計史與創作結合的課程，但是……但是最後職務給了一個碩士……又加上，他們又對我出言不遜，所以我才……我才終於忍不住，翻了桌。他們還生氣了來揍我，我為了自衛，這才不得已打傷了幾個人。」

「談了幾年的事，他們說翻臉就翻臉啊？」

「嗯，是啊。」

「是過份，原來真相是這樣，這也太過分了！李兄弟，要不我派兩個人，幫你好好教訓他們一頓！」

「不用不用，我、我已經教訓過他們了。」

「哈！也是，都燒了人家辦公室了。那官司有勝算嗎？請的是什麼律師？李兄弟，大哥我一路混過來，也認識幾個刑事案件的高手，要不要介紹你一個，包准你沒事。」

「有有有，已經有了，我家裡幫我請了在教育界裡也小有名氣的賴律師，她很懂這些學校、教師、學生、教官的事，有她在，大學那邊已經撤告，另一邊的一審也勉強過關，沒有重判，這次二審，應該也沒問題啦。」

「嗯，好，沒問題那就好。李兄弟，要有什麼困難，一定要跟我說一聲，大哥我絕對幫你！」

「不敢不敢，怎麼敢勞煩……啊？大、大哥？兄……兄弟？」

「兄弟，當然是兄弟，呵呵……」他幽幽一笑，頭一仰，彷彿時間的腳步剛剛踩過他臉上，緩緩說道：「李兄弟，我十六歲就出來道上混，混了四十年，你知道是為了什麼嗎？」

「呃，我不知道。是為什麼呢……？」

「就是為了爭一口氣。」

「一口氣？」

「說了不怕你笑，我小時候是在農村長大，家裡有半畝田，也有間紅磚房子，跟爸爸媽媽一起住，能吃得飽，也穿得暖，算是很可以了。誰會想到，我讀初中那年，牽牛去吃草，路邊一頭牛沒綁好，掙脫了，過來挑釁，害我這隻也抓不住了。兩隻畜牲打起來，我這隻斷了半隻角，那隻重傷當場倒地，兩天後就死了。這原本不是大事，但是對方家裡有個兒子讀過幾本書，在教育局上班，他們說話就大聲了，硬是要說成是我的錯，要我家賠，不然就要報警抓我。村子裡沒人站我這邊，不賠也不行。」

「有這種事啊？太過份了。」

「是啊，確實過份。所以我就趁著一天晚上，往他家後院堆滿稻草，扔一支火柴，就全燒了，那隻新買的牛、二十隻雞、兩隻鵝、兩頭豬、還有一條狗，全部烤得又焦又香，那個場景啊，像是到了大餐廳一樣……」他抬高鼻子，輕輕晃著頭，像是聞到了當日的氣味，滿臉懷念。

「這、這跟那些動物有什麼關係？」

「是，沒錯，博士就是不一樣啊！我那時候也不懂，就知道發洩，發洩完就逃啊，逃啊，一直逃，直到出來混了幾年，終於都搞清楚了。所以在三十歲那年，我又回去了，找到他們家族所有的人，抓起來，全部砍斷兩隻手指，這才算真正報了仇。我跟你說啊，我都讓他們自己挑，他們全都挑小指，卻沒想到之後要怎麼掏耳朵、挖鼻孔，真是笨啊，哈哈，哈哈哈！」

「呃……」我嚇得張大了嘴，又趕緊閉上。

「當初我看到你的新聞，那個痛快啊！簡直就像是看見我自己年輕時候一樣，為了一口氣忍不住，就用最激烈的方法來亂一亂，要去爭！讓那些假裝有學問、真正不要臉、靠著權勢光明正大欺負人的敗類，讓他們都知道，除了他們之外，只要夠狠，誰都能訂出自己的遊戲規則，只要夠不要命，誰都得照著我的規矩走。」

「呃——」我一串反駁的話卡在喉嚨裡：我才跟你不一樣！那天是不小心失火，我沒放火！我只是讓人受皮肉傷，可沒斷人手指！我是被逼的，你、你、你也是被逼的……是他們先跟我過不去、是他們對不起我……你也是……我跟你不一樣，我不會用暴力對付不相干的人……如果語言暴力也算，那我去拿電腦那天，是不是也算？如果動念就算，那我想拿水桶砸破周經理的頭，算不算？……我說：「是……你……您說得很有道理，說得極是，他們活該，您真是懂得事非對錯、重情重義，了、了不起！」只能動用說法L了。

「哈哈哈，我就知道我們果然合得來。尤其是你還有這麼多粉絲，我還記得，他們都叫你『業火博士』，都學著你，喊著要打倒黑心學店，又去燒了十多間學校，真是爽快啊！要是李兄弟你能登高一呼，讓他們都來加入我的公司，那些人可比我這些手下有膽子多了！」

「呃，那些人我都不認識，可能沒有辦法……但是丘董事長您真是有遠見、有宏觀的視野，難怪公司經營得有聲有色，十六歲白手起家，如今可以有這麼驚人的成就，可見您的能力遠遠超過那些斯文敗類，他們不過是讀了幾本爛書，就臭不要臉，簡直垃圾中的垃圾，下流透頂。您比他們高出了一百……不……一千個層次，實在是太高明、太雄偉了。」

「哈哈哈！好！說得好！值得我們乾一杯啊！」

丘董事長笑得雙下巴直抖，用力撐起身體，轉身走向辦公桌旁邊的小酒櫃。我也忙站起身。菜趁隙拉開耳機，一臉無所適從的表情，呢喃著聲音對我細語。

「……李先生，你不管我了嗎？……」

「……妳放心，我、我一定會救妳，聯絡我……」我輕聲說，從手錶錶帶裡抽出事先寫好手機號碼的紙捲，往她腿上一拋。她手一伸一縮，已經妥妥收進口袋，一滴眼淚，絕望又欣慰，滑落美麗臉龐，看得我心碎。

「來！」丘董事長一喊。

雖然不忍心，還是得拋下菜走過去。丘董事長倒了小半玻璃杯XO，一杯遞給我，一杯拿在手上，與我碰杯後，他一飲而盡，我看勢不可違，也仰頭喝下，辣得直咳嗽，引得丘董事長哈哈大笑。趁著酒勁還沒上來，我趕緊拿出那四十四個小夾鍊袋，雙手捧著歸還。

「那關於這件事……在我官司打完之前啊，恐怕是沒辦法幫忙了，還是先還給丘董事長您——」

「別叫我董事長，叫我大哥就行。」

「喔，好，大……丘大哥，只能再麻煩您另外找人選了。」

「好。」他終於拿走我手上的麻煩，說：「其實啊，人選已經有了，你昨天沒來上班，有一個人正好來應徵，我就——嗯？」

他大嘴一癟，忽然掂了掂手上的毒品，又仔仔細細看了看，看得我冷汗直流。我檢查過幾百次了，四十四包，一包不少，忙問有什麼問題？丘董事長遲疑了片刻，突然又笑了出來，臉上從容依舊。

「呵呵呵，沒事沒事，哪能有什麼事呢？平時沒事就來這裡泡茶，等你案子了結之後再來合作吧，我們公司除了送貨，還有很多管理工作，要用腦袋的，一定適合你啦。」

「好好好，到時候再請丘大哥多多關照了。」

「好。你還沒吃飯吧？」

「還沒。」

「那你快去吃吧，我讓手下送你出去，辛苦了一整天，該回去好好休息，去吧。」

丘董事長按了對講機，交代兩句，並特別強調：要好好送李兄弟出去。不一會，剛剛在外面打電玩的男人忙不迭跑進來，點頭哈腰地把我往外面迎，我連忙與丘董事長再客套幾句，等關上門，我便頭也不回向外走，出了大門，脫離了兩個黑衣男人的視線，立刻快步跑起來，心裡一片輕鬆祥和，感覺自己正踩在雲端，渾身發光，只消再快一點就能飛起來……連蹲在米店前面一臉呆滯的小孟看起來也特別可愛，忍不住向他揮揮手打招呼，樂得他咯咯發笑。我也笑。

筆記分析果然有用！接下來就是等待時機，等棻來電，打聽清楚丘董事長帳本的情況，在計畫一下如何匿名檢舉才能順利救她出來，然後她就能跟我……跟我……

挪開心裡的大石頭，肚子立刻餓得亂叫，加快速度跑到巷口那家自助餐，準備吃個兩百塊慶祝。

還沒見到老闆娘，就看見剛進建設公司時，忙著出去吃飯的兩個黑衣男人，已經吃得差不多了，坐在路邊座位，邊打屁邊玩手機，見我來了，只是隨意望了一眼，沒多理睬。

我樂得開心，去向正在收拾的老闆娘說話，點了雞腿和糖醋里肌，正在打包，聽見那兩個男人手機響了，說了幾句，我突然感到一陣視線壓力，不由得轉身去看，他們已經坐直了腰桿，向我點頭致意。看來是收到通知了，態度變得真快呀。我不管他們，付了錢，拿了便當就走，才踏上人行道，突然有人抓住我肩膀，大聲說話。

「李先生，你的東西掉了。」

「喔，謝謝，」一轉頭，擋在眼前是我找不到的那張借書證，側過頭，借書證被一身制服的警察拿在手上，「怎麼在這裡……謝……呃，是、是、是……是你……」

「是我。」他說。是那個在圖書館前攔住我的兩個警察之一，年紀比較大、方臉、比較不愛說話、比較冷靜、說「我的制服」的那一個男人。

「啊！」糟糕，我想起來了，借書證就放在袋子，被他撿了去，不用向圖書館查就能知道我是誰。

「李先生，找了半天，原來你在這裡。警方接到線報，你和日前發生的一件重大案件有關，我現在必須請你走一趟警局，請教幾個問題，做個筆錄，請你配合查緝。其他事情……可以慢慢再談。」

「這，我……」我四下張望求救。老闆娘只敢斜眼偷瞧，離我遠遠的，發現我在看她，她兩眼一翻，便裝作什麼都沒看見了。那兩個建設公司的黑衣手下，原本盯著我直看，看見警察，像青蛙見了蛇，早已別過臉去，只敢用眼角餘光偷瞄，全身不敢動彈。

我說：「你、你憑什麼？」

「就憑這個。」他不急不徐亮出證件。我只看見他姓吳，還確定了照片確實是本人。他壓低聲音柔聲說：「大家都是見證，我現在是客客氣氣請你，你可不要再一次襲警，也不要想逃跑，更不要胡鬧吼叫，否則我為了制止你、逮捕你，下手不知道輕重，那你下場如何，就很難說了……」他先把手銬弄得鏗鏗發響，我不自覺看了一眼，他手又移到腰間上，作勢要拔槍出來。有牌的流氓最可怕。終於扯斷了我最後一線想要掙扎的念頭。

「嗚……呃……嗯……」我分不清自己是答應，還是嘆了一大口氣，或是忍不住哀號……是點頭、搖頭，還是渾身無力，最終不由得垂下脖子……只有心裡異常明白——完蛋了。

◇

緊靠著車門，縮在副駕駛座裡，心跳一直慢不下來，抖著腿，鞋底敲得車底喀喀作響，這不是我第一次坐警車，卻是比第一次緊張了好幾倍。只因為那時候我還知道目的地，而現在看向窗外，車子愈往前，愈進入山林深處，竹子、樹木、山壁……景色愈來愈荒涼、路上車輛愈來愈少。

當然不是去警察局，我早該想到。

我逼自己冷靜，在腦中分析現況：第一，情況雖然不妙，但他總不至於殺人滅口，不然就不會在大庭廣眾下抓我了。第二，計畫，我需要計畫，無奈身邊沒有筆記本和三色原子筆，無法靜下心來統整思緒，否則要我再想二十個計畫也不是難事呀。第三，仔細觀察，必須找到他的需求與目的。第四，只有看著不行，還必須說些什麼打破僵局，套出更多情報，見機行事。還有，第五，否認一切。

「吳警官……讓我們先冷靜下來吧，我、我們是第一次見面吧？是嗎？」

「……」吳警官淡淡看了我一眼，又自顧自開車。我仔細回想，自上車以來，他兩隻手就沒離開過方向盤，車速也有點過快，油門和煞車也踩得有一點急。難道他不如表面上那麼冷靜……

「我從來沒看過你，也跟你說的什麼案子沒有關係，不如現在就放了我，我們就當誤會一場，什麼都沒發生過，你……你覺得怎麼樣呢？」

「別裝了，」他又瞪我一眼，「已經太遲了，你已經知道我的名字了。」

「啊？這、這是你自己拿證件出來的吔，我原本不知道的，而且我只看到你姓吳而已——」

「『原本』？所以你之前有見過我，你剛剛說謊。」

「我……嘖。」

「我不會相信說謊的人。」

你才說謊咧，「好……好，那我就老實說，那天是有看到你沒錯，你和一個……一個……可是那是上個禮拜的事，已經過了這麼多天，我完全沒有什麼動作，這不就代表，我根本不想把這件事鬧大嗎？你何必一直咬著不放，事情過了就過了，再過三五個月，什麼證據都沒了，這件事就什麼也不是了。現在搞成這樣，根本沒有必要，真的不需要這樣，真的。」

「哼，誰知道你今天不說，是不是明天就說了。而且，別以為我不知道你是誰，你那件大案子還在審理中，對吧？」

「呃……」

「要是最後判你輸了，為了拖延時間，或是想要打擊警檢調士氣，說不定就改變主意說了。那時候誰管是真還是假，有證據還是沒證據。你有媒體關注，有話語權，我只是一個小警察，哪裡受得了。」

「啊？這……我根本從來沒想過要這樣。」

「現在想不到，不代表到時候想不到。只有牢牢控制住你，我才能安心。」

「那、那我發誓嘛。你現在放過我，我發誓，我這一輩子到死都再也不會提起這件事，要不然我就……我就出門被車撞死、吃飯被噎死、喝水被嗆死、洗澡被瓦斯熏死、睡覺被……被鬼壓死，我發誓，我絕對不會告訴任何人！」

「坐回你的位子！」他大聲說。我這才發現，自己已經激動得一直朝他靠過去。他一掌將我推回座位，車子頓時不穩，晃了好大一下，衝到對向車道又衝回來，他又吼道：「混帳！給我閉嘴！你自己犯下的案子都能胡扯是意外，你的發誓就是放屁！別以為我會信你的鬼話！」

我趕緊閉上嘴。這車開得也太差了，個性又偏激，完全不能說道理嘛……但是細想，他也實在做得周全。確實，我要賣了他是輕而易舉，但是我都自顧不暇了，哪還有時間沾這個麻煩。

短時間要得到他的信任、讓他打消念頭已是不可能，只好改變思路，推敲著，他帶我到荒郊野外，到底是要做什麼：他一定有個手段，自認為可以長長久久控制住我，最有可能也最好的方法，就是要抓到我身上什麼重大把柄。把柄？我就這麼一個人，案子都鬧到法院了，對方律師那麼精明都不能，他還能找到我什麼把柄？他能拿什麼威脅我？我做過的事？我說過的話？我的……隱私……？我能有什麼隱私……把柄……隱私……我知道了，馬的，絕對是這樣！

醒悟得雖然慢，但也不算太遲，馬路旁邊就是樹林，有機會可以拚一拚。好不容易看見對向車道有兩盞車燈駛來，看準了時機，我瞬間握住排檔，打到R檔，登時車子引擎發出咔咔響聲又嘰嘰叫。吳警官急踩煞車，我忙穩住身體，趁機解開安全帶跳下車，迎著燈光衝上前去，拚命揮著雙手求救。只要事情鬧大，我就不會輸。誰料到，那輛車竟立即轉到旁邊小路裡去，根本沒看到我。

回頭望，吳警官還困在車裡打檔，我忙往旁邊林子裡逃，樹枝又硬又粗，像棍子，竹枝又挺又韌，像鞭子，滿地樹根爛泥簡直是陷阱，還暗得看不清楚路，我才衝進來，就像是遭受幾十個人圍毆一般，臉上、身上多出好幾道傷，連滾帶爬，好不容易向前鑽了三五公尺，後面手電筒光源逼近，再過片刻，吳警官已經欺到我身後，一手臂勒住我脖子，另一手架住我後腦，逼得我身體後傾，被他一路往外拉，我拚命掙扎，他下手更用力，肺裡逐漸呼吸不到空氣，兩眼快速發昏發暗，知覺與外界的聯繫全部斷絕，他再度加壓，我就連意識也迅速抽離……馬的，我要嗝屁了……

◇

……好像有光，好像身在一個模模糊糊的空間，我拿著一張八開圖畫紙，一路往前跑，感覺太陽、天空、雲、校門、房子、電線桿、紅綠燈、樹、行人、車子、門、牆、櫃台、電梯、椅子……都變得好高好高，而地平線變得好低好低，我跑到房間，房間裡有一張病床，病床上躺著一個男人，灰白皮膚，滿臉鬍茬和笑容。

我大聲叫爸爸，他則叫我摶摶。

爸爸迫不及待拿了圖，我忙蹲到床尾轉動機關，讓床頭慢慢挺起來，爸爸身高一百八，身體有點歪，得拿枕頭放在後腰才能坐穩，我忙跑去他身邊賴著。

那是張全家福，爸爸、媽媽、我坐在樹林裡，野餐布上放著豐盛大餐，旁邊滿滿的都是動物，加上我們三人，每張臉都在笑。

爸爸鼻子裡插著管子，說話有點辛苦，卻總是說個不停──他一下就認出來，野餐布上有媽媽最擅長的滷肉和油飯，還有爸爸自己拿手的水餃和饅頭，還有我唯一會做的漢堡和三明治。他也看得出有松鼠在咬栗子，兔子在種蘿蔔，大黑狗是從前外公養過那隻，還有隔壁鄰居家的白貓，因為想用粉紅色所以畫了紅鶴，天上有小鳥，池子裡有魚，山羊、梅花鹿、馬是上次去農場看過的，還有鄉下的豬和大水牛，動物園的獅子和大象……爸爸全都看出來了，牠們全部圍著我們，就是為了歡迎我們，就像我第一天上小學那時候，校長老師都列隊歡迎一樣。

「好厲害喔！我在畫什麼你全部都看得出來吔，我們老師都不行。」

「咳，那當然，我是你爸爸。」

「可是，媽媽怎麼沒辦法像你看得這麼好？她好多都看不出來。」

「呵呵，咳咳，你媽媽她比較忙啦。」

「忙……喔。」

「不過啊，我們家摶摶真是有才華，畫面輕重安排得很好，雖然畫得有點滿，但是顏色和位置設計得很有節奏，讓人看得很舒服。這個作品好，真的好，畫得真好，感覺還想要看更多呢，咳，好作品，真是好作品。」

「那我就畫更多給你看。」

「好，那太棒了。其實也不一定是畫，是什麼都可以。咳咳咳。」

「什麼都可以？」

「是啊，咳，你沒看過嗎，爺爺以前最喜歡寫毛筆字，你們老師會畫素描，隔壁阿姨喜歡插花，咳，巷尾那個叔叔很會雕刻佛像，住對面的那個大學生喜歡噴漆，咳咳，巷口那個阿婆喜歡切玻璃，在照相館裡，我們不是還看過好多漂亮的攝影照片。」

「那些都可以啊？」

「那都跟創作有關，咳，都需要創意和美感，只要你喜歡，都可以。」

「真的嗎？太好玩了！」

「是啊，真的好玩，這世界上有很多東西，很精彩、很豐富，你要多多出去看一看，知道嗎？」

「知道。」

「呵呵，咳咳，咳咳咳，咳咳咳咳咳……」爸忽然一陣狂咳，好不容易才壓住，啞著聲音對我說：「摶摶，你去幫爸爸拿點冰水，我有點不舒服。」我答應了一聲，拿了塑膠水壺才要走，又被叫住。

「你的畫，小心，不要被我弄髒了。」

我拿著畫和水壺，先找到結冰櫃裝冰塊，又找到飲水機裝水，小心翼翼不讓一滴水灑在畫紙上，以免渲壞了色彩，慢慢走到病房外的走廊，卻看見護士們往病房裡面衝，醫生爬上了床呼喝指揮，不一會，床連同爸爸被火速推走，剩下我一個人，呆呆看著，不知道發生了什麼事，一直站著，水壺外水滴積得愈來愈多，一直滴下來，感覺整個自己也在不斷往下墜，落在黑暗之中，持續失重……

◇

忽然一陣震動，我從夢中驚醒，四周還是一片黑，嘴巴塞住了，想喊救命卻只能發出嗚嗚的聲音，想翻身，雙手手腕被拘在身後，感覺冰冰冷冷，像是金屬手銬……哪來的手銬？警察……？警察！是吳警官！我被抓了！

終於想起事情始末，先是為了自己還活著而欣慰了兩秒，隨即試著掙扎，兩隻腳屈著，腳踝還纏在一起，一蹬就被擋住，可見空間狹小，嗅了嗅、嚐了嚐，滿嘴機油味，必定是被扔在後車廂了，忽然聽見車外有人在說話，依稀是吳警官的聲音。我連忙噤聲，先蒐集一些情報再行動不遲。

「……我已經搞定了，阿弟，你現在過來，我在以前一起抓螢火蟲的地方。」……「我已經逮到那個李子搏了，別忘了帶你的單眼，光圈比較大，畫質也高——」……「什麼叫做讓我停下來，都是你害我的，現在搞出這一齣，你還敢叫我停！你——」……「道歉也沒用！你不要過來算了，我自己做……」……「閉嘴！閉嘴！他不是什麼英雄，不過是一個在學校放火的罪犯！」……「你敢過來我就、我就打斷你的腿……別以為我不敢！你——竟敢掛我電話，蠢蛋，我自己來！」

聽起來，電話那頭好像是業火博士的粉絲，如果是，那就是個機會，一定要等到他來，事情才可能會有轉機……腳步迅速靠近，後車廂門猛地被打開。

我來不急裝昏迷，就看見吳警官滿頭大汗，拿著一把大美工刀，緊繃的臉上帶著憤怒與興奮。

「喔……你已經醒了啊，不要亂動，受傷了我可不管啊。」他說著，把刀伸進我衣服。

我嚇得不敢大力掙扎，只敢勉強閃躲。他像是也怕傷了我，只敢從布料邊角下手，先劃開一個小口，再用力撕扯開，搞了五分鐘還沒搞定，他終於忍不住，揮拳揍我肋骨，我痛得不敢動彈，終於被撕碎了衣服和褲子，鞋子和襪子也被扯掉。要不是我早猜到他的意圖，一定會以為他要雞姦我。

我在等，等到他割四角褲的時候，只要兩腳一蹬就能踹暈他，等了半天卻沒割，反幫我戴上眼鏡，用力把我拖出後車廂，拉到兩盞警車車頭燈照射範圍中間，拿了鑰匙幫我解開手銬，又朝我一踢，讓我趴倒在一片泥草地上。

「把腳上膠帶解開。」他說，一手拿著槍、一手拿著手機，槍口、鏡頭雙雙朝向我。

我先撕開臉上膠帶，掏出嘴裡一條滿是黑油的髒抹布，忙啐了好幾口口水，迅速運轉腦細胞想辦法，說道：「不會有人相信的。」

「你說什麼？」

「絕對不會有人相信我是自願拍裸照的。」

「你倒是很聰明。放心，等一下照我說的做，等到你忘我了，我再剪輯一下，大家都會信。」

「不可能，要是你早兩天抓到我，我沒有被打，或許還會有人信，但是現在我臉上、身上都是傷，一看就是被強迫的。你這個計畫不會管用，算了吧，到此為止吧，我們就這麼算了，我還是不變，永遠不會出賣你。你看，我已經到這個地步了還不改初衷，你絕對可以信任我。」

「這……」閃爍的眼神顯示出動搖與思考，「哼，你說的不是什麼真道理，說到底，誰管他們信不信，我只相信，你絕對不可能願意丟這個臉，你不可能忍受，全世界都看見你脫光打手槍的樣子。」

「嘖……」我可沒想到還要打手槍呀，「你要相信我，我絕對不會——」

「哼，那你也絕對可以信任我呀。我只要拍下影片，回去就壓縮加密，我也能發誓，除非你出賣我，否則我也絕對不會拿出來給別人看，也不會上傳到全世界各大網站和論壇。這樣子，我們互相都有把柄，那就公平了，大家都安心。」

「都是你在做壞事，我可沒做，哪裡公平？」

「給我閉嘴！我說公平就公平！照我話做，撕開膠帶，扔遠一點，站在車燈正中間，臉露出來，等我開始錄影，你就把內褲脫了，平常怎麼打就怎麼打，快一點打出來，我可不想看你搞這麼久。」

馬的，還嫌。我還想說些什麼，才一張嘴他就吼我，讓我沒辦法繼續，只能接著往下面的程序進行，一時雖緊張得心臟直跳，還是故作鎮靜，坐在地上，往腳上慢慢地摳啊摳啊，假裝找不到膠帶頭，這就拖過了五分鐘。他又罵我，要過來打我，我只好找到膠帶頭，又假裝沒指甲，又摳了五分鐘摳不起來，直到他又不耐煩，快步撿起美工刀過來，用槍抵著我的頭，一刀劃開膠帶。我嚇得冷汗直流，不得不完全撕下膠帶，還是硬著頭皮扔半天，假裝膠帶黏在手上，丟不出去。吳警官氣得又衝過來，搶了膠帶就走，喝叱我站起來，開始用手機錄影，要我對著鏡頭脫下內褲，盡情展現我的全部。

我緊張得腿軟，幾次站不穩，幾乎要癱到地上，好不容易終於站直了，雙手扯著四角褲褲頭半天不動。直到我聽見他氣得發抖，手槍一直發出喀喀喀的聲音，像是真的要扣扳機，我才緩緩向下拉，一分鐘拉一公分，五分鐘過去，幾根毛才慢慢露出來，臉上已經羞得發燙，又五分鐘，幾乎要露出根部，一陣機車引擎聲打斷一切，一台重機打著刺眼的鑽石頭燈，劃開黑夜飛快開過來。

救星終於讓我等到了。

趕緊拉上內褲，趁著機車停妥之前，撥順頭髮，戴穩眼鏡，身體站直到最挺，感覺脊椎都要沒有弧度了，十隻腳趾緊摳地面，硬撐起全身不多的肌肉，勉強表現出所剩餘的一絲力量。

我在腦中催眠自己，要充滿信心，要高傲從容、要不可一世、要惹人厭卻讓人不敢侵犯：我是周總經理、我是周總經理、我是周總經理、我是周總經理、我是周總經理、我是周總經理、我是周總經理、我是周總經理、我是周總經理、我是周總經理、我是周總經理……

「哥，不行！」摘下安全帽，就是那個有張娃娃臉的假警察，他忙跳下機車，「哥，你知道他是誰嗎？他是李子摶，他是『業火博士』！你不能對他動手！你快停下來！把影片刪掉！」

「不可能！」

吳警官的弟弟站到我身前，攤開雙手雙腳擋住鏡頭，「現在就刪了！」

「滾開，不要搗亂，我回去還要剪接很麻煩——」

「哥！業火博士燒了那些爛學校，是我的偶像，你不能這樣對他。」

「我能，而且我已經做了。」

「哥，你忘了當初我考上的那所工專有多爛，說多有名、多有名，卻只教一些幾百年前的技術，實習課程根本是去校友的公司當免費勞工，害我足足浪費了兩年時間，什麼都沒學會。你忘了嗎？」

「我記得。但是這個和那個沒關係——」

「有關係！要是沒有你鼓勵我，要是沒有業火博士燒毀那間爛學校，讓我知道這一切都不是我的錯，我是不會下定決心去考警專。所以，哥，你快停下來，你不能對他動手！」

「這是兩件事！而且你回頭看看，他從剛剛開始就不斷求饒，根本沒這麼偉大！」

「不可能。」吳同學回頭看我。我用臉上僵硬的肌肉，對他擠出一個優雅微笑。他又說：「啊，太帥了，業火博士，你是我的偶像，我可以跟你握手嗎？可以合照嗎？你可以幫我簽名嗎？我可以請你吃頓飯嗎？」

「嗯……」我歪著脖子緩緩點頭、手微微一抬表示應允，猶如一位高等神職人員或是世襲貴族，其實腦子裡根本不知道該說什麼才好。

「哥你騙人！業火博士根本一點都不在意。」

「阿弟！他騙你的，他剛剛怕得一直在拖時間！」

「他明明就不怕！」

「我有影片！你過來看——」

「我不要看，你快放人！」

「你……是你說你在警專裡因為年紀大，體力差，被排擠了，我才冒著風險，幾次帶你出去抒壓。現在出事了，我的前途就要完蛋，你還在顧著一個什麼鳥『業火博士』！你到底是幫哪一邊！」

「只要我們一起求業火博士，他最關心弱勢，絕對不會出賣我們的啦！」

「可惡，要是他真的像你說的那麼正義，那就更會檢舉我們啊，何況他還不是，你這個白痴！」

「他一定會給我們機會的，哥，是你太衝動了啦！」

「你到底是多智障！」

「明明是你太少動腦筋了！」

雙方低層次的爭吵一直持續，兩人不斷往前跨步，鼻子都快碰到鼻子了，終於吳警官忍不住動手，朝著弟弟臉上就是一拳，吳同學也不甘示弱，彎腰低頭，猶如一隻鬥牛胡亂衝撞，衝進吳警官懷裡。吳警官後退了兩步，槍和手機都掉了，最終還是靠著身體健壯扛了下來，吳同學趁機摟住他的腰，回頭對我大喊，要我趕緊逃跑。

「吳同學……」我說，情報大抵蒐集完畢，必須出手了，我腳步不動，稍稍仰起頭，硬是擺出冷靜自若的表情……事實是，我早已經跑不動了，「其實沒關係，我是故意要讓你哥哥拍我的。」

「啊？」吳同學說，瞪著一雙眼睛傻愣。

「你騙人！」吳警官說。兩人打到一半停止動作，像是一座公園雕像。

我說：「是啊，是騙人，我這不是就騙過你了嗎？」

吳同學說：「業火博士，您為什麼要故意被拍裸照……這……這很丟臉吔。」

「你們該不會以為，除了我，那些燒學校的人，都是在模仿我吧？老實告訴你們……這一切都是有計畫的行動，我們是一個祕密組織，全國有一百二十處據點，上上下下總共有五百七十二位成員，每次聚會，至少就要花幾十萬。我們組織的最終目的，就是為了一個希望，希望全國每個人，都可以受到適合每個人天份與興趣的良好教育，絕對不能被一些亂七八糟的事情干擾，不能搞砸了唯一一次的寶貴人生，你說對吧？」搬來周總經理逼我抓貓的整段話，還加上我自己的一點盼望。

吳同學瞪大眼睛說：「是是是……我有看新聞，他們都有說是業火博士交代的，原來啊……原來業火博士身上背負著這麼大的責任！太偉大了啦！」

「呵，那就是了。」我幾乎相信自己就是周總經理了，「吳同學，我不管什麼偉大不偉大，身為警察，管理社會秩序無疑是你們的責任，現在沒做好，要是讓我背後的組織來慢慢調查、慢慢處理也是可以，但是他們有更重要的計畫要去進行，所以我選擇親自處理，丟下書和借書證，引你們上鉤。果然有人中計，是吧，吳警官。」

吳警官瞇著眼睛，說：「你有這麼聰明？」

「我可是業火『博士』。」冠冕堂皇地開始胡扯，「我早就下定決心，只要我的影片一被發出去，就代表吳警官你已經無可救藥，我們組織裡不乏網路高手，立即能尋線調查，把你揪出來，在你最大意的時候……突襲你……你說，這樣不是很有效率嗎？」

吳警官說：「這……你們要對我用、用私刑……」

「唉呀，吳警官，你比我想得聰明多了。不過，這不是私刑，這是……」丘董事長的臉忽然浮現，「……規矩，我定下的規矩。如果你先對我動手，你就會體驗到比你所做的更悽慘一百倍、一千倍的經歷。」

吳同學立即跪在地上，說：「對不起，對不起啦！我哥他不是故意的，他是一個好哥哥，只是想讓我體驗當警察有多風光，所以才帶我穿著制服假冒警察，讓我更有信心努力讀下去，他不是真的有心要犯罪，我哥他平時過馬路都走斑馬線，店員找錯錢都會退還回去——」

「真的是這樣子嗎？」吳警官從地上撿起槍，「如果是，那我是不是應該現在就殺了你呢？」

他信了，但是也信過頭了吧！我用沉默掩飾震驚，片刻後背出他手臂上的警徽編號，「……我早就已經把你的訊息都回報組織，要動手，請便吧，反正我的案子應該是贏不了了，坐牢和現在就被殺死比起來，說不定還痛快一些呢。只是……這位吳同學……」

吳警官再次舉槍對著我，吳同學趕緊爬起身衝上前去搶，推推拉拉，扯來扯去，槍口幾次在我身上掠過，砰！槍枝突然走火。我腳邊一塊石頭跳了起來，我嚇得全身一顫，猛一閉眼睛又趕緊張開，心臟漏了一大拍，膝蓋一抖卻被發僵的雙腿撐住，沒跌倒。他們兩人忙看向我，我咬著牙，故作鎮靜望了他們一眼，似笑非笑，像是全不在乎，其實早已全身石化，沒有絲毫知覺，尤其感覺內褲裡已麻成一片，似乎漏了兩滴尿出來。

必須掀開最終底牌了……

「你們兄弟不要吵了，其實，我還準備了一個將功補過的機會，只要辦妥這件事，並發誓你們不會再假扮警察，我可以向組織裡匯報，證實你們已經悔改，不僅調查可以停止，或許……我說或許啊……

或許還能夠合作，以後有什麼不公不義的事，還能透過吳警官手上辦理，可以讓你不斷升官，也讓我們順利隱藏起來。」

吳同學說：「太好了！答應、答應，我哥全部都答應！」

「這……」吳警官說：「……先說看看是什麼事。」

「這兩個禮拜以來，我調查到，鑫展建設公司裡面在販賣毒品，還隱藏了帳冊，可以將上游供應和下游買家一網打盡……要是辦好了，這份功勞應該不小吧？」

「哇──！」吳同學由衷感嘆，眼神裡滿滿都是敬佩，「您還調查販毒，真的是太偉大了！」

「喔……」吳警官的眼睛眨了又眨，還三番兩次嚥了口水，像是一隻餓狗看見了一塊熱牛排，饞涎欲滴的樣子全寫在臉上，已經沒有半點惱怒，滿滿的都是期待，「真的嗎？」

「呵。當然。」

他終於放下槍。成了。

我呼出了好長一口氣，又緩又輕，以免觸動淚腺，噴出驚恐又欣慰的眼淚，吐啊吐得，幾乎要把腸子都嘆空了，有些頭暈目眩，猶如世界都在旋轉，全身每個細胞都鬆弛了，彷彿頓時衰老了十歲，只有趕忙去想著棻，才能得到片刻慰藉……

要是能因此救出她來，這些鳥事都算是值得了。

第五章　軟禁圍

隔天，我整個人沉浸在差點被拍素人打槍影片的餘波，穿了兩層衣服、兩件內褲、兩件外褲躲在兩層被子裡，熱得滿身汗，完全不想出門。

謊稱感冒，請阿泙今天也幫我代班，職業素養使然，竟還不忘提醒他掃落葉。阿泙的病總算好全了，早上四點出門，送完報紙回來都已經八點，依舊精神奕奕，安全帽都沒脫就立刻答應，半句不喊累，拿了遙控器就出發，完全不用休息，之前明明要吃一堆東西，現在連早餐都能省略，簡直像換了一個人。

我就這麼待在家裡，拿著手機，看著破裂的螢幕，等棻打來。

昨天晚上我跟吳氏兄弟說，我在鑫展建設公司裡安排了一個線人，等到她傳出消息，立刻通知他讓警方抓人，一切就能順利搞定。這基本上是實話，只是不知道棻的情況。要是丘董事長有出門，應該今天就有電話，要是丘董事長一直待在她身邊，一直……一直……一直……那說不定還要拖個五六天。

嘖。光想像那個巨漢壓在棻婀娜的身體上恣意玷污，我就忍不住搖頭嘆氣……

一直到快中午，棻的電話沒等到，等到筆電裡一通視訊通話。我從棉被裡伸手出來拿滑鼠點開，探出頭看螢幕。

「哇！學長你怎麼了，台灣已經冬天了嗎？怎麼穿這麼多？」

「呃……沒有啦。英國現在是凌晨三四點吧，你收到我的信啦，怎麼現在打來，你有時間嗎？你旁邊這些朋友是？」我說。鏡頭裡的小學弟染著一頭水藍色頭髮，一身粉紅加白色千鳥格襯衫、兩耳打了七八個耳環，雖長得又瘦又斯文，刺青的手上卻拿著一大杯啤酒，像是正坐在一間昏暗酒吧裡，身邊還有許多和他同年紀的男女，應該都是他同學。我們是在四年前的新一代設計展認識，我在博士班，他在大學部，差了七八歲卻聊得極為投契，後來就在臉書上一直聊，聊到他都跑去英國倫敦時裝學院讀碩士了。

「哈哈哈！我們在慶祝校內發表會結束了啦，從晚上一直喝到現在。謝謝學長！多虧你給的意見，幫了我好多忙，我發表三組衣服，全部被稱讚。尤其有個老教授，好多一線設計師都是他的學生，他說：『你的作品中，除了充滿創造力元素，還可以看出大量且深厚的設計底蘊。』好爽喔！」

「現在知道讀設計史在創作上的好處了吧。」

「呵呵呵，是啦，但我還是比較喜歡動手縫啊、車啊，不喜歡讀書。不過，我還有可能因此得到明年全額獎學金喔！」

「哇，真的假的，那太好了，幾十萬吔。」

「終於不用去餐廳端盤子了，真的太爽了！」他振臂歡呼。一旁朋友們注意到他在視訊，不禁詢問，小學弟用英文為他們介紹，「這就是我說過的那個『設計史博士』。」

所有人都熱情跟我說哈囉，我也回應他們。突然小學弟的手機被搶走，一陣天搖地動之後，拍向一個銀白頭髮、滿臉通紅和雀斑的英國女生。

她咬字已有點不清，說：「博士，給我你的帳號，你一定要看看我的作品，你必須要給我意見，愈多愈好，我的教授說，我的作品是很新潮，但是高級感和系列感不夠，一件這樣，一件那樣，組不起來……我問他們，他們也說不出個這樣那樣，讓我去自己想……博士，你一定要幫幫我——」

「喔，可以啊。但是我這陣子比較忙，或許一個月後——」

「不不不，」小學弟說，一隻手握住手機卻搶不回去，畫面在兩人之間輪替，「不是誰都可以請教博士，要問問題是要付出代價的。」

她說：「我很樂意付，多少錢你說？」

小學弟說：「看一件衣服……五英鎊。」

「這太便宜了！」

「不，我記錯了，是十五英鎊！」

「我願意付！我現在就付！」

她掏出幾百英鎊，不停往手機裡塞，分明是醉了。小學弟趁機搶回手機，起身往吧檯走避。

「學長，你現在不能幫她啦，她已經很強了，我們正在競爭一個暑假實習的機會，你要是給她指點，我一定會輸。」

「呵，你還真會算，但是不能這樣啦，要有自信。而且我看她是發酒瘋了，不會真的找我，你還幫我出價一件十五英鎊咧，台幣要六百塊吔，你們一套走秀就是一二十件，誰負擔得起。」

「話不是這樣說，投資一萬塊，換獎學金、實習機會，更可能被公司錄取，甚至作品簽約，絕對划算。要是學長你可以開一家顧問公司，專門回答我們這些設計研究生的問題，我敢打包票，在全世界都有市場。」

「呵，世界性的顧問公司？不可能啦。不說這個了，你現在這個狀況要跟我說你口試的事嗎？還是換個時間？」

「喔……不用換時間，我也不是這時候說。」他向酒保又點了四杯啤酒。「我已經把所有面試經過說成錄影存下來了，直接傳給你，你用看的、用聽的就好了，這不是更方便？」

「真的嗎？太好了！早知道這樣我就不用去修筆電鏡頭了。」

「還有呢，我還讓我系上的朋友、學校裡台灣同鄉社的朋友、還聯絡了我在金斯頓大學的表弟和他兩個朋友，全都錄影錄音，把他們面試學校的過程都說一遍記錄下來，一小時前才蒐集齊全的喔，我等等傳連結給你，一共有九個人喔。」

「哇！九個吔，太棒了，太感謝了。有九個例子當作參考，我就不用擔心了。謝謝你啦。」

「不用謝啦，你幫我的才多咧。不過……學長，你都是博士了，真的還要考啊？」

「是啊，一定要考。」

「喔……可是你現在才蒐集資料，有點來不及了吧？」我瞇起眼睛，聽不太懂。他又說：「你上次跟我共享螢幕的時候，我看到了，你螢幕桌面上放著一個資料夾，是台北師範大學博士班的報考簡章，應該沒看錯吧？」

「啊，你看到了啊。沒錯，我是報了台北師，筆試今年四月就通過了。」

「的確是吧，我沒有看錯。我有一個學姐今年也要考，我看她IG，考試日期不就是今天下午嗎？學長，你現在這個狀況是考完了？去不了了？還是不想去了啊？」

「馬的！我忘了！」

來不及關機說再見，我忘了自己是用音速還是光速脫下雙層衣褲，拿上我唯一一套UNIQLO特價休閒西裝和襯衫，提著那雙來不及擦亮的舊皮鞋和襪子，拎起我早就準備好的手提包就往樓下衝，在馬路旁，擋住一個老太太，搶了她招來的計程車，後腦杓還挨了一拐杖。一邊在車上換衣服，一邊往司機耳邊大吼：快快快快快！終於在中午抵達台北師範大學，經過與守衛一番爭執，我只能下車，徒步往設計學院直衝，衝進辦公室，正好壓在報到時間截止前一分鐘遞出口試通知單。

女助教一臉詫異且失望地收下了，讓我與其他十五名考生一起坐在沙發上，等待了三十分鐘，三大教授從裡面辦公室進到考場教室，我全都認得出來：一個是當代攝影大師與自由女性主義者，永遠不穿裙子的尤教授；一個是「叕設計文化基金會」創辦人，白髮蒼蒼的黎老教授；一個是著作等身、滿臉皺紋的院長兼系主任，蔡教授。他們不約而同都瞄了我一眼，明顯都已認出我來。

又十分鐘後，助教叫我名字。刻意走近，看了一眼他手中的名單，還有兩個姓方和姓巴的筆劃比我少，卻排在我之後。我報名時間壓在最後一天，准考證號碼不可能在前面，所以這必定是按照筆試成績排序，還有那麼一點點可能，是他們想先解決掉我這個麻煩。

踏進教室，一張毫無設計感的白色折疊椅背對著門口，椅子前方放了三張打橫玻璃桌，桌上放著我之前寄過來的自傳、簡介、著作論文、研究計畫、課程大綱、研討會文章、專刊文章、讀書心得……疊起來比一套字典還厚，感覺桌面都要壓裂了，資料後頭，三個教授各自在位子裡坐得端正，黎老教授坐在正中間，尤教授在左邊，蔡教授在右邊，六隻眼睛不住閃爍。

尤教授讓我自我介紹。我忽略了打人和燒辦公室的事，將我在鑒明大學接觸設計以來所有經過都大略說了一次……尷尬在他們眼裡顯而易見。不等人發問，我就直接把話題帶到研究計畫書，說明了我想融合設計史和學生創作，進而影響現代設計教育課程，並不斷引導大家翻閱我研擬的「設計史與創作發想」課程大綱。

尤教授首先打斷我，她讓我說說，對布希亞有沒有什麼看法？

我先從《物體系》聊到《消費社會》，再從柏拉圖洞穴寓言切入，加碼分析了布赫迪厄的場域概念，並刻意岔出主題，聊聊尤教授的專長，說到廣告鏡頭電影化與電影鏡頭廣告化的現狀，順便批評物化後的女性形象多麼失真。轉回正題後，引用提姆．丹特的《物質文化》裡，與物共存的概念，最後又提及設計史與創作的關係，單刀直入地說明：我認為在設計上，無論去取材、對抗或是立闢蹊徑，只有經得起設計史檢驗，才能直接幫助設計師，並間接幫助所有人和整個社會，跳脫布希亞的論述，讓人能夠與這些設計物體相處契合，這是人與物之間最關鍵、最明顯，卻最少人願意面對的事實。

尤教授不時和我產生共鳴，發問之餘頻頻插嘴，特別是女性話題，差點跟我大聊特聊起來。

黎老教授板著一張臉，不時提問，一直在引導話題，繞來繞去，其實就是為了問我，認為文化創意產業有沒有前景？

正中下懷，我直接引用筆記本裡的心得作答：在台灣，文化、創意、產業，兩兩並存都沒有問題，最大的問題在於三者並存時，文化被過度高尚化、創意被低廉化、產業被污名化，這一切原因都在於，國內創意大抵都是跟風式、填鴨式發想。我以每年能賺五六億的故宮為例，明信片、紙膠帶、杯墊、馬克杯，還有白菜鑰匙圈和爌肉紙鎮，小創意層出不窮，單看不錯，帶回家都是垃圾，只是為了賺零售熱錢，沒有一個是經典設計，卻使設計系老師被誤導，引用這些東西當作課堂上的成功案例，引起年輕學子爭相模仿，進一步以此創業，精力完全用錯地方，實在可憐。並老話重提，引入更完整設計史教育，才是改善設計創作最踏實有效的方法，因為歷史是文化的紀錄，能讓人重新體會過去，掌握文化脈絡之後再談創新，設計出來的東西，自然更會符合並突破時代價值，先向下扎根，再向上拓展，當經典作品愈來愈多，成為能賺錢的產業鍊不過是水到渠成，根本不需要政府挹注和推廣。

黎老教授讓我以故宮為例，說得更清楚些：文化、創意、產業如何才能完美結合？

這不是我的研究範疇，但這是我自己舉的例子，答不出來就自己打自己臉了。猶豫片刻，好在我肚子一餓，立刻有了主意。我說，記得故宮有本清代《膳底檔》，應該延請專家，重新將其中的宮廷菜色複製出來，加上故宮藏品有許多食具和餐具，不必大量製作，只須少量複製，自行經營或是授權餐飲公司，以最平易近人的飲食文化出發，以精緻的食物與用品為噱頭，經營故宮連鎖餐廳，帶領中國菜重新回到高級餐飲地位，與外國餐廳抗衡。並做出結論：「擁有」無法拯救文化創意產業，就像當紅歌手的唱片銷售雖慘澹，演唱會卻永遠爆滿一樣，「體驗」才是文化創意產業的解方。

黎老教授愈聽愈是咋舌，頻頻點頭，終於說不出話來，把發言權交給下一棒。

「看來，李先生的學問果然豐富，」蔡教授把頭擺正，不再斜眼看我，說：「已經有一個博士學位的人，確實和歷年來所有考生都不一樣，回答的是比正確答案更好的答案，實在讓人佩服。」

「您過獎了，就我而言，設計這門學科，本來就不是為了找到『最好的解答』，而是找到『更好的解答』，我認為設計——」

他伸出手打斷我，說：「不過在我看起來，這怎麼不像是一個博士班入學考試會場，更像是一個教師應徵會呢？各位說是吧？」他看向兩位教授，兩位教授皆點頭稱是，「我仔細讀過你提供的資料，尤其是研究計畫，非常完整，我上論文網查過，可以說絕大部分內容都出自於你在鑒明科技大學的博士論文，尤其你設計的課程更是大同小異，這個就……」

「請容我說明，兩者在研究方法上完全不一樣，」我說，心知，刁鑽的終於來了，「我之前運用的是『詮釋典範』和『歷史典範』的觀點切入書寫，我都寫在第二章開頭，你可能沒看仔細，我在貴校的研究，將著重在『多變向典範』探究，除了更大量文獻資料分析之外，我還安排了田野調查與實驗教學，要實際探訪國內院校，也計畫前往日本、韓國、東南亞各個國家，甚至是歐洲、美洲進行試教，或者是傳授教學方法，讓其他老師代為操作並錄影，都可以在不同變因之中觀察驗證。之前的研究與我現在要做的，目標雖然一致，方向卻是截然不同。」

「所以你認為，已經有一本論文為基礎還不夠？還得再多做這麼多事情，你才能展開你這個『設計史與創作課程』的實際教學嗎？」

「這……我當然希望可以快點開始教書，可是我——」

「可是你辦不到，因為你打了鑒明科大身兼院長的郭主任，還放火燒了他們半個辦公室，所以你想要再考一個博士，好增加價值，順便反駁對你不友善的輿論，洗白形象，反將鑒明科大和媒體一軍，是嗎？」

「……」是，但我不想提這個。值得慶幸的是，終於有人把話說破，空氣之中那股揮之不去的詭異氣氛終於散開，頓時感覺呼吸順暢多了。

「李先生，你要明白，這是完全不可能的。台灣就這麼大，你做了這樣的事，無論你有多少才學，我可以明確告訴你，你想要在任何院校受聘教書，或是讓你再度入學，是永遠不可能。」

「這裡也不可能嗎？我對筆試成績有信心，不是第一就是第二吧。在此之前，口試應該還算表現得不錯。只要我成績夠好，你們沒理由不收我。」

「的確，」蔡教授說，又與兩名教授交換了眼神，「你的筆試成績的確頂尖，剛剛的回答也確實精彩。但是，口試並沒有標準答案，人格特質與未來性也在評分項目裡面。」

「但是評分不能決定是非對錯。」

「確實，但也如同你所說，我們不是要『最好』，我們要的是『最適合』。」

「……」引用我的話，高手，「所以，你們這場考試只是走走過場嗎？有哪幾個是內定嗎？還是……郭主任給你施壓了？關說？威脅？套交情？以我這麼差的名聲，你有沒有想過，這些我也做得到。」只要隨便找一家媒體投書，我就能拉下你們所有人，玉石俱焚。

「你……唉……沒有這樣的事，也沒有必要。李先生，教育圈很小，設計圈更是只有那麼一丁點大，要是真有學校、有博士班肯收你，無論是入學或是教學，那都是跟鑒明科技大學打對台。這樣做，若不是證明了鑒明的學歷不夠大張，那就是說明了鑒明的眼界不夠開闊，無論事實是什麼，誰願意為了你一個人，得罪一群人呢？你要知道，鑒明科大的創辦人是曾經的監察院院長，背景不容小覷——」

「等等，你剛剛說了一句，『無論事實是什麼』，我沒聽錯吧？」

「呃，我……我有嗎？」

「你說了，我清楚聽見了。」

「唉……是，我是這樣說過。」

「你知道真相是什麼，是嗎？」

兩個教授看向他，蔡教授看著我，鬆軟眼皮下有那麼一點高傲和更多的憐憫，「是的，我知道，這圈子就這麼小，當我知道你來報名博士班那天，立刻打了四五通電話，花了兩個小時張家長，李家短，一下子就什麼都知道了。」

「那麼，你認為我有錯嗎？」

「這個嘛……是非對錯原本就很難評斷，」他又引用我的話，「不是嗎？」

「哈哈哈！哈哈哈哈哈！哈哈哈哈哈哈哈！」我這一年多來難得開懷大笑，驟然停下，我又說：「第一，就一個博士班考試而言，這間教室太差勁了，這是間研究生用的教室，配不上要以博士為目標的考生。第二，三位教授面前所用的這三張玻璃桌是IKEA絕版品吧，設計得夠簡潔，但是透明的桌面讓三位教授全身上下被看得一清二楚，誰摳腳、誰皮帶太緊、誰膝蓋不舒服，一目了然，至少換一張木頭桌子，也不至於如此失了身分。第三，」我站起身，「三位教授身下坐的可是仿伊姆斯夫婦設計的DSW單椅。我身下的呢？你們為未來博士準備的就是這張椅子嗎？聚丙烯塑膠加上鍍鋅鋼管，我確信它很穩、品質也很好，但是不得不說，剛坐下來的瞬間，它還是下沉了三公分……」

「……」三名教授默然瞪著我。

「這就是貴校對未來博士生的期許嗎？在我看來，台北師範大學並不比鑒明科技大學高明多少，確實不是我該待的地方。」

黎老教授一拍桌子，指著我大罵，一口氣岔了，逕自咳嗽起來。尤教授站起身，大聲朝我說道理，但是她太激動了，聽在我耳裡只像是小孩子在尖聲亂叫。蔡教授起身又坐下，坐下又起身，先朝我指責了幾句，再勸了幾句，又指責了幾句，又勸了幾句，但都被另外兩名教授的聲音掩蓋……就像是三隻看門狗，看見有陌生人經過，陽光一照，長長的影子伸進院子裡，於是牠們便無比盡責地開始焦躁、激動、忿怒，進而狂吠。

「哈哈哈哈哈——」槍口我都對付兩次了，還怕這個小小陣仗。我快步打開門，如我所料，外頭的助教和其他十四名考生都在探頭張望，霎時間，視線全部灌了進來，塞住三人的嘴，使他們全身僵硬，彷彿受到詛咒而石化。

我一邊向外走，一邊看向其他考生，說：「各位小心了，不要試著反抗、不要試著提出意見、不要試著爭取自身權益，否則，就是像我這樣的下場……」頭也不回，離開。

回家，感覺痛快多了。又等到傍晚，還是沒有菜的電話。

吳警官倒是打了兩通，客客氣氣又蠢蠢欲動地問我線人回報了沒？我怕失去好不容易建立起的神祕假像，隨便胡扯，說已經回報了，但是目前他們手上毒品數量不多，若是等到他們補了貨再行動，功勞會更大。吳警官便樂呵呵地同意等待。

除了吳警官，還有他弟弟，讀警專的吳同學，沒打電話，而是透過通訊軟體一直向我丟訊息：早安、午安、晚安、吃了嗎？累了嗎？睡了嗎？加油！辛苦了！我永遠支持你！……每半個小時一則，理他也不是，不理也不是，像是永遠不會厭煩。我只好又胡扯，說自己在執行一個祕密任務，手機一直響會害我暴露行蹤，他這才有所收斂，拉長為兩個小時問一次安。

◇

天黑之後，阿泙開開心心回家，還買了兩個雞腿便當，跟我邊吃邊聊。

「唉，」阿泙說：「你停車場那支竹掃帚實在太難用了，我掃了半天，那些落葉就是掃不乾淨，你看。」他伸出手，到處都是通紅的破皮。

「哇，好慘。我一開始也不會用，用了幾個月就比較熟了。」竹掃帚的第十個缺點：難以上手。

「我這星期五又有事，你再多幫我代班幾次，慢慢就習慣了啦。」

「太好了，我最喜歡代班，比送報紙、送外賣輕鬆多了，尤其不用自己付油錢。當然啦，要是能換一支更好用的掃把就更好了。」

「其實我有去訂吔，全塑膠的那種竹掃把，可是那個老闆年紀很大了，總覺得他好像沒聽懂。」

「是喔。對了，租車公司老闆今天來找我說話，問我說，你什麼時候要處理貓的事？」

「你怎麼回答？」

「嗯……他說，你答應他今天晚上就會過來。我不知道是什麼事，所以就順著他的話，說對啊，你說過會過來。呃……我是不是說錯了？不好意思啦……」

「這……不會，沒關係啦。」我在心裡權衡：那晚貓的事雖然有點恐怖，但再不處理，恐怕周總經理真的翻臉，舅舅那邊實在不好交代。而且棻說過，晚上可以出來走走，要是她一直找不到機會打電話，只要碰了面，再次支開手下，也能遞出消息。再加上，我在台北一陣發洩之後，一路坐車回來都在睡覺，也算休息夠了，拿上一本書，準備好東西，去那邊待一晚上，之後再上一天班，應該還不成問題。「……唉，那我今天晚上是一定要出門去處理了。」

我吃飽後就出門去，巷口檳榔攤又開始營業，隱隱約約好像有個哭聲，又好像是貓叫。我隔著窗戶望進去，那個檳榔西施正好與我對到一眼，像看到鬼一樣，立刻轉身離開。我沒空駐足，也沒空貼人家冷屁股，一路趕往停車場。

才九點半，停車場附近已是冷冷清清，天是濃黑、房是灰黑、牆是斑黑、樹是烏黑、門是漆黑、路是墨黑、車是亮黑，只剩附近人家的幾扇窗散發著微弱光芒，感覺十分陌生，直到遠遠看見鑫展建設公司的店面還亮著招牌，還有店前那盞高聳路燈燈光，心裡才覺得熟悉，但也不由得開始害怕，便潛伏在黑暗裡，偷偷進了停車場，躲進車亭，不開燈，用手指剝開百葉窗，率先望向二樓棻的窗台。

是暗的。

不知道她是出門了還是早睡，或是正在被丘董事長摧殘，還是已經事跡敗露，棻早已經被解決掉，棄屍荒野了……不斷猜測，擔心得吁了好幾口氣，見久久沒動靜，便拿出一支小手電筒和書，英國心理學醫師唐諾．溫泥考特的《遊戲與現實》，一字一句慢慢品讀。書裡研究，小孩子在介於口欲期和確立自我之前的過渡期之中，若有一個能完全掌握的外在物品，無論是絨毛玩具或只是一條毛巾，能夠控制它，取代控制媽媽，就能使其人格成長得更加完整。我愈讀愈有興味，不禁想著，要是能針對這個需求出個作業，讓學生們設計一個玩偶，那一定很好玩，如果有人可以想到，讓爸爸媽媽自選零件，以半客製化方式組裝成獨一無二的樣子，我一定給高分……

想著想著，鑫展建設公司緩緩降下黃色鐵捲門，熄了外頭招牌燈，附近一扇窗又一扇窗暗下來，電視聲也慢慢消失，隱隱傳來人與人之間的低語和笑鬧。時間再晚一些，這些聲音也沒了，悄無聲息之中，突如其來有人摔了椅子、翻了鐵杯、打個噴嚏都能嚇人一跳。又再更晚一些，連這些聲音都沒有，靜得感覺像是塞了耳塞，耳畔不停出現嗡嗡鳴聲，猶如腦子裡住著蒼蠅，讓我直分心，一分鐘只能看懂兩行字，索性闔上書，兩眼因光線不足而又乾又澀，轉了轉眼珠子，看向路燈做為舒緩。

「啊……真的來了……」

鑫展建設公司二樓窗戶悄悄打開，一次向外推一兩公分，若不是在夜裡，幾乎不會聽見聲音。玻璃反光褪去，果然是棻。窗戶完全敞開，她抬腿爬上窗台，伸下腿到房側的壓克力板屋簷上，一身黑衣隱藏在夜裡，不仔細看實在是難以察覺那裡有個人，腳底先試探了兩下，踩上屋簷鋼架的位子，扶著一節牆上凸出來的金屬水管，小心翼翼往外走，走到一旁電線桿和路燈夾縫之間，輕輕一蹬，兩腳各踩上一邊，兩手也同時撐著往下爬，下降了差不多兩公尺，伸長了腿，人已經在白鐵大狗籠上……

我猜她一定早就看到我了，直到現在才可以脫身下來。我看著她身手矯健，像個體操選手，又像個間諜，如此冒險都是為了過來與我見面，心中彷彿塞進了一窩兔子，柔柔軟軟卻怦怦亂跳，激動得發愣，差點忘了喘氣，才想打開車亭門出去迎接，卻看菜明明要跳下來了，全身一繃，突然開始往回走，動作之快，沒有一分鐘已經回到二樓房間裡了。

是怎麼回事？被發現了嗎？有什麼人來了嗎？

「喵……喵、喵、喵……」聲音小卻刺耳，愈來愈近，「喵——！」一隻貓從門口竄進來，渾身橘毛，就近鑽進門口一台轎車車底躲藏。

碰咚、碰咚、碰咚……沉重腳步聲緊隨而來，也愈來愈近，「呵呵呵、呵呵呵、呵呵呵……貓咪不要跑！」一碩大身影衝出來，是小孟。

原來是他，那天是他。他在幹什麼？

小孟身體雖肥胖，四肢卻壯碩，跑得飛快，繞著橘貓躲藏的車子轉圈，只見他左手像抓著一條短繩，甩著一個黑乎乎、毛線球一般的東西旋轉，右手拿著一根棒子，約莫六十公分長，棒頭有些彎……無奈周遭一片黑黝黝，什麼都看不清楚。

只見他不時彎下腰，往車底揮舞棒子，發出喀喀、鏗鏗的聲音，人不停轉，手不停打，什麼方位都沒放過，那隻橘貓一開始還想裝傻，終於忍不住喵地叫出來，趁著小孟跑到另一邊，牠就從這一邊鑽出來，跑過兩台車，又鑽進另一台車車底。

貓在黑暗中會放大瞳孔，依然可以看得清楚四周景物，小孟卻也不輸他，發現貓的腳步聲，也立刻探頭衝出來，像是正好看見了貓尾巴，又衝過去繞著那輛車轉，不時彎腰打貓。橘貓又逃了兩次，他跟在後面不停追，嘴裡不住呵呵怪笑，感覺身心靈都投入進去了。

我看不下去了，虐待動物是犯法的，非得阻止不可。推了門出來，張大了嘴還沒喊出聲，正好他追著貓，背對著我往前跑，在路燈照射下終於看清楚，他左手上拿著的是一隻死老鼠，必定是米店捕鼠籠抓到的，更可怕的是右手，竟拿著一支長柄鐮刀，刀刃亮晃著寒光，感覺銳利逼人。我這才想到這個人有心理問題，不知道是自閉症、妄想症、強迫症、憂鬱症、躁鬱症還是多重人格解離性障礙……要是面前這個人，已經不是在路邊傻頭傻腦朝我打招呼的那個人，我這一出去就被他一刀剖了，還有那些老鼠，死相那麼悽慘，恐怕也是他搞出來的——

屏住呼吸慢慢後退，帶上門……手太僵，門把沒轉到底，鎖舌在擋板上碰了一下，喀一聲，引得小孟注意，倏地轉過頭來——滿滿的汗珠讓他頭髮都黏在額頭上、衣服貼在身上，胸口一起一伏，雖然氣喘吁吁、滿臉通紅，一雙眼神卻格外堅定，彷彿是個戰士，嘴角帶著笑容，滿滿都是使命感。嚇得我忙後退兩步，明知道他看不進昏暗的車亭，還是怕被看見。

幸好他沒看見我，轉頭又追貓去了，不過讓我這一打岔，小孟一時沒看見橘貓躲進了哪一輛車車底，急得跺腳，鎖定了眼前三台車，一下繞這台，一下打那台，著急的表情顯得分外猙獰。

我忙撥開車亭側面的百葉窗去看，找了好久，終於發現了橘貓，正在三台車最中間那台，伸著爪子直撓門縫，像在求人開門。小孟又跑過來，橘貓嚇了一跳，逃到楊店長的紅色豐田Camry車下，已經是停車場中間位置，我這才看見牠跑起來一跛一跛，後腳像是有傷。我著急，也在心裡難怪：我也曾拿著竹掃帚趕過一隻黑貓，牠一跳就上了車頂，再一跳就越過圍牆，逃到隔壁小學去了，哪能夠像牠這麼狼狽。

橘貓這一逃露出了蹤跡，小孟拚命追殺，刀刀往要害砍去，橘貓嚇壞了，一台車竄過一台車，動靜太大，再也隱藏不了，你跑他追，他追你跑，像是兩道龍捲風糾纏在一起。

橘貓忍不住了，硬是直接衝往橫欄門，想要一舉逃出去。

「加油啊——」我差點喊出聲。

小孟像是早料到了這一招，手上長柄鐮刀一甩，甩到橘貓面前，差點砸到牠腦袋，橘貓受驚翻身一跳，反往車亭衝過來。我第一時間就想開門，無奈還在小孟視野範圍之內，實在是不敢，急得咬住嘴唇，拚命要想出辦法，書、收銀機、板凳……四下沒什麼有用的東西，一掏口袋，有鑰匙和遙控器，靈光一閃，趁著小孟撿鐮刀，我按下遙控器開關，門口橫欄突然升起，嚇了他一跳，忙轉身查看。

我趁機把車亭門開了一個小縫，橘貓身子一溜便鑽了進來，往我腿上跳，我忙兜住牠，緩緩關上門，按上喇叭鎖時，不料還是發出稍嫌響亮的「噠」一聲。

小孟耳朵實在銳利，立刻轉頭，拿著刀和老鼠跑過來，大力轉了十幾次門把轉不開，便把臉貼上來，試著透著百葉窗往車亭張望，嘴歪眼斜，呼得玻璃上都是蒸氣，我忙一縮脖子不敢看，也捂著橘貓的頭，怕牠叫出聲。

我心裡明白，在小孟適應黑暗之前看不見什麼，便冒險開了車亭後側窗戶，伸手到車亭與圍牆之間的隙縫，撥歪竹掃帚後隨即縮手關窗。等了兩秒，竹掃帚重心不穩，喀咔一響倒在地上，小孟立刻衝過去看，誤以為貓還在外面，便跑往其他地方去尋找，愈離愈遠，不再靠近我們。

「好險……」往地上一坐，背靠牆，屈著腿，將橘貓牢牢抱進懷裡，在一片漆黑中噤聲，彷彿能聽見兩顆心臟都在噗通噗通直跳，霎時有同是天涯淪落人的感觸，我不斷撫摸著牠兩耳與頭頂，毛茸茸也臭烘烘，一直摸、一直摸，不曉得是在安撫牠，還是在安撫我自己。

◇

一陣搔癢，我從半睡半醒之間回過神，眼神慢慢聚焦，看見百葉窗切碎了陽光，緩緩垂下頸子，那隻橘貓還窩在大腿上，安安靜靜舔著我的手指尖。

趁著這難得的寧靜，細細觀察，發現橘貓身上的毛有些稀疏，還帶有一點褐色條紋，有兩個蛋蛋，是隻公貓。肚子和前掌都是白毛，像穿著英國農村風的小襪子，唯獨右後腳少一隻襪子，短了一節沒有腳掌，看那截斷的傷疤，應該已經有些時間，癒合處帶著怵人的黑紫色厚繭，大概是被轎車一下子輾斷，可憐，但也總好過要斷不斷的。牠嘴邊一圈連鬍子都白了，淡綠色眼珠裡像是起了霧，我猜牠大概十一二歲，換算成人類年紀差不多六十幾歲，又殘又老，難怪會被追得那麼慘。我想給牠取名，第一時間想到「襪子先生」或「三腿」，但是怕培養出太多感情，到時捨不得分離，想過便算了。

看看手機，已經七點。把橘貓放在地上，爬起身打開門，牠卻不出去，走到我剛剛坐過的地方，懶洋洋臥成一圈，就這麼不動了。

我活動活動全身筋骨，發出一陣啪啦啪啦響，肚子太餓，先喝了一罐楊店長送的提神飲料，再去買了飯糰和一杯無糖豆漿回來。牠還在那裡，也不知道是太害怕外面的世界，還是在等我，我拿了些糯米和豆漿放在塑膠袋裡餵牠，牠聞了聞、舔了舔，慢悠悠地吃了起來，一派八風吹不動的樣子，讓我看了也不禁好笑。

吃飽了，撿起竹掃帚，看在它昨晚稍微還有些用處的份上，順手幫它拍了拍灰塵，從車亭旁邊開始打掃。我打了一天水蠟，又一連兩天請阿泙代班，一共三天沒認真打掃，不少乾枯的落葉都積在角落，我一掃出來，就看見橘貓一直盯著飄來翻去的落葉直瞧，兩條前腿動了又動，似乎很感興趣。

讓牠一直待在車亭裡面也不是辦法，我靈機一動，用畚斗把落葉統統運到車亭門前，愈來愈多，鋪成四方形，就像一張鬆軟的床墊，勾引得橘貓伸長了脖子，喉嚨不停發出咕嚕咕嚕聲，情不自禁站到車亭邊，三長一短的腳踩前踩後，想要跳出來玩耍一番，卻又猶豫，可愛得快要把我的心都融化了。

「阿摶！你不好好掃地在做什麼！」舅舅從車窗裡一聲大吼，橘貓嚇得竄到桌子底下去了。

「舅……老闆，你怎麼那麼早？」

他開車進停車場，「你貓的事搞定了沒有？昨天周總經理又打電話來，說你一直偷懶不處理。他親自跟你說，你也說不聽，我來跟你說，你還不聽，現在到底是怎麼樣？叫你做一點事這麼不情願啊！乾脆辭職不要做算了！」

「老闆，貓的事我已經——」

「我不要聽你說有的沒的，實在一點，直接拿出作為好不好？你們這種人啊，書讀得太多、想太多、計畫也太多，就是做得太少了，眼高手低，真的是……沒用啊！」

「你……」我得咬住牙齒才沒飆出髒話。

「一堆落葉在眼前還不掃起來，你還在這邊閒晃，晃晃晃，地上就會被你晃乾淨嗎？掃啊！」

「嘖……」我稍稍別過眼神，免得被激怒。

「啊！終於被我抓到了！我來看看、我來看看，」舅舅把菸戳熄在煙灰缸裡，突然跳下車，徑直走向那堆落葉，「果然啊，我就不信你多會裝，終於被我抓到了吧，你根本沒用心掃地，你看看、你看看！」

「嗯？」強迫自己回頭，「這兩天都有掃地，你不要亂講。要是沒有掃，落葉至少多一倍。」

「還敢說我亂講話！我自己掃了幾年了，我會不知道！你看！這一堆葉子的顏色，綠色、黃綠色、黃色、淺咖啡色，還有這咖啡色深到都捲起來了，至少有三四天沒掃了。」

「……」猜得也有幾分準確。原來，他每次來查看垃圾袋就是為了看這個。出生奧地利的當代設計大師斯特凡．薩格梅斯特曾經利用不同熟度的香蕉，排出一整面牆的文字，作品隨著時間變化，終至變質發黑看不清楚，其過程極為有趣……我早應該發現。

「我就知道啊！你來這邊根本沒認真做事，真是的，一下丘董事長，一下周總經理……給我惹了多少麻煩，還只會整天偷懶，只想著拿薪水，什麼都不做。我半價，一萬二就能請到人，隨便都比你做得還好，你啊你，你媽說什麼獨立，你根本就是我姊派來偷錢的，真是不要臉！」

「我媽媽……？派我來……？偷你的錢……？」我突然體會到，極怒有時候反而會使人淡然，我輕輕一笑，說：「你說誰不要臉啊？到底是誰偷了錢？誰偷了外公本來留給我媽媽的地呢？我要是你，我會一輩子都不敢說『偷』這個字和『不要臉』這個詞。」

「你……」他眼睛差點凸出來。

「……因為，我要是你，就會怕別人聯想到自己做過的事，我會怕他們會認為我坑殺姊姊、騙死爸爸，毫無半點羞恥心。」

「我……你……你！是你媽不好！你媽不好——！」舅舅掏盡力氣對我大吼，原本灰黃色的臉漲紅扭曲，「你們會讀幾本爛書了不起啊！她考上第一志願了不起啊！當上老師了不起啊！當上校長了不起啊！天天說、天天說、天天說！屁！都是屁！為什麼只疼她一個，我才是他唯一的兒子！我才能幫他傳宗接代！這些本來就都是我的！全部都是我的——！」

我一聽，急急斂起的眼神卻出賣了我的同情，像一把刀，短卻鋒利，捅破割碎他深深隱藏的那一點自尊。

「你……」舅舅全身像洩了氣，伸出一根虛弱發顫的手指，指著我鼻子，雙眼空蕩蕩望著我，像是體會到自己的戰敗，慢慢慢慢，奮力伸直脖子、腰愈來愈挺、身上關節愈來愈僵硬，像是木偶的四肢被棒子撐了起來，眼神也瞪得漸趨凶狠。我張開口，卻不知道該說些什麼。他驀然轉身，車亭裡的錢也沒拿，上車迴轉，離開。

一時間，我為舅舅而百感交集，但身為獨子、爸爸又早逝，實在難以想像，如果我媽媽不在意我，而跑去關心另外一個人，會是什麼感覺……

可能就是寂寞吧。

頓時所有玩興一掃而空，嘆了口氣，又嘆了口氣，嘆了半會氣，直到風吹散了落葉，我才忙去掃完地，坐進車亭裡再摸一輪貓，理一理不怎麼柔順的橘色貓毛，聽一聽不怎麼悅耳的喵喵叫，讓自己靜一靜，不願煩，不去惱，將全部注意力從那些哀愁上移開。

◇

忙完上班時間出出入入的車輛，我正記帳，周總經理姍姍來遲，倒退前進了四五次，車子才停進車位裡，耽擱了好一陣子才下車，踩著虛浮步伐，徑直走到車亭外頭，帶來他身上的一陣風，一身過濃香水熏得我直打噴嚏，連橘貓也受不了，斑駁的鼻子一直往我衣服裡蹭。

「少年頭家……」周總經理飄飄一笑，聲音也有些浮，說道：「貓的事情你處理得怎麼樣了啊？」

哼，「喏，已經抓到了，就是這隻。」

「喔，不錯嘛。體會了我們公司員工的辛苦，果然有效率多了吧。」

「嗯……」

「原來這個破壞狂長這樣子啊，嗯，沒錯，毛的確是橘色，應該就是這一隻沒錯……」周總經理伸手想摸一摸，橘貓回頭一咬、爪子一抓，擦到他指甲，嚇得唉呦一聲，趕緊縮手。我噗哧了一口氣，暗自叫好。周總經理又說：「好好好，很好，幹得好，你要怎麼處理牠呢？」

「這個嘛，我……我還在考慮……」把橘貓從頭摸到尾巴，又從尾巴摸到頭。

「什麼人養什麼貓啦，這隻是太老了一點。」

「我不覺得呀。」

「呵呵，我告訴你，養貓很麻煩的啦，尤其是養這種老貓，不太親近人了，毛病又多，三兩天做個檢查、拿個藥，沒有一兩千根本出不了診所，比人生病還貴喔。以前啊，我太太在我兒子搬出去之後就開始養了，一隻死了又養了一隻呢。我告訴你，走到哪裡都是貓毛，地上、衣服、車裡到處都是，清理起來特別煩，還有一股貓味，討厭得要命喔。」

「嗯……」我試著遮住鼻子。你身上的味道更討厭。不過，他兒子不是死了？怎麼說是搬家？

「不過啊，貓確實是比狗更有靈性。我太太離開之後，牠就什麼都不吃、也不上廁所了，你說這是不是很有靈性？」

「喔，你太太她……我很遺憾。」

「沒事，我不是在說她，是在說貓。你知道嗎？那隻老咪咪，我太太也搬家之後，牠竟然活活把牠自己餓死，就這樣憋死了，可不可怕？」

「嗯？有這種事？」怎麼，他太太也是搬家？

「貓就是這樣，什麼怪事都做，給人感覺陰陰的啦。呵呵，最可怕的是，當家裡沒有半個人，你就會突然覺得房子好大、好空，讓人一直想往外跑，等到人真的在外面晃了好久，又會一直想回去看看，那時候還會想啊，至少有一隻貓在家裡等我也好啊，呵呵呵，真是有趣……」

「呃……那……你太太、兒子不常回來看你嗎？」

「常，他們都常在家呀。」他對我露出一個微笑，虛弱又自得，像做著美夢一般飄渺。

那美妙的表情使我看傻了，前後矛盾的故事和一頓莫名其妙的分享，也實在讓我摸不著頭腦，煩得我不由得癟起嘴又翻了個白眼，再怎麼說他也是長輩，的確很沒禮貌，他卻像全然不在乎，一個勁地又開始念叨起往日那些無趣的養貓日常，直到停車場門口傳來「叭、叭、叭——」臨停的客人來了，我終於有理由開口告辭，放下貓，往外走去撕號碼紙、說明停車規則。周經理手一擺，轉頭就踩著輕快腳步進公司，讓我不禁懷疑，他是不是一大早就喝醉了，意識才那麼錯亂。

十點左右，巷口轉角處傳來噗、噗、噗、噗……引擎聲，一台藍色小貨車舊得快要散架了，掛載著四五支竹掃把、大小雞毛撢子、成串鬃刷、鍋碗瓢盆、好幾把折疊椅和木凳子、垃圾袋、曬衣架、掃把、塑膠畚斗、水桶、垃圾桶、蒼蠅拍、馬桶吸盤……都是些幾十年前就該淘汰的銅板設計。慢慢開到我面前，熄火前車子還抖了一抖，排氣管像咳嗽一般噴出黑煙。

「少年吔，你昨天不在喔？」駕駛座裡的老老闆探出頭，禿頭帶一圈白髮，七十好幾了。

「我昨天休息啦。您特地又過來一趟啊？」

「你要的塑膠掃把好了啦，當然要給你送過來啊。」

「喔，太好了，終於到了。」

「嗯……我想想放在哪啊……」老老闆下了車，屈著腰、彎著膝蓋，慢吞吞繞到後面，他先撥開鬃刷，拿下水桶，又挪開了一箱曬衣架。我想伸手幫忙，他立刻輕輕撥開，缺牙的嘴一笑，只說沒有讓客人動手的道理。我心中佩服，老生意人卻比現代商店更懂得以客為尊，不像那個周總經理……老老闆吃力地挪開一箱水晶肥皂，終於拿出一支掃把，遞到我面前。「來，你試用一下。」

「呃，這是什麼？」

「這不是你要的掃把嗎？」

「這是……？」那就是把一般掃把，掃把毛兩邊是紅色、中間是綠色，雖然掃把頭確實是塑膠做的，但掃把柄依舊是竹子，就是普通到不能更普通那種……我拿到手上，發現觸感不太一樣，原本用紅色收縮膜套住的掃把柄，外層又裹上了好幾層紅色絕緣膠帶，每一圈間隔非常一致，多纏了兩三層，拿起來厚厚軟軟，倒有幾分趁手，「這是……怎麼回事？」

「唉呀，這個不行嗎？」

「老闆，我說的不是這個，我要的是塑膠竹掃把，前面每一根毛都很粗，有像竹子的硬度，但是材質是塑膠，每根都很筆直，整支很輕、很好控制。我拿手機給您看過圖的呀。」

「唉呀……我知道啦，你要的那種啊，我問了，沒有十支，人家不給貨。竹子的一支八十，你要那種一支一百八，我怕賣不動……」

「喔，是這樣子啊。」

「是啊。所以我用一支塑膠頭的就幫你做了一支，果然還是不行啊？」

「您自己做的啊？」

「是啊，你不是怕刺手嗎，我年輕的時候打過羽球，像是纏上握把布那樣，不難不難。要是不行，那我可能沒辦法了。」

不禁想像老老闆坐在昏暗房間裡，瞇著眼睛，拿防水膠帶一圈又一圈繞著竹桿……他一臉歉意，伸手要拿回掃把，我趕緊側過身躲開。其實一般掃把也不是不行，只是在戶外使用，耗損度太高。

「我想到了，家裡正好缺一支掃把，你這支剛剛好。多少錢？我買了。」

「喔，那太巧了。五十塊啦。」

我正掏錢，背後傳來碰咚、碰咚、碰咚……腳步聲，一回頭看是小孟正飛奔過來，嚇得我一聲驚叫，急忙閃身跳開，手上零錢叮叮噹噹掉了滿地，忍不住看向車亭，貓尾巴露了半截出來，趕緊挪了兩步，擋住他的視線。

「老闆！」小孟沒找我，直接衝向老老闆，「上次訂的鐮刀做好了嗎？」

「喔，小孟啊，好了，都好了，」老老闆又找了一陣子，拿出一把長柄鐮刀，比昨天看到那把更長，差不多有八十公分，「你不要拿去亂搞啊。不能破壞東西，別人會生氣；不能打到車，修理很貴；更不能對人用，人家會受傷。記不記得？知道了嗎？」

「呵呵呵、呵呵呵……」

「不要只顧著笑，到底有沒有聽到？」

「喔……」小孟付了錢，拿著新長柄鐮刀就樂呵呵地跑走了。

我忙撿起銅板交給老老闆，說：「老闆，你知道嗎？那個小孟他買鐮刀是要去……是要去……」

我不敢亂說，怕說了沒人信。

「他要去殺貓。」
「你知道啊？」
「唉，我以前在附近住過一陣子，晚上動靜那麼大，沒有人不知道。」
「他、他、他、他這到底是在幹什麼啊？」
「唉呀，他以前只知道吃，不運動，比現在更胖，差不多有一百二十公斤喔。」
「哇，這麼胖。」
「是啊，真的太胖了，他阿嬤看不下去，就想了個主意，說是家裡的魚被偷吃，讓他去追貓，只要抓到一隻，就帶他去吃一桶炸雞。他最愛吃炸雞了，看到貓就追，還真的瘦了不少。後來還學會抓老鼠引誘，還用網子、籠子，各種工具，大家都誇他聰明，他更開心了，每天晚上不睡覺，到處找貓。」
「抓貓？那、那現在怎麼變成要殺貓了呢？」
「這……好像是他以前抓到過一次，還沒帶回家貓就逃跑了，所以就想乾脆殺掉算了。」
「啊？這……這是違法的，這不行吧？」
「唉……是啊，可是他阿嬤過去了之後，別人說什麼他都不聽，還是要抓。」
「附近的人都不管啊？」
「誰敢啊，這附近晚上都沒人出門，就是怕遇到他。」
「啊？大家都知道啊？那、那他抓到過很多嗎？」
「以前野貓多，抓到過幾次，現在野貓少了，他已經十幾年沒抓到過了吧，所以才跟他阿公要錢，想把鐮刀變長，不幫他他還會生氣……總算是一種運動吧。」

「沒抓到，那就還好。」

「唉，還是可憐啊……」

「可憐啊……」跟我有點像……不，不像……完全不一樣，我拚命搖頭。

後面有車來，貨車擋了半條路，老老闆趕著上車發動駛離，繼續做生意去了。我往回走，將那支改良掃把放到車亭後頭，心裡想著：小孟為了小小一桶炸雞，那麼認真拚了這麼多年，要是沒有他腦袋裡異常的傻氣，絕對辦不到。進到車亭休息，橘貓正抬頭望著我，看了良久，久到讓我聯想，這或許是牠正在對我詰問：

那你呢？

那我呢？我在大學開課的夢想呢？我追尋的這個博士學位呢？

不一樣，絕對不一樣，我是要達成學術理論與改變設計教育，這是多麼崇高的目標，跟這些每天漫無目的待在家裡，三不五時出去胡搞一番，還期望因此得到獎賞的人絕對不一樣，不一樣，絕對，不一樣……彎下腰，再伸手一推，挪開橘貓狐疑的視線……我說了不一樣，那就是不一樣。

◇

週四一大早，只覺得臉上有個臭毛球不斷拍打，睜眼，嚇了一跳，這才發現是昨天帶回家的橘貓。

「好臭……」牠實在需要好好洗個澡。

料想牠也該餓了，先到廚房裡翻了又翻，找到一個水煮鮪魚罐頭，不知道是哪一年買錯的，倒進塑膠盤子放在地上，蹲著，看著牠一張扁臉吃得津津有味，感覺什麼煩惱都能忘記。

「貓貓啊，你要知道，我是想養你，也想給你取個名字。但是啊，這還是要有緣份才行。要是我考上博士班，那我就必須去很遠很遠的地方，不得不送走你。要是，沒考上……要是沒考上嘛，到時候就要請你好好安慰我，盡力活久一點，明年陪我再試一次，好不好呀？」

牠像是回應般喵了一聲，聽起來卻像在說「好。」我嚇得直眨眼睛。果然通靈呀。看看時間才六點，起身刷牙，點開小學弟給我的連結，打開他和朋友的影片看了五分鐘，臉才洗了一半，手機響了起來，卻不是棻。

「喂，吳警官，這麼早。」

「李先生早，線人那邊有新消息嗎？他們毒品到位了嗎？可以行動了吧？」

我連忙想起之前說過的謊，說：「嗯……有，確實有，我已經收到了最新訊息，三天，最晚五天，他們公司就會進一大批貨，不知道是搖頭丸還是海洛因，市價幾百萬呢。」

「才幾百萬？那數量可沒多少吔？」

「喔……我的意思是，以幾百萬為單位，進了好多，加起來可不止幾百萬，有好幾千萬。」

「好好好，李先生果然厲害。」

「都是為了維持這個社會的公平與正義，不算什麼的。」

「嗯……老實對你說，自從聽見你說的消息，我本來是不信的，但是我一連幾天下班之後，都會到那家鑫展建設公司外面監看，確實鎖定了幾個可疑人物。」

「喔？哪幾個？」

「有一個是女人，我看見她晚上從鑫展建設公司二樓往下爬。還有一個晚上拿鐮刀追貓的胖子。還有一個男人，晚上偷偷潛入鑫展建設公司對面停車場，躲進車亭裡不走。還有一個瘦小的男人，在凌晨四五點的時候，會去鑫展建設公司的信箱裡拿走什麼東西。就這四個人特別奇怪。」

「嗯……」靠，我怎麼都沒注意到你，「原來是你，我以為你沒看到我呢？」

「看到你？」

「晚上潛入停車場的人就是我。」

「啊？那你怎麼知道車裡的人是我？」

「嗯……我本來不知道，但是那輛車我沒見過，讓組織裡調查了，所以才知道。」

「果、果然厲害。」

果然不聰明啊，「你說這些是要做什麼？」

「我就是想請問一下，那這四……不，這三個人當中，是不是就有你的線人，我在想，最後行動起來一團混亂，要是刁難錯了人，給你添了麻煩，總是不好意思。」

「你太客氣了，其實我們組織裡所有人都視死如歸，經得起調查，不過……那個爬下樓的女人，不需要刁難。而那個拿刀抓貓的人，只是個可憐的瘋子，不用特別調查。至於去信箱拿東西的男人……」誰啊？我根本沒注意到，「或許是不錯的調查方向，這樣懂了嗎？」

「懂了，完全明白。那就不打擾了。」

終於又順利應付了一回，才鬆了口氣，電話又響了。還不是菜。

「媽？這麼早？」

「你也是啊，這麼早，我還怕打擾你睡覺呢？」

「不會啦，要是可以，我一向很早起，早上看書有助於記憶嘛。」

「是啊，要是我們學校的學生有你一半認真……呃，沒有，沒事……」還沒五句話，她又沉默了。

我知道，她一時收住嘴，是不想再鼓勵我繼續讀書，「嗯……對了，我聽說了，聽說你在台北師範大學的考試裡很……很帥氣地離開了，是嗎？」

「算是吧，妳消息怎麼這麼靈通？」

「教育圈就這麼小，你還是我兒子呢，當然快。」

「誰告訴你的？」

「台中教育大學的文學系副教授是我的老同學，她的姪子認識高雄師大數學系系祕書，那個系祕書當過花蓮教育大學法律系系主任的伴娘，而那個系主任正好是台北師範大學校長祕書的小舅子。」

「哇，這麼複雜。等等，那、那不是全台灣都知道了。」

「是啊，」她語氣裡帶著微妙的欣慰，「小摶，你……你不讀博士了嗎？」

「我……我不知道……之後的事，之後再說吧……」

「嗯，好，沒關係，慢慢來就好，不要勉強。」

「好，我會的，而且有些事也勉強不來。」

「是是是，就是這麼回事。」

「呼……所以，媽，妳打電話是來？」

「啊，明天就是星期五，要開庭了，你記得嗎？」

「當、當然啊，當然記得，這麼大的事。」昨晚這麼一嚇，差點忘了。

「嗯……」一陣安靜，她似乎正把湧到嘴邊的責怪吞回肚子裡，「反正啊，你賴阿姨跟我說，你明天不是完全不用說話，明天會有一個程序，法官會詢問你有什麼意見，如果你能夠發表一篇差不多三五分鐘的演說，絕對會有幫助。」

「真的啊？難得可以說話。可是我又不懂法律，是要我說什麼？」

「也不用你辯論，那個有賴阿姨在，她才是律師。只要你能說一些感人的、或是正氣凜然的話，就是最好不過。」

「喔……是這個方向啊。」

「是啊，所以我才想早點告訴你，讓你有時間寫個稿子，不用臨場發揮，可以說得好一點。」

「好，放心，這個我很會，我不只畫畫，上高中以前不知道還參加過多少演講和作文比賽呢。」

「是啊……高中以前……」

她一陣沉默顯得格外內疚。我不忍去聽，說：「那……我先掛電話了，要趕去上班。」

「好，去吧，路上小心車子，要記得吃早餐喔。」

「好，掰掰。」

「再見。」

切斷手機，我打理好自己，拿了一本空白筆記本和三色原子筆放進背包揹上，抱上貓出門，雖然不餓，還是買了早餐，到停車場裡掃完地，趁著空餘時間構思，稿子雖然寫得順利，但一直忙到下班時間，棻還是沒出現。

我先將橘貓托給一間寵物生活館，讓他們幫牠好好打理一番，也留宿一天。回停車場的路上，慢慢地走，兩隻眼睛不停張望，果然發現了一輛暗紫色福特轎車，有點眼生，刻意望了望，吳警官就坐在裡頭，他正一邊忙著嚥下嘴裡的大麥克漢堡，一邊恭敬地對我點頭致意。

我故作鎮靜，微微點頭回禮。本想再待一晚上等棻，但是有他在這裡，實在太彆扭了，只得回家，走沒五分鐘，吳同學便打手機過來。

「吳同學，這麼晚？」

「業火博士，您剛剛下班吧，有空嗎？一起吃個晚餐怎麼樣？」

一定是他哥哥跟他說的，「我下午吃過了，現在還不餓。」

「那就吃宵夜好了，請您一定答應，關於您的事蹟，我有好多細節不清楚，想要直接向您請教。還有那個，關於您背後的組織，不知道我有沒有資格可以加入呢？」

「這……你還是上課最重要，不要分心了。」

「我指的當然不是現在啦，我現在只是學生，我是說等我當上警察之後，我和我哥可以一起幫你們蒐集消息，也能替你們出任務，我可以做很多事，我什麼事都能做。這樣我有機會加入嗎？」

「這……等這件事結束，我回去述職的時候，一定向組織建議。」

「謝謝您業火博士！我知道有間熱炒，非常好吃，還可以唱卡啦OK，宵夜一定要讓我請客——」

「不用了，我明天要去一趟台北，晚上必須好好休息，不然沒有體力應付那些陣仗。」

「什麼陣仗啊？」

「喔，明天要上法庭啦。」

「對對對！是二審，要上高等法院了吧。」

「是啊，你還知道得真清楚。」

「我們有個臉書社團，一直都有在跟新聞，所以都知道。」

「啊？什麼社團？」

「嗯……原來是明天啊……嗯、嗯、嗯……」

「你想做什麼？」

「沒什麼、沒什麼，我突然想到有事，找時間再跟您約吃飯。」

「等等——」我話還沒說完，通話已經切斷，腦中不禁響起警報聲，一開始微弱，漸漸變強……

這個人遲早會帶來大麻煩。

第六章　攻防法則

星期五一大早，從桃園火車站搭車到台北火車站，本想搭藍線到西門站轉車，爬上爬下迷路了十五分鐘，卻走到了紅線月台，便搭往中正紀念堂站轉綠線，坐一站抵達小南門站，出站沿著博愛路走一小段，就能看見台北地方法院和台北高等法院刑事廳大廈，老舊的細碎磁磚外牆未加裝飾，比起貴陽街上的民事廳大廈那厚重典雅的希臘式建築風格，簡直像是兩棟國宅。

先進入地方法院，走到地下一樓的萊爾富便利商店，店面不大不小，就是有些窄、有些暗，往座位區移動，賴律師已經到了，就在落地玻璃旁邊，坐在最角落的座位，打扮穿著跟上次見面時的樣子都沒變，黑灰夾雜的頭髮及肩，又厚又密，簡直像鋼盔一般，穿著鐵灰色女士套裝，外搭高墊肩西裝夾克，像是一整套中古世紀鎧甲，實在過於雄壯，套在稍嫌單薄的身體上，顯得有幾分虛張聲勢。

「賴律師，早。」

「早早早，子摶快來坐。叫我賴阿姨就好了啦。」

「喔，好。抱歉，我有點遲到。」

「沒關係、沒關係，台北交通就是那麼亂，你開車過來嗎？吃過了嗎？要不要點杯咖啡提提神？」

「不用那麼麻煩了，我有帶水，」拉開椅子坐到她對面，「賴……賴阿姨，我媽媽跟我說，妳要先跟我討論案情啊。」

「對對對，你媽媽還好嗎？」

「還不錯，都是老樣子。」

「之前我兒子真是受她照顧了，多虧有你媽媽，才能避開這麼多麻煩，我兒子當年才有辦法申請到這麼好的高中——」

「還是抓緊時間吧，」我不喜歡聽這些靠關係、利益交換的事，「我媽說，妳是有一些審理的關鍵點要跟我說，是嗎？」

「是是是，」她趕緊翻閱手上資料，「是有關於證據的事。一審我們之所以能輕判，重點在於他們無法舉證，沒有證據證明你在翻倒火鍋和瓦斯爐那時候，確實有注意到旁邊就是影印機的廢紙箱，所以才無法證明你是故意點火造成火災。」

「哼，他們明明在辦公室裡裝了監視系統，還收了那麼多學費，攝影機壞了半年卻不修，可見關於教務有多麼疏忽，說不定有人貪污呢。」

「呵呵，這個之後再說。」她掩嘴一笑，有點優雅、又有點奸詐，「所以你確實沒注意到嗎？」

「我那時候只想到那裡沒人，根本沒想過紙箱的問題。」

「但是郭主任堅持，你在那裡上了四年大學、三年研究所，五年博士班，一共十二年時間，閉著眼睛就能知道什麼東西在什麼地方。」

「呵，我還記得，妳立刻請他把辦公室原封不動畫出來，畢竟他高中學的是室內設計，還在學校教了二十幾年，沒人比他更熟那間辦公室，把他嗆得臉頰一直發抖，實在太厲害了。」

「呵呵，臨場發揮、臨場發揮而已啦……」她謙謙地抿嘴而笑，就像是個菜市場裡常見的家庭主婦，「先說正事，我在教育界人脈非常廣，據說啊，辦公室裡那台監視攝影機並沒有壞，壞的其實是電腦設備，出事那天的畫面是有拍到，只是硬碟有太多壞軌，我聽坤峰科大趙院長說，鑑明科大花了三十萬，已經把影片都救出來了。」

「呃……真的嗎？我不太懂電腦……這是可以救的嗎？」

「趙院長說，他們請到美國最好的資料修復公司，整台電腦拆都沒拆，直接寄過去，前天檔案才寄回來，郭主任立即向法院聲請了證據。」

「知道內容嗎？」

「聽說只救回少部分，卻非常完整，截取到的都是最關鍵的時間點。」

「那……妳的意思是？」

「我的意思是，希望你能夠重新對我敘述一次當天所有狀況，細節愈多愈好，就算是碰掉了一支原子筆，或是不小心踢歪了一張椅子，就算是這麼細小的事情都不要放過，甚至得告訴我你當下在想什麼，全都說出來，如果對方一如預期拿出影片，我立即就可以有許多元素發揮，否則要是來不及反應，導致一時的猶豫，情勢就會變得不利。」

「這……」我不禁咬著嘴唇。

她默默看著我許久，才說：「子摶，知道你不想去回憶，但是你忍耐一下吧，我必須知道所有前因後果，絕對要鉅細靡遺。」

「好……好吧……」

◇

那天，我坐在客廳沙發上，蓋著毯子，看著電視裡的美食節目，主持人正扯著嗓門介紹著重慶鴛鴦鍋，鮮艷紅湯與混濁白湯，一起擺在太極造型鍋子裡，再挾進A5牛肉、川丸子、牛肚、鮮蔬、大蝦……沸騰滾動起來，彷彿生生不息，看得我不斷嚥口水。

我從鏡子裡看到媽媽打扮整齊走出房間，停步站在我身後，正低著頭查看包包。

「媽，妳要去哪？」

「快過年了，要跟學校同事去聚餐，算是吃尾牙吧。我昨天沒跟你說過嗎？有了，口紅在這。」

「妳沒說啊，那晚餐不煮了啊？」

「不煮啦，」她對著鏡子補了一下口紅，隨即掏出一千元拍在我肩膀上，「來，你自己去吃喔，記得多穿件外套，你外公就是貪涼又吃太油才會中風。」

我拿過錢，轉過頭，「可是現在才三點吔，你們這麼早吃晚飯？」

「我們要先去旁邊的錢櫃唱歌。」

「妳不是最討厭唱歌嗎？」

「是啊，但是我兒子今年不僅拿到博士學位，還要去大學當助理教授教書，這麼風光，我怎麼可以不去呢。」

「哈哈哈！對對對！妳一定要去好好炫耀一下喔，那些人好煩，每年都在唸。」

「是啊，是啊……唉……終於啊……」媽媽一雙瞳孔望進我眼睛裡，「這麼多年過去，終於全都搞定，水到渠成了，真是不容易……的確非常不簡單……」眼神逐漸溼潤，滿溢著溫柔與欣慰，眶一紅，感覺淚水就要落下來，她趕緊仰頭看天花板，免得妝花了。

「媽，妳又來了，我論文口試公佈成績那天妳就哭了，後來吃飯慶祝又哭，前天跟我聊天又哭，現在該不會又要哭了吧？」

「唉……媽媽就是太開心，看到你現在終於成功了，我就……」

「說好了不哭的。」

「好。不哭不哭，那先不說這個好了……」手指往眼角一抹，抹化了一點眼影，「對了，你姑姑說要給你介紹女朋友，她說過好幾次了，你都拒絕。你要知道，你也三十五了，也該交個女朋友了——」

「我才三十三。」

「唉，你到底要不要？」

「好啦，你叫姑姑把她LINE傳來，先聊看看。對了，除了LINE，還要有照片喔。」

「啊？你、你同意啦？」

「是啊，為什麼不同意，算算時間，我也該交一個女朋友了。」

「喔，太、太好了！」嘴角一揚，眼睛一皺，又要哭。

「妳怎麼又來了？」

「沒事沒事……我、我先出門去了——」

媽媽快步離開，我怎麼喊也喊不住，想必是跑到外面偷偷流淚。出去反而尷尬，我便喊著要她小心開車。她只是喔了一聲回應，叮，聽見電梯來了又關上門。我歪嘴一笑，心裡感覺無比喜悅，也鬆了一口氣，猶如漂泊半生後，終於獲得安穩，充盈著滿足與感動。

又看了眼電視，肚子頓時餓了起來，正想出門覓食，突然來了通手機，是學校輸出中心，說是論文已經印好了，明後兩天沒有營業，讓我現在過去拿。

我巴不得早點辦妥離校手續。立刻揹上包包出門，到學校輸出中心拿了我的論文，精裝燙金、全彩輸出，一共七本，每本幾乎比字典還厚，一本要價一千五，得兩個塑膠袋才夠裝，我提得手指都快勒斷了，終於趕在袋子破掉前到圖書館交了兩本，又走到系辦公室交了兩本。還有一本媽媽要的，剩下兩本我要自己留存。

我站在系辦公室櫃台前聊天，讓助教下學期一定要好好幫忙介紹我開的選修課程，也向旁邊打工的大學部工讀生推銷，除了告訴他們設計史與創作結合有多少好處，還有我設計的課程與作業，有趣、變化多樣、充滿創意，他們都被我說得興趣盎然，滿口答應。正餓得不行，想要離開，有點年紀的系祕書太太帶著另外兩個工讀生，搬了三箱食材和一個四格大鐵鍋進來，我快點上去幫忙。她有些詫異，隨即笑盈盈地告訴我，等等開完會，要開火鍋派對，問我要不要留下來一起吃。

我在這裡讀了十二年的書，早就當自己家了，立刻同意。抬出每次聚餐用的那兩張大鐵桌，在茶水間兼影印室的穿堂空間裡擺設起來，往小瓦斯爐裡裝好瓦斯罐，倒好四種高湯預熱，肉、菜、冬粉都擺開，告訴工讀生免洗碗、免洗筷、免洗杯子就在鐵櫃右下角的抽屜，調了醬料，倒好飲料，還跑了兩趟搬了二十張鐵板凳，甚至掃了地，就等我以前的老師、未來的同事們開完會過來。

終於到了五點，遠遠就聽見會議室那邊傳來人聲，我趕緊放好了掃把迎接。

一開門就是我大學時的導師和編排老師，設計系一直是陰盛陽衰，所以她最疼男生了，尤其疼我，大學四年給我的成績不是第一就是第二，還說我是她教過最認真又有才華的學生。

「子摶啊！」她臉上贅肉直晃，尖聲說：「你怎麼在這裡？」

「來交論文啦，系秘找我一起吃火鍋，我就留下來了。」

「要辦離校了啊，恭喜吔。」

「謝謝老師，不過過完年又要回來教課，離不離校也沒差多少，呵呵呵。」

「嗯……是啊、是啊……我先去換件衣服喔。」

「好，妳去吧。」

接著一人走進來，是我讀視覺傳達研究所時的指導教授，他眉毛一抬，滿額頭都是抬頭紋，「子摶啊，你怎麼會出現在這裡？」

「來交論文。」

「喔……要離校了啊……嗯，時間不早了，快回家吃飯去吧。」

「我懶得回去了，要留下來跟大家一起吃火鍋。老師你看，我都準備好了。」

「唉呀，真是太麻煩你了……我先去上個廁所，喝太多茶了。」

「喔，你快去吧。」

他才轉身，拉上身後我的博士班指導教授，來不及打招呼，兩個大男人手拉著手又交頭接耳，像是國中女生相約上廁所，迅速遠離。不遠處的其他老師也是，稍稍向我揮手或點頭致意之後，紛紛改變方向，念叨著忘了東西，或是說要去教室關電腦，還有人說要去呼吸一口新鮮空氣……全都散去。

正當我還搞不清楚狀況，外面走進來一個熟面孔。

我說：「油漆學弟！你怎麼在這裡？」

「眼鏡學長！」他說，留著長頭髮，一身T恤佈滿油彩，牛仔褲到處破口拉鬚，「距離我們上次家聚見面已經是四五年前了吧？你髮型變了好多喔！」

「拜託，我那時候是當兵放假，本來就不是留那種髮型好不好。你變帥好多啊，臉上的芝麻痣怎麼都不見了？」

「說什麼芝麻痣啊，真沒禮貌……幾年前就做雷射點掉了啦，哈哈哈，你皮膚還是那麼好，像是從來沒曬過太陽一樣。」

「我可沒用保養品喔，」我摸著下巴，擺出一個耍帥的姿勢，「對了，你不是去美國讀碩士了嗎？我記得是去加州的伯班克設計學院吧，拿到碩士學位了嗎？」

「早就拿到了，伯班克又不是柏克萊，兩年就搞定了，後來我橫跨整個美國，到紐約畫了兩年塗鴉。你那麼博學，絕對知道Banksy吧？」

「當然，就是那個神祕英國塗鴉大師班克西，他怎麼了？」

「我有一系列的作品，割模噴漆，畫了一個斷手斷腳小男孩，加上一雙巨大蝴蝶翅膀，頭上戴著一個空鮑魚罐頭，在五十個地點，PO了五十幾張在IG上，取名叫做『ICANFLY』，很受歡迎——」

「那個是你畫的啊？我就覺得在哪裡看過！」

「你知道啊？」

「我當然知道，IG全球有五百萬追蹤了吧，你就是那個……名字叫做……對，PAINTERZO嘛。」

「你真的知道我啊？」

「當然知道，你作品不是還上了紐約時報的電子版藝評，說你是『來自東方的班克西』。」

「對對對！學長啊，你覺得我的作品怎麼樣？」

「你要我說啊？不要吧？」

「呵呵呵，沒關係，我想聽，愈犀利愈好。」

「這個嘛，好。那些東西嘛……給美國人看看還可以，但是我知道你過去的創作，從整體脈絡來看，其實這就是你的蝴蝶系列、保育美食系列、自畫像系列三者結合，其中的關聯性有點硬扯，不算非常高明啦，只是文化差異造成的新鮮感與拉抬效應罷了。」

「哈哈，你觀察得太準了，這個系列從頭到尾我根本就是在亂做，但是就紅了啊，我現在只能靠這個了。」

「只靠這個？怎麼會？你在紐約應該有不少邀請吧，不趁現在好好發展，跑回台灣幹什麼？」

「唉……很鳥的……」他不停搖頭，「就是紐約有很多塗鴉聚會，我平常不去的，但是那天有一個派對，聽說有東西吃，我就去了，一塊pizza還沒放進嘴裡，突然一堆警察拿槍包圍我們，全部抓起來。後來才知道他們那群人裡面竟然有一個恐怖份子，天啊，我就被他牽連到，雖然沒證據，還是判了遣返，一年之內不能入境。」

「哇！衰爆了你！」

「唉，也還好啦，多虧我的作品勉強算是上過了『紐約時報』，所以才能回學校來啊。」

「回學校拜託老師給你介紹工作啊？」

「已經有了，」油漆學弟咧嘴一笑，「我剛剛才跟老師們一起開會討論下學期的課程呢，郭主任答應要讓我開一堂塗鴉的選修課，就用後山那道牆，好玩吧。」

「喔！那我們之後就是同事了吔，我也要開一堂選修課『設計史與創作發想』。」

「是喔！那太好了！我還在煩惱咧，其他老師都是以前的老師，感覺好尷尬。總算有一個跟我同輩分的……不過，你怎麼沒來開會？」

「開什麼會？」

「就是剛剛開的課程會議啊？說是所有下學期要開課的老師都必須出席，我還準備了PPT，剛剛還做了五分鐘簡報，緊張死我了。」

「啊？沒人通知我啊？」我說，系祕書正好從我們身邊經過，「系秘，今天開會怎麼沒有通知我？」

「啊？不是郭主任通知你的嗎？不然你怎麼會過來？」

「沒有人通知我啊，我今天是來系辦交論文的啊。」

「啊——！」系祕書太太雙手捂嘴，彷彿霎時停止了呼吸，眼神左右閃爍，不時看向我，又不敢看太久，像是犯了一個天大錯誤，完全慌了手腳，已不知道該怎麼收拾。

「子摶，你來了啊，」熟悉的聲音從背後傳來，轉頭，是郭主任，他身穿駝毛大衣和真絲西裝褲，剛過六十歲，再四五年就退休了，雖有皺紋，五官輪廓依舊深邃，臉龐曬成古銅色，看起來精神奕奕。他瞄了系祕書一眼，露出白牙衝我一笑，朝我手臂拍了拍，「子摶啊，你來我辦公室一趟，我有事要告訴你。」

事實上，我第一時間心裡就大概有底了，只是不願意面對。跟著郭主任進到他的辦公間。他高中學室內設計，大學和研究所學雕塑，執教之後熱衷於玩具設計，辦公間裡無論是書櫃、加裝的層架、書桌、書架、展示架、茶几……到處都是潮流品牌的經典公仔，萬代三國創傑傳ＢＢ戰士、暴力熊、金色米奇、大同寶寶、宇宙明星BT21、OPEN小將、各種扭蛋食玩……五顏六色，什麼時候看都眼花撩亂。

「子摶，你口試表現得真的很好，我們在私下評分時，五個老師都想給滿分呢。」郭主任說，脫下大衣，露出一身米白色套頭毛衣。

「謝謝老師抽空來當我的口試評委，老師，我想問的是——」

「子摶，你知道我當初為了拿到第一份教職，有多辛苦嗎？」

「嗯……」我知道，以前在課堂上都聽過無數次了。

「我那個時候啊，剛剛從美國哥倫比亞藝術學院拿到碩士學位，回國才發現，那個時代不好啊，老教授都還沒退休，哪裡有空位讓我這個新人教書。我就每天熬夜趕作品，泥塑、石雕、木雕，我還融合了金工技法和環氧樹脂，在六年間辦了二十五場雕塑展，贏了兩座大獎，五個小獎，這才有辦法找到一個講師的工作，之後辛辛苦苦才升上助理教授，又升副教授，後來走進潮流界，才結識了那時鑒明專科學校的校長，等到他們升等成為大學，這才邀請我過來當主任，一做就是二十三年，從創建研究所到博士班核可開辦，可以說都是我一路奮鬥出來的結果。」

「是，老師辛苦了……」我小聲說，不停點著頭，像是聽課一樣不敢打岔。

「你要知道，我們鑒明科技大學設計系，之所以能在設計學校裡佔有一席之地，最重要的就是我們與潮流靠得很近，讓許多喜歡潮牌、喜歡街頭風格、喜歡饒舌、喜歡嘻哈的年輕人，都會選擇我們學校，可以說，就是因為確立了『潮流設計』與『時尚』這兩個大方向，鑒明科技大學才能有今天。這你同意吧？」

「是……同意……」

「嗯，現在你學弟回來了，他是上過紐約時報的塗鴉藝術家，要是他能在學校裡教塗鴉，那我們學校可就是全台灣第一個有塗鴉課程的科系，你可以想像會得到多少媒體關注嗎？你在我們學校這麼久了，你也很清楚，私立大學的資源遠遠比不上公立大學，根本沒有本錢守舊，要是不時時創新，隨時會被淘汰。譬如盛元大學的雕塑課程已經被3D打印取代，星康大學的素描課都用平板在畫畫了。所以說，我們私立院校——」

「可是他只是一個碩士吔？我是博士。」

「呃……是，」郭主任稍稍一愣，繼續說：「的確是，但不要緊，只是講師嘛，碩士也很足夠了。伯班克設計學院也是美西前五百大的學府，更是沒有問題——」

「所以，你認為『鑒明科技大學的博士』比不上『伯班克大學的碩士』？」

「呵呵……我當然沒有這個意思，重點在於，他的塗鴉課程，比起設計史嘛……實在是更適合我們學校——」

「所以你覺得設計史不重要？」

「我沒有這個意思——」

「為什麼不能兩個課程都開？」

「至於這個嘛，這學期老師們都特別積極，學分已經開設太多了，正好壓在學校規定的上限，再多，就超過下學期系上的薪資額度，所以我只能忍痛選擇一個了。」

「那、那我可以不要拿這麼多錢啊，這樣不行嗎？」

「可是課程前天已經送到教務處確認，恐怕沒有辦法改變……」他眼神一飄，又說：「你一定要體諒老師，我一路看你成長，自然知道你設計的課程確實非常好，不過你一定要了解到，經營一個系所是多麼不容易。」

「可是……可是老師，這是你答應過我的吔，五年前，學校第一屆博士班招生，你怕沒人報名，是你特別拜託我回來考的吔。」

「是、是、是……」他輕輕發出嘖嘖聲，「還好來考的人還不少。」

「老師你——」我不禁加快語速、加大聲量，說：「我那時候還報了台藝大和北教大，我都已經考過第一階段筆試了，絕對有機會能考上他們的博士班！」

「不要激動——」

「是你說，等我畢業之後，要直接聘我當助理教授，在學校裡開一堂兩學分的課，我才選擇繼續讀鑒明，台藝和北教口試都沒再去考，你那時候還感動得要命，一直對我道謝，不是嗎？」

「是、是……感動是真的，承諾也都是千真萬確，但是……不用急嘛，你還年輕，課是一定會讓你開、助理教授也是一定會讓你當，不過就是再等一年，一年就好，你看，我可是等了六年呢。你學弟他一年之後必定要回紐約，不，我看不用一年，一學期就好，他說有在打官司，說不定半年就能回美國去了呢。」

「所以他走了之後……就能輪到我了？」

「這不是輪，是讓你從上學期開始、跟必修同時開課，這樣對同學們能有更大的幫助。」

「那……那如果他教出興趣了呢？想要一直教下去呢？」

「那就很好啊！」他的嘴角因想像而揚起，「但是你也放心，無論如何，真有那個時候，也絕對會讓你開課，好嗎？」

「可是、可是，我的家人朋友都知道了……我、我要怎麼對大家說呢？」

他走向我，拍拍我僵硬的肩膀，「這……只要說清楚，大家應該都能諒解吧。」

「這麼多人，我怎麼說得清楚？」

「總會有辦法的吧……」

「這……這……還有，我都已經準備好要來教學了，現在空下這半年，不，加上暑假就是七八個月，這段時間我要做什麼？都要過年了，我已經來不及去應徵其他工作了……那我、我該怎麼辦？」

他歪頭沉思，「要不……我在系上給你安排一個助教的工作。」

「助理教授？」

「助教，教學助理。」

「啊……？」

「你在我們系上十幾年了，什麼業務和手續都再熟悉不過，你來做，保準一下就能上手，做一學期，也算是開課前的暖身吧。交給我，助教的任聘系上就可以決定了，開學那天你過來，我保證你馬上就能進入狀況。」

在那天之前，我這個人就沒發過幾次脾氣，一時間真不知道該怎麼反應，只覺得渾身都在發抖，牙齒也不住打顫，非得緊緊咬著才能抑制，不覺愈咬愈用力，幾乎快咬碎了，兩手握得愈來愈緊，指甲都刺進肉裡卻不覺得痛，反覺得愈來愈癢，愈握愈用力。腦袋裡嗡嗡地，不斷出現擾人的聲音：

我需要砸點東西，我必須砸點東西，我一定要砸點東西，必須是東西，不能打人，不行，要快點，再不砸點東西我要瘋了，我要忍不住了，砸東西！我要砸東西！我要馬上砸點東西！不然……不然……不然……我會殺人！

郭主任還腆著臉誇誇其談，但我已經幾乎聽不到他的聲音，眼睛四下搜尋——不行，公仔太貴了，有一個好像是村上隆的Mr.Dob，至少價值十萬元以上，其他加起來更不得了，不能砸。

他攬著我肩膀往外面走，我也加快腳步離開這昂貴的房間。

經過系上榮譽櫃，擺滿裱框獎狀和各式各樣金屬光澤的塑膠獎盃，新生拉拉舞、兩人三腳、拔河、聖誕樹設計大賽、新生合唱比賽、校園攝影比賽、新一代設計獎、績優系所、感謝狀……多得擺不下，只要一揮手就能——不行，這些全都是學長姊和學弟妹十幾二十年認真爭取來的榮譽，不能砸。

剛抬起手又放下……

走到茶水間，火鍋正在不斷冒煙，系上老師都回來了，紛紛對我露出禮貌又不失尷尬的微笑。有些人很善良，似乎說了一些鼓勵的話，但我聽不見；有些人很體貼，什麼都沒說，只是過來拍拍我肩膀；有些人很聰明，像是看懂了我的沉默，離得老遠；油漆學弟像是已進行了一些了解，表情僵硬又帶著歉意，才靠近兩步，彷彿想說些什麼，突然止住腳步，可能是被我抽搐的臉部肌肉嚇著了。

「都到齊了吧，來，一起來吧，」郭主任帶我到桌邊，招招手，老師們稍微聚攏。「吃完尾牙之後，系上也沒什麼經費了，今天這火鍋是我自掏腰包，雖然簡單了點，但都是買最好的食材，大家盡量吃喔。」老師們拿出些許熱情回應。他又說：「今天除了是歡迎PAINTERZO之外，下學期我們還會多出一個新夥伴，就是子摶。」

「喔——」老師們各個露出驚訝神情，一些人懷疑是否聽錯了，一些人忙著替我欣喜。

郭主任說：「下學期子搏會加入我們系上助教的行列，不是助理教授喔，呵呵呵。來，大家先給子搏一些掌聲好不好？」

老師們陷入一陣銳利的沉默，手拍得稀稀落落。

我低著頭，火鍋上方不停冒出白色蒸氣，四種湯底已經大滾，我伸出手，心想，要是整鍋湯從郭主任頭上淋下去，他可能會死，更可能比死還慘。火鍋兩個鐵環燙縮了我的手指，讓我稍微清醒……雖然我有百萬分之九十九萬九千九百九十九的靈魂告訴我快點下手，無論如何做了就痛快了，但是另外百萬分之一堅決不允許。

汗珠從太陽穴滴落……我必須趁著這一點理性消失之前趕緊行動，毀了這鍋湯。伸手到桌子下，用力往旁邊沒站人的地方掀翻，火鍋和滿桌食材都撞在多功能影印機上。

「去你媽的！幹！你個狗幹沒信義勢利無恥混蛋下賤人渣！」

我撲向郭主任，扯住他衣領，往他臉上猛揮了兩拳，郭主任嘶吼亂叫，大聲說我瘋了，我又打他兩拳，他重心不穩摔在地上，我繼續打，屈起膝蓋狂頂他肚子，他開始大喊救命，好幾個人衝過來拉我，扯手臂、抓衣服，試著掰開我的手。我緊揪不放，硬把他半拉起身，拚命扭曲全身所有關節掙扎，打向旁邊的人，趁著拉扯力量減弱，我又狂甩他五六個巴掌，「啪！啪！啪！啪！啪！啪！」煙火一般響亮，我正要大笑，終於所有人合力拖開我，才翻過身，幾個老師、助教、工讀生急忙扣住我的手腳，把我死死壓制，眼鏡也撞在地上脫落，被踩得扭曲，我只能不住喘氣，吃了滿嘴灰塵。

其他老師試著幫郭主任爬起來，他滿臉破皮流血，五官糾在一起，吃力地站起身，隨即衝過來，一腳踹斷我的鼻子，登時滿臉鼻血，痛得眼淚直流，好不容易睜開眼，看見郭主任已經被其他人攔住，一群人推過來又挪過去，開始另一場攻防……

……眼角餘光，穿過紛雜交錯的腿腳，看見多功能影印機旁邊一個廢紙瓦愣紙箱，裡頭似乎有光影在閃動，奮力向前爬了幾公分，臉緊貼在地上，眼睛湊到眼鏡鏡片後方，看見半個小瓦斯爐在紙箱裡，點燃了廢棄影印紙，燒得火旺。

「火、火……著火了、火、火、火……」

郭主任還在大吼大叫要報警，老師們有些忙著勸說、有些忙著指責，油漆學弟、助教和工讀生們則忙著驚呼，全場亂極了，即便我喊了一兩分鐘，還是沒有半個人聽見，我用盡力氣撐起身體，讓胸腔和喉嚨更好發聲——

「失火了——！」我大喊。

砰——！

紙箱裡一聲巨響，瓦斯罐炸了，一團巨大火球噴飛小瓦斯爐往上衝，衝向天花板，火焰立刻蔓延開來，像是一灘違反地心引力的水，層層向上、向外推擠，掩蔽整個頭頂上方，淹得到處都是，所到之處，日光燈管盡皆爆開。

所有人反應過來之後，吶喊、尖叫、大吼，拚命向外衝，我身上壓力一空，顫著手撿起眼鏡戴上，翻過身，躺著，仔仔細細看著一切，一切忽然變成慢動作，感覺自己正身處煉獄，時間凝滯，永遠再不可能見到希望……

◇

我說完，嘴裡發乾、背心沁著汗，忙從背包裡拿出水瓶。

「嗯、嗯、嗯，」賴律師手上鋼筆還飛舞了十幾秒鐘，把所有內容記進筆記本，她的筆劃一扭、一勾、一圈，通篇速記符號。我看不懂，卻是感覺賞心悅目。我曾向她提過可以用三種顏色，她只說換顏色速度太慢。放下筆，她說：「我想這樣已經很詳盡了，真是辛苦你了。」

「沒事，只是說一下回憶而已，不累。」

「我是說……你經歷的這一些事。」

「呃……也還好啦。」旋開瓶蓋，才仰起頭喝了一口，嚇得水從嘴邊濺了出來——郭主任就站在那，僵著一張臉，高高站在落地玻璃外向下俯視，距離之近，彷彿想要燒穿一個洞，直接殺進來。

「郭、郭、郭、郭、郭……」

賴律師也順著我的視線轉頭。郭主任穿著一身亞麻西裝，張了張嘴像是在說話，只差我們聽不見彼此的聲音，他伸出一隻手指，朝我比了又比，又朝座位比了又比，意思應該是讓我待在原地不要動。他隨即轉身往門口去了。我和賴律師都站起身迎接這場前哨戰。

賴律師眼神一凜，立時像換了一個人，說：「千萬冷靜，不要激動。如果再動一次手，你這場官司就輸定了。算了，你乾脆不要回話好了——」

「唉呀……」郭主任已經進來，手上拿著一杯熱咖啡，看來是剛剛進來過，出去後才發現了我們。

「郭主……老……師……郭……先……你……先……生……」我一時竟不知道該怎麼稱呼他。

他大聲說：「這位不是完全不懂得尊師重道，還放火燒學校的李子摶同學嗎？」

「你……」我說，店裡所有客人立刻匯聚目光在我身上，激起我的好勝心，也加大聲音說：「這、這不是違反契約、用詐欺方法騙人去考鑒明大學博士班、把學生當成賺錢工具的設計系郭主任嗎？」

我聽見賴律師嘖了一聲，伸出手，說：「好久不見了，你好，郭先生。」

郭主任盯著我，並未與她握手，說：「一般人顛倒是非，多少都還會因為有羞恥心而有些不好意思，你倒是不同一般……」

賴律師緩緩縮回手，微微一笑，說：「郭先生，憑你這句話，我能告你公然侮辱，請你謹慎一些。」

「想告我就去告啊，怎麼不去呢？不要在那邊扭扭捏捏，要告就告！」

「要是我，絕對會提告，而且我能確定你一定會輸，可惜呀，我的委託人不允許，李子摶先生只希望你能撤告，以和為貴。」其實委託她的是我媽媽，這一切都是她的主意。

「我絕不可能撤銷告訴。」郭主任說。

「唉呀，畢竟連鑒明科大都已經撤銷告訴，你實在不必這麼堅持。」

「他們撤訴，不代表不支持我，而且在大庭廣眾之下受到無恥之徒攻擊的人是我，不是鑒明科技大學，他們不願意告，我來。」

我往前跨步，說：「你才是無——」

「是嗎？」賴律師急忙伸手攔住我，說：「郭先生，但我聽說，鑒明科技大學校方給你的壓力也不小吧？就連你設計學院院長的虛職不都準備要挪動了。」

郭主任眼神一凜，「妳、妳怎麼——」

「呵，這只是很基本的資訊蒐集。畢竟，從事發到現在，社會上一直有股聲音，我想一下是怎麼說的啊……『燒光黑心大學店』，是吧，鑒明科技大學可是展現了滿滿氣度，試圖證明自己不是黑心大學店，被你這麼一搞，最難堪的可不是我的當事人李先生啊。」

「賴大律師……這就是妳今天的戰略？」

「不是『今天』，而是一直都是如此。一審這樣判，是因為我不介意先稍微失手一次，之所以這樣做，不過是有些條件需要時間發酵罷了。」賴律師說。我轉頭看向她，原本柔柔弱弱的樣子一掃而空，一年多來一起跑法院，我第一次知道她的盤算：她想讓鑒明科技大學對他施壓。心中除了佩服還是佩服，果然是學術界裡數一數二的大律師。

「所以你們才找來這麼多人？」

賴律師說：「嗯？不算多吧？」

「都把法院門口圍起來了，還不算多？」

「圍法院？」賴律師看向我，我想了一下，想到一種可能性，瞬間綳起臉，被郭主任看個正著。

「哼！你們才真正是無恥。李子搏，你讓我在教育界丟光了臉，無論如何，我一定要讓你坐牢，我一定要毀掉你。」

「呵……」我苦笑，說：「其實，你早就已經毀掉我了。」

「你——」郭主任鐵青著臉，留下一個深刻厭惡的表情，轉身離開。

我與賴律師都鬆了一口氣，隨即交換了一個眼神，趕緊收拾東西往外走，遠遠就看到四五十個人，戴著口罩、舉著標語、穿著各色T恤，正在高等法院刑事廳大廈前聚集，喊著「業火博士無罪！」「燒光黑心大學店！」、「鑒明科大大學店！」、「改革教育制度！」「郭姓主任無恥！」……喊聲雜亂但是震撼，媒體記者們開心壞了，訪問、拍攝，像是撿到了寶藏。不一會，法警和地方警察集合在一起，拿著擴音器，說他們沒有經過合法申請集會遊行，經過第三次舉牌與告知，立即開始驅離，警方才一動作，人群立刻一哄而散，往馬路這一頭狂奔，經過我和賴律師面前時，帶頭的男人口罩掉了一耳，露出了稚嫩臉龐上許多痘疤——果然是吳同學。

吳同學忙亂間向我揮手。有記者和警察在，我真不知道該怎麼回應，手腳不敢動彈，只能勉強點點頭。他彷彿受到肯定，笑得更加燦爛，利落地指揮所有人四散行動，風一般消失在街道之中。

賴律師一把將我拉到一旁，說：「子摶，你安排的？」

「不是，但是也……對、對不起，是一個……算是一個粉絲吧，我應付他的時候不小心說出消息，不好意思，對不起，真的對不起——」

「不用對不起，」她臉上放光，「這一手太妙了，本來我只有五六成勝算，現在有六七成了！」

「真的嗎？」

「真的，相信賴阿姨。只要今天我把殺手鐧丟出去。」

「殺手鐧？是什麼殺手鐧？」

她微微一笑，說：「我今天請了鑒明科大委任的秦律師過來旁聽，因為我拿到了一個新的關鍵證據，我希望他能第一時間知道，那就是……」賴律師將她所有計畫告訴我……這個殺手鐧果然又偏又險，就像是一棟顛倒屋，無論是誰闖進來，絕對會頭暈目眩自亂陣腳……

「賴阿姨，如果是要從這個方向進行，那我也有辦法主動攻擊，妳聽看看這樣做行不行……」

我說出想法，賴律師頻頻點頭，愈說，感到呼吸愈來愈順暢，彷彿一顆大石正從心上慢慢卸下，這才了解到，之前那些不想出庭、不想發言、不想在意、不想面對、不想去想……不過是因為過於害怕而進行的偽裝罷了，我其實不想輸……不，我本來就沒有錯，我必須贏。

◇

狹長法庭裡，我和賴律師坐在左側的被告與辯護人席，對面是郭主任和他聘請的夏律師。後面記者席和旁聽席也幾乎坐滿了大半。果然，之前在法庭上見過的鑒明科大秦律師也悄悄進來了，就坐在旁聽席最後排的角落裡。

打從知道了賴律師的戰略方向，我便拿著筆記本和三種顏色原子筆，一邊查著手機，一邊不停在筆記本裡謄寫新的演說台詞。直到現在，雖然手機必須關機，我依舊做著最後刪改，即便五個法官從小門裡走到高高在上的席位，宣佈審理開始，即使郭主任一直瞪著我，讓我分心，始終不停筆。

審判長兩鬢班白，聲音沙啞卻清晰，他說：「本席已經仔細看過桃園地院送過來的所有證據資料，一審判決被告公共危險罪、傷害罪、公然侮辱罪確立，罰款二十一萬八千元，證據確鑿，引用條文也都有理有據，控方還有什麼覺得不足、需要上訴之處，請開始陳述。」

夏律師站起身，頭髮梳得一絲不苟、眼神像老鷹一般銳利，一身寶藍色阿瑪尼西裝和百達翡麗腕錶，氣勢犀利，他說：「第一，被告在鑒明大學辦公室攻擊我的當事人，導致我的當事人如今下巴不能靈活活動，應符合重傷害罪，判五年以上十二年以下有期徒刑。第二，被告是『放火』燒辦公室，非是『失火』造成，且辦公室裡都是人，一審公共危險罪的判刑量度過輕，應處無期徒刑或七年以上有期徒刑。火災中，我的當事人嚇得差點逃脫不及，身上所穿毛衣、褲子都有所燒毀，所幸人未受傷，但也應以殺人未遂罪起訴，應處死刑、無期徒刑或十年以上有期徒刑，才能符合事實。」

「嗯……」審判長皺起不甚以為然的眉頭，「被告認罪嗎？」

賴律師朝著法官們無奈一笑，站起身，說：「我方概不認罪。」她說過，夏律師一家三代都是律師，年紀輕輕就處理過許多重大刑案，但是對於教育界並不了解。這次果然沒說到審判長心坎裡。

審判長說：「此次開庭，被告方也同時提出抗告，有什麼需要陳述的嗎？」

賴律師說：「誠如一審時所堅持，我方唯一希望就是控方立即撤告，以達成庭外和解。我方已經不停釋出善意，原告明明口頭答應要聘請我的當事人，使其擔任鑒明科技大學助理教授，諾言卻是跳票，導致我的當事人在親戚朋友面前丟盡顏面，造成多少精神與財務損失，這是惡意違約；在我的當事人被逼失控，卻已經受到壓制之後，原告還狠狠踢斷我當事人的鼻樑，這不是防禦過當，這是傷害罪；事發後，控方在網路上恣意漫罵，還捏造了不實故事，暗示我的當事人在求學期間作弊又嗑藥，這是非常嚴重的誹謗罪……這麼多罪行顯而易見，我方至今都保留法律追訴權而不願提告，就是希望這段十二年的師生情份，不要就此斷絕，也不要為了意氣，不斷浪費司法資源。」

我抬頭看一眼。審判長微微點頭，他說：「好，這次雙方都提交了新物證，按照提案順序，那就由控方先開始吧。」

「好的，」夏律師說：「我方要提交的第一個證據是，事發當天所拍的監視器影片，由華盛頓保雷電訊修復公司，從鑒明科技大學辦公室監視器的後台電腦中所修復提取，並附有證明書。」

審判長看了一眼，讓一旁技術人員從夏律師手中接過隨身碟，插入電腦讀取後，開啟投影機播放。畫面上有十來條粗細不一的橫線，桃紅、青綠和藍色，一開始時胡亂跳動，畫面漸趨穩定後也不消失，明顯是檔案有所損毀，景物漸漸清晰後，雖然沒有聲音，解析度卻還不錯。以天花板高度的俯視視角，能輕易看清這就是鑒明科大設計系辦公室，我剛從門外進入，交了論文。按下快轉鍵，直到夏律師說的秒數才回到正常速度，我正搬好了桌子，開始排列火鍋和各種火鍋料。

「請庭上注意，」夏律師說：「一般人擺桌子，大不了一兩分鐘，請各位仔細看被告現在的行為。」

我不禁抬頭，看著螢幕裡的自己，一下調整青江菜，一下擺弄玉米，一下挪動香菇，一下拿過杯子，一下放置飲料，一下把肉盤正擺又反擺……尤其是設置火鍋和下面的小瓦斯爐時，一下從左邊端到右邊，一下又從右邊挪到左邊，轉了又轉，移了又移，時間一分鐘一分鐘流逝，彷彿永遠不會滿意。

夏律師說：「經計算，被告為了擺設一席火鍋，竟然花了二十三分鐘又九秒，這是極為異常的舉動。本席代表原告，認為這就是李子摶先生在事發之前，已經開始籌劃放火事宜的證據，他不只是排列整齊，而是要調整出最佳角度，好讓瓦斯爐掉進印刷機旁的廢紙箱之中，才會有如此行為——」

「反對，」賴律師一臉無奈，「這樣的論證簡直是兒戲，要求撤銷這項證據。」

夏律師說：「庭上，被告如此行為的確極度可疑，我認為有其必要請被告立刻親自說明，他到底在幹什麼，並接受詢答。」

賴律師匆匆看了我一眼，說：「不過是一個對桌面排列有要求的人罷了，別忘了，他可是貴校培養出來的設計學博士。」

「請雙方冷靜一些，」審判長說：「我也不能理解被告的行為，請被告回答控方律師的問題。」

審判長手一揮，法警請我移步到中間的應訊台上站妥。

夏律師走近我，說：「請問你在桌面上花了這麼久的時間，到底在做什麼？」

我說：「我……我在做編排練習。」

夏律師說：「什麼編排練習？」

我說：「有一次大學編排課，由郭主任代課，他說了一個故事，說是要培養編排能力，最好的方法就是將編排實踐在生活之中，冰箱上的磁鐵、書櫃裡的書、衣服、襪子、甚至是垃圾分類都可以用來訓練。我聽了十分嚮往，從此就開始了這種訓練方式。不信你可以問他，其他同學也可以作證。」

審判長問郭主任。他看著我，皺了皺眉，不甚情願地點了點頭。賴律師對我投以讚賞的眼神。

夏律師說：「你是想排出什麼規律嗎？就我看來這些都是食材，你看他們有什麼特別之處嗎？」

我說：「這些食材都有造型、有色彩，黃色的玉米是圓形，紅色肉片是方形，蝦子是灰青色的線條，香菇是黑點，當然可以編排。除了這些，我還考慮到順序和操作順手度，第一個下鍋的高麗菜放在最外圍，開動之後馬上可以清出桌面，肉不能離火太近，不然解凍之後——」

「可以了。但是花了二十三分鐘又九秒那麼長時間？你在先前的證詞裡說，你迅速擺好了桌子，所以你那時是說謊了？這可是偽證罪。」

「這……」我說：「我那時很投入，根本沒留意到過了這麼久，就我本身的體驗而言，那的確是很短的時間，我……我並不認為那算是說謊，就像我小時候看電影《東邪西毒》，明明只有九十分鐘，卻覺得像看了九個小時。三年後看了《鐵達尼號》，三個半小時卻感覺一眨眼就沒了。」

「可是，當你翻了桌子之後，瓦斯爐就掉進了廢紙箱卻是事實，你怎麼說明這件事呢？」

「那就是個巧合，根本不是我能控制的，就算你又要說我對辦公室很熟悉，但是我那時候太生氣，根本就忘記了、忽略了、壓根就沒注意到那裡有台影印機，還有一個什麼廢紙箱啊！」

審判長要我注意音量。夏律師並不以為意，只說已經問完了，回到座位。審判長又問辯方律師是否要就此證據提問。

賴律師聳聳肩，說：「對於對方律師主導的這場鬧劇，沒有提問的必要。」

我被請回座位，賴律師對我微微一笑，眉宇間已充滿自信。我點點頭，知道她的意思：在美國花了三十萬帶回的關鍵證據不過如此，看來二審結果再差，也差不過一審去了。我才坐下就抓起筆，繼續埋頭筆記本裡彙整講稿，心裡著實輕鬆不少。

審判長才望向賴律師，夏律師立即說話：「庭上，我還有證據尚未呈現。」

審判長翻閱手上資料，說：「還有證據？你這邊聲請的只是監視器影片，其他物品並不符合程序。」

夏律師又拿出了另一個隨身碟，「本席提供的第二個證據依舊是監視器影片，只是救回資料時分段了，我剛剛一時忘了，存進不同隨身碟。」

審判長說：「下次請一次提交，以免搞亂程序。」

夏律師欠身道歉時，我聽見身邊賴律師嘖了一聲，喃喃說道：「被偷襲了。」

技術人員將第二個隨身碟插入電腦，資料夾中出現另外兩段影片，點開。損壞產生的各種顏色也不少，換了一個角度，是辦公室另一台監視器，從另一個方向拍攝，螢幕右下角就是那桌火鍋。

夏律師說：「說來我們也是運氣不錯，這支監視器本來應該是拍向窗台的逃生梯，大概是因為去年颱風的關係，整個吹得掉了頭，所以又拍向了辦公室內部。請各位注意看被告的表情。」

畫面裡，老師們紛紛走進辦公室，表情不安並竊竊私語，尤其油漆學弟，跟兩個老師聊過之後臉色都變了，過了一陣子，郭主任攬著我肩膀走出來，郭主任張了張嘴，召集了眾人，嘴皮動個不停，我已僵著一張死人臉，緩緩低下頭，不一會又緩緩伸出手，像是要去端火鍋，突然眼睛看了所有人一圈，接著往旁邊一瞟，瞟向的方向正好是影印機和廢紙箱……

糟了！我在心裡驚呼。

影片裡的我眼睛又動了一下，看往同一個方向，又過幾秒，又看了一眼，伸手到桌面下之後，還看了一眼。翻桌，火鍋和滿桌食材都撞在多功能影印機上，開著火的小瓦斯爐摔進一旁廢紙箱，緊接著我揮拳衝向郭主任，一陣痛毆，影片在我被壓制之後就結束了，跳過我被踢斷鼻樑和全身鼻血的畫面。接著播下一段影片，是適才影片的特寫擷取。我看了一眼又一眼，一共四眼，感覺心機叵測，就像是早就有所計畫的模樣。

「不是！不對，都不對了！我看的不是影印機，我是在看那裡沒有人！我是在確認那裡沒有站人，我根本沒有那個意思啊！你扭曲我的意思，你亂說！」

審判長猛敲法槌，大聲說：「肅靜，肅靜。被告，請不要擅自發言。」

「我——」我還想說，賴律師忙拉我手腕。

夏律師一臉自信，捏著外套開襟輕輕一震，說：「庭上，影片顯示，被告四次看向廢紙箱，進行了四次確認，事實足以證明，他分明知道翻桌的方向有什麼東西，卻在作證時屢次說謊沒看見，加上適才擺設桌面的情況，多次公然作偽證。庭上，本席認為，有鑑於此類情勢不斷發生，關於被告曾說過的所有證言，應全部不予採用。」

「放你媽的狗——」我說，賴律師猛踹我腳踝，「唉呀！」

「被告，」審判長板著臉又敲擊法槌，說：「你再隨意發言，我就以妨害公務、侮辱公署罪立刻將你逮捕送辦。」

我忙低頭認錯。賴律師也起身致歉。審判長問完控方律師已沒有補充，便讓賴律師發表意見。

賴律師慌忙起身，說：「那些對我的當事人來說無關緊要……不，我的意思是……我的當事人他、他要做的是確認那個位置是否有人，那時，他對告訴人充滿憤怒，想發洩，但是不想要火鍋造成危險，所以才翻桌，免得他自己失去理智，用火鍋潑他。這在某個方面而言，我的當事人是在保護郭先生，而不是在傷害他。這項指控是不成立的。」

夏律師請求發言被允許，他說：「所以他為了保護我的當事人，隨後就揍了我的當事人一頓？這在妳眼中還不算失去理智？這完全沒有邏輯啊。在我看來，被告不止一次刻意隱瞞事實，所有證詞都不可信。」

審判長往椅背一靠，彷彿感覺全身骨頭都要散了，與身旁另外四個法官輕聲討論之後，他又將身體往前傾，說：「我相信，記憶不是攝影鏡頭，不能面面俱到，但是既然有證據顯示被告的說法多處呈現謬誤，我們將對所有被告的證詞逐一重新審視。」

夏律師臉上一笑，坐回座位，他身旁的郭主任還在瞪著我，殺氣絲毫不減，猶如要將我喝血、吃肉、啃骨、吸髓才甘願。我一直不懂，怎麼會是他恨我呢？他雖然吃了我幾個拳頭，但是他從研究所開始到博士班，糟塌了、欺騙了我多少年的青春——明明應該是我恨他才對啊！

我透過眼神，想把擔憂傳達給賴律師。只見她半閉著眼睛，臉上的細紋隨著一次次深呼吸舒展開來，肩膀也變得更加高聳……她已經重整態勢，要出手了。

審判長說：「那辯方律師，請說明一下妳的證據吧。」

「是的，」賴律師站起身，遞給法庭助理一個隨身碟和五份書面文件，文件分發給法官，隨身碟插入電腦，「庭上，電子檔和書面內容都一樣，既然電腦已經開了，那麼用一下也好，讓大家都能看得更清楚。」她頭一抬，先看向後頭鑒明科大的秦律師，接著才看向郭主任。

我手上的筆不自覺停下，緊張得心臟噗通噗通直跳。

賴律師說：「過去一年，從地方法院開庭開始，告訴人以及控方律師不斷來回強調的，就只有一件事，那就是：我的當事人透過極其愚蠢的放火手段，想要傷害鑒明科技大學的老師們、傷害這個系、傷害告訴人，以作為一種報復。但是卻忽略了，根本從來沒有其他老師上訴，連鑒明科大也撤告了。而今，控方卻改變論述，說我的當事人是想殺了告訴人，所以才會如此……卻又再度忽略了，一審法官判決書裡明確否認了這個可能，然而對方至今卻依然堅持。控方這份極為異常的行為，讓我打一開始就感到極度不協調，感覺事件背後似乎還有什麼不可言喻的動機——」

「反對，」夏律師說：「這番發言和本案無關。」

賴律師說：「但是我的發言和證據有關，而證據和本案有關。」

審判長說：「同意辯方律師繼續發言。」

賴律師點頭致意，接著說道：「我們都忽略了一件事：我的當事人絕對不可能預料得到，火丟進紙箱後會燒到天花板，而天花板又會延燒開來，並且一一掉落，進而燒掉半個辦公室。一審法官認為有巧合的成份，我那時也確信如此，直到上個禮拜，終於被我找到了原因。各位請看這份文件。」

檔案打開，投影機顯示出三張滿是摺痕、邊緣有些泛黃的A4紙，是鑒明科技大學設計系和東富裝修公司辦公室的裝潢合約書，一邊是郭主任的花式大簽名，和另一個字跡潦草的林姓老闆，雙方都蓋了章，後製還加上了螢光筆畫重點。

「五年前，告訴人和前東富裝修公司的負責人林先生，共同簽了一紙裝修合約，合約內容寫到：必須按照消防法規建設。而消防法規定：凡大專院校之裝潢，必須使用防火建材。但是，鑒明科技大學設計系辦公室的天花板只花了兩分鐘就付之一炬，其他油漆、牆面、窗簾、櫥櫃、隔板，全部燒完只花了七分鐘。庭上，失火的責任歸屬到底在誰身上，這是明顯不過了。我嚴正提出質疑！對方告訴人一直對我的當事人窮追猛打，其實是試圖遮掩其貪污失職，以免鑒明科技大學對他提出告訴！——」

郭主任一拍桌子，「閉嘴！妳亂講！胡說八道！」吼聲震動法庭，一雙眼睛差點從眶裡凸出來，「我從來不知道！我根本沒想到這件事！要是沒有李子搏點火，會有這些事嗎？會嗎！這兩件事沒關係，完全沒關係！我沒有要掩飾什麼事情！我讓妳亂說！沒有！我沒有！」

郭主任指著我和賴律師痛罵不止。夏律師被嚇得張大了嘴，愣了五秒才起身阻擋。審判長猛敲法槌、扯著喉嚨大聲制止，臉上皺紋深深糾在一起，像是揉皺了一團紙，一聲令下，法警們迅速上前阻攔。賴律師聳著墊高的肩膀，眼神透露害怕，嘴角卻在偷笑，我也立刻配合，起身護著賴律師，抬頭便看見郭主任眼裡血絲都冒出來了。一旁記者們更是睜大了眼睛，振筆疾書。

「肅靜！肅靜！肅靜——！」審判長大吼，好不容易法警們控制住場面，審判長先是痛斥了郭主任，警告他再犯一次就得依法送辦，連夏律師也被斥責。其他法官們也臉色難看，一陣交頭接耳後，審判長也不問對方意見了，直接轉頭看向我：「被告，關於這次控方的上訴，你有什麼要陳述的嗎？」

「是的，庭上。」我放下筆，終於輪到我了，站起身想走上應訊台。

審判長看了一眼郭主任，揮揮手攔住我，說：「站這邊說即可。」

「是。」捧著筆記本，在密密麻麻、圈圈刪刪的文字裡按照紅字編號翻閱，找到第一點，我說：「首先，我要先感謝鑒明科技大學，如果將我的青春與學術生涯扣除不論，他們是這起事件中最大的受害者，然而他們撤告了，讓我有信心，讓我知道自己是正確的、是被逼的、是無辜的。」第二點，「如今，我在桃園市一座私人停車場工作，每天早上五點起床，晚上九點才到家，腳上長過雞眼，手上也磨出不少繭，皮膚還曬得這麼黑，是辛苦，但也踏實，身邊沒有花言巧語與心機計算，感覺也清靜。但是，我明明是鑒明科技大學畢業的博士，我在那裡學習了十二年知識，難道只適合做這樣的工作？」翻過三頁，第三點，「不會，回想我在鑒明科技大學讀研究所與博士班那段日子，我曾經去應用中文系，旁聽過梅主任、吳教授、陳助教，關於詩詞與紅樓夢的課，他們都是畢業於全國一流的師範體系，教授課程深入淺出，讓我獲益良多。」第四點，「我還旁聽過應用外語系，文教授和孫教授的課程，關於文學與電影的分析見解獨到，令人折服於台灣大學和成功大學對於師資人才的培養，是多麼用心又扎實。」第五，「還有資訊管理系，同是畢業於交通大學的吳院長和蔡老師，我去聽過他們的論文寫作課，條理分明又風趣幽默，即便我是外系生，他們也熱心為我解答，可以說，我的博士論文之所以可以完美寫就，也都是多虧了有這兩位老師。」往回翻，第六，「對了，還有新媒體學系，畢業於中央大學的朱博士和畢業於海洋大學的蘇老師，也給了我很多協助——」

「反對，被告所述與本案無關。」夏律師說。我心想，當然無關，因為我根本不是要說給你們聽，眼睛瞄向旁聽席上的秦律師。沒想到郭主任眼睛這麼尖，竟順著我的眼神，轉過頭去看。

審判長手一揮，說：「反對無效，被告請繼續陳述。」

「謝謝，」第七點，不禁加快語速，我說：「當然了，給了我最多的，還是鑒明科技大學設計學系。教編排的周老師是英格蘭大學視覺傳達研究所博士，教多媒體的游老師是舊金山藝術大學電腦藝術碩士，教字學的田老師是武藏野大學美術博士、我碩士論文的指導教授是加州大學藝術史博士、博士論文的指導教授是州立賓夕法尼亞大學設計教育博士，還有，我們的系主任，郭主任，是哥倫比亞藝術學院的雕塑碩士，這證明了什麼呢？」

「啊……」郭主任發出輕聲驚呼，他已經發現秦律師了。

下一頁，第八點，我更加快速度說：「這些都證明了，就我所知的範圍，鑒明科技大學裡面一個國內私立院校出身的專任老師都沒有，而我明確知道，鑒明科技大學設計系裡，就連一個本土國立大學畢業的專任老師也沒有，全是國外的大學。各位要記得，就連他們本來想要聘請、取代我的塗鴉老師，也只是名不見經傳的伯班克設計學院碩士。如果說，私校開了博士班，卻不任用自己培養出來的人才，只把教育當作商業行為，這不叫學店，什麼叫學店！除非……」

「呃……嗚……」郭主任面容扭曲，同時喉頭發出一陣低鳴。他知道我要做什麼了。

「除非，」翻到最後頁，第九點，也是最後一點，我說：「除非這一切都不是校方的意思，責任在於擁有聘任教師權的系主任，是他一個人獨斷專行，崇洋媚外、鄙視本國人才。所以我強烈建議，鑒明科技大學為了端正校譽與社會風氣，應該立即開除並起訴郭主任這個歧視本國教育又涉嫌貪污學校經費的罪魁禍首，就像腫瘤要切除，雞眼要貼酸蝕藥膏，絕不能手軟。」我顫抖的食指指向他，又緩緩伸回大拇指指向自己，「並且，應該即刻聘任我，李子摶，鑒明科技大學設計學博士，作為貴校的副教授。唯有如此，媒體和輿論，那些在門外抗議的民眾、那些也因這扭曲的教育體制而受害的人，他們巨大的憤怒，才能平息！」

「你、你的資訊片面！你亂講！你陷害我！我、我、我跟你拼了——！」郭主任大喊，眼神急速黯淡又無比錯亂，我幾乎能看見他的退休生活正從生命中消逝，而身敗名裂正在進駐。

審判長手上法槌快砸壞了，法警一左一右包抄，卻攔錯了方向，郭主任推開夏律師，踩上桌子跳過來，一個箭步衝到我面前，隔著桌子，用力扯住我的衣領。在賴律師的尖叫聲中，我因這驟變而繃緊全身神經，想後退，靈魂卻不斷告訴大腦：不要逃，不能逃，撐住！絕對不可以逃！所有一切就在這一瞬間了！撐過去！

向後挪半步的腳反向前踏出，正好迎上他揮舞過來的拳頭，又沉又重，全身力量都打在我的顴骨上，不只眼鏡，就連眼珠子都差點要飛出去，最後看清的畫面是郭主任原本文質彬彬的臉，正由盛怒扭曲轉為害怕緊縮，又從緊縮害怕轉為挫敗下垂……

脖子一歪，傾倒，我壓崩了椅子摔在地上，所見所聞都變得模模糊糊，只覺得四周像是螞蟻窩砸碎在炒菜鍋裡沸騰，那麼紛亂，亂成一個流沙漩渦，無比疼痛與暈頭轉向間，能確定的只有一件事——

這場官司我絕對不會輸了。

第七章 躡腳貓

坐著火車，臉上又腫又痛，望著窗外，陽光、山、天空、房子、人，不斷後退，我的微笑卻不退，指尖還在微微發顫，感受得到殘留的激動。我覺得現在的自己，什麼都能做得到。

手機響了，是媽。

「媽，妳怎麼這時候——」

「太好了、太好了、太好了，」媽說，氣音帶著哽咽，像是要哭出來，尾音有些高昂，卻像在笑，「我都聽你賴阿姨說了，你的演講說得太好了，很好、很好，那個郭主任當場就上銬了是嗎？判了傷害罪、妨害公務罪和侮辱公署罪？太好了，他搞了這一齣，絕對沒有機會贏了。」

我不由笑得更燦一些，「是啊，賴律師說，她有十成信心可以維持原判，更有七八成把握可以逼郭主任撤告。」

「太好了，要是真的能撤告就太好了。你有沒有跟賴阿姨說謝謝？」

「有，」又不是小孩子了，「我還說要請她吃飯，她要拜訪客戶，上了計程車就走了。」

「你賴阿姨就是那麼客氣，不枉費我那時候幫他兒子申請學校了。啊，對了，你被打得還好嗎？」

「還好，沒事啦。」一說話就抽痛。

「我聽你賴阿姨說，你是故意不閃的？怎麼那麼傻啊，那可是打頭，要是出了什麼事怎麼辦？」

「就是這樣才能讓郭主任完蛋啊。」

「這……也是。但是一週前你才進了醫院，現在又來一次，太莽撞了，下次要閃知道嗎？不，要跑遠一點，那裡不是有法警嗎？躲到他們後面就沒事了，千萬不要自己強出頭，知道嗎？」

「嗯，知道了。」我可不希望有下次，手機那頭有人喊校長，我說：「媽，妳有事就去忙吧。」

「好吧。今天是教育部次長來訪啦，下週我要去美國參加連續兩天的研討會，次長特別來幫我加油打氣，帶著一堆記者，其實就是為了做秀，要不然，我是一定會去法院旁聽的。」

「喔，不用啦。」要是妳在，我怕妳傷心，恐怕必定會閃開那一拳，「賴律師說，我之後開庭不去也沒關係，她自己就能處理，說是讓我假裝心理受到傷害，不敢再和郭主任見面，這樣就行了。」

「那真的太、太好了、太好了……」她聲音一時遠了些，卻藏不住嗚噎。喊校長的聲音更大了。

「快去忙吧，再怎麼說也是次長。」我心裡清楚，要不是媽媽聲名遠播，早就被我牽連了。

「嗯……嗯……好，再見……小心身體……」

「好，妳也是，再見。」

「再見。」

切斷通話之後，我下挪臀部，半躺半臥在座椅之中，姿勢雖不舒服，但心裡感到暢快，漸漸也感到遲疑：打從讀高中，課業表現一落千丈之後，到去年，我有機會當助理教授教書，這段時間，我們母子之間從沒有這樣子和和氣氣說過話，一開始是她唸我，要我更加用功，後來變成教訓我，強迫我除了讀書、補習之外，不能做別的事，之後有一段時間我們不怎麼說話，直到這一年多來，她開始苦勸我，要我不要渾渾噩噩讀書，要我踏實地找到人生目標……而我總是讓她失望。

然而今天完全不一樣了，她很開心。

為什麼？我又沒有成為助理教授，也沒有找到好工作，更沒有考上好學校，她為什麼就開心起來了呢？是因為她對成功的標準變低了？還是她對我的期望變低了？還是她接受了現實？還是她不在乎面子了？還是她……她就是為我開心？還是…她……只是……她一直以來，只是想要我好，想要我過得更好一點？……

手機又響了起來，是一個不知名來電，我才接起，火車就進入隧道，四周隨即暗了下來。

「喂？哪位？」

「李先生，我是棻。」

「棻，終於等到妳電話了——」

「你先聽我說，」她說話快得像翻倒了一籃乒乓球，「明天晚上十點過後，那隻豬會帶我去按摩再去夜店，住飯店到星期一晚上才回來，你可以利用店門口的狗籠子和電線桿，踩上屋簷橫柱，從窗台進來二樓，我會幫你留窗戶。一定要是明天，星期天有打掃阿姨，會幫窗上鎖。保險箱就藏在衣櫃裡，我昨天偷看他設定新密碼，是『556231』，你只要進來，拿走帳本，再通知警察過來查緝毒品，這樣子我就能洗清嫌疑，等那隻豬被抓去關，我趁機遠離他那些手下，我們就能永遠在一起了。」

「星期六，十點之後，爬上去，開窗，衣櫃，556231、556231、556231……好，我記住了。」

「啊！……你、你願意，你真的願意？」

「是，我、我願意試一試。」我腦中浮現棻無助的雙眼與絕美的裸體，我知道我配不上她，她也未必會看得上我，但若是我救了她一命，那或許還有一點機會，或許不會像她說的：永遠在一起。但是只要有一次，一次也就夠了……

「謝謝，謝謝你！我真想現在就抱抱你、吻吻你。」

「嗯……嗯……」我也是。可惡，光想像就硬了。

「他上來了，我必須掛了……掰……」

「掰。」說完，四周一亮，火車出了隧道，光線亮得我閉上眼睛，正好讓我繼續沉浸在變成英雄的美好想像裡。四周是好萊塢式結尾常見的柔光，鏡頭慢慢推進，藉由一個吻，得到女主的愛戀作為獎賞，鏡頭再前推，拍向遠景，然後出現音樂和字幕……完美。

下午回到桃園，我刻意買了兩個大pizza和汽水，回家快速洗了個澡去去暑氣，看著小學弟的影片連結，不知不覺就八點多了，忙著加熱pizza，等阿泙代班回來一起當晚餐吃。突然間想到，竟完全忘了要去接回橘貓，便在pizza上留了字條，趕緊出發。

急匆匆進了寵物生活館大門，張眼就看見滿地翻覆的籠子，各種寵物用品和飼料灑了一地，小狗、小貓、兔子、蜥蜴、蛇，各種動物到處亂竄，女老闆和女美容師一身凌亂地四處追趕，一看見我進來立即對我大喊「關門！」。我趕緊照辦。

女老闆一臉愧意，不停對我彎腰鞠躬，說：「真的真的非常抱歉，您、您的橘貓跑掉了。」我忙問了句怎麼會？她說：「牠昨天還好好的，洗澡時也沒怎樣，今天早上就不太對勁，變得愈來愈煩躁，一直到剛剛，牠就突然瘋了，跳出籠子，我們去追，牠就上上下下亂跑亂跳，明明只有三條腿，把所有東西弄得一團亂，好多動物都跑出來，剛好有個客人開門，牠、牠、牠就跑掉了。」

「是什麼時候發生的事？」

「就在十分鐘前。我已經讓工讀生去找了。不過……您這隻貓是野貓吧，昨天我就覺得不像是養了三年的樣子……那時有跟您說過，我們是不收野貓的，所以關於賠償的問題……這個問題嘛……」

「呃，」我實在後悔昨天不該撒謊，「那些都不重要啦，牠往哪個方向跑的，快告訴我。」

「喔，出大門左邊，往全聯超市去了。」

我來不及答應一聲，趕緊追了出去，一跑就是好幾公尺，鑽大街，走小巷，翻垃圾，找遍所有隱蔽的角落，一個小時後遇到了穿制服背心的工讀生，他正準備回寵物生活館打卡下班，還跟我指了新方向，說橘貓應該往媽祖廟的方向去了。我又趕緊去找，在廟裡停車場和四周又繞了一個小時，彎腰看過了附近幾百輛轎車車底，正覺得上氣不接下氣、頭暈缺氧，突然察覺自己這一連串行為有多麼脫序，頓時整個人癱坐在廟門前的階梯上，好好思考當下所有情況。

不過是一隻貓，一隻在我家待過一晚的貓，一隻被我救了的貓，是我救了牠，又不是牠救我，我又不報恩，沒事幹嘛這麼累，找了兩個多小時，卻一點都不想回家休息，這太奇怪了……更何況，要是之後一切順利，我根本不可能養牠，牠本來就是流浪貓，現在走了不是反而好嗎？其實我就不該把牠送去美容院，更不該帶牠回家，隨便把牠在哪裡一放不就沒這麼多麻煩了，我到底是在幹什麼？到底為什麼呢？

關於寫論文，有個首要前提，就是必須先確立自己與研究主題之間的關係，我忍住拿筆寫筆記本的衝動，在心中細思。是因為牠長得毛茸茸很可愛？還是因為同情牠又老又斷腿又落魄？還是我太久沒和朋友見面、也太久沒交過女朋友，所以想找個伴陪我？或是，我其實想有人在家等待我？抑或是……跟我沒關係，是因為牠選擇了我？牠選擇了我……她選擇了我……難道是，我需要這種被需求的感覺，所以她才選擇了我……牠選擇了我。突然靈光一閃。

「啊，我知道了！」起身，在黑夜中往停車場的方向跑去。

◇

跑進停車場，我喘得要扶住膝蓋才能站直，抬頭一看，果然橘貓就在車亭外面，伸出爪子一個勁撓著鋁製門板，發出嘎嘰嘎嘰的刺耳聲響。

「呼……呼……呼……你、你、你……你果然在這。」

「喵！」橘貓跑過來，跳到我膝蓋上，我忙將牠抱進懷裡，經過美容，牠一身橘色貓毛變得十分整齊蓬鬆，展現出牠玲瓏可愛的曲線，身上還帶著一股淡淡香味，抱在手上又輕又柔，像是拿著一個大粉撲，讓人忍不住摸了又摸，揉了又揉，簡直想把牠塞進心坎裡，又怕把牠塞碎了，只敢輕輕攏著。

「天啊，你怎麼那麼可愛、那麼可愛、那麼可愛啊……」我莫名發出又尖又細的聲音，自己聽了都起雞皮疙瘩，卻根本停不下來，「來來來，小可愛，我帶你回家家了喔。嗯……」

我才回頭走了兩步，橘貓竟扭著身體從我手臂裡掙脫，逕自跳到地上，又跑回車亭旁邊繼續撓門，還用一雙圓滾滾大眼睛懇求我。我大概花了半分鐘才讀懂牠試圖表達的訊息，開了車亭讓牠進去，橘貓立刻蜷身在地上臥成一個圈，安安穩穩，像是終於找到了夢中的窩，又看向我，彷彿要我也進去。

我盯著牠看，直覺得好笑。牠那小小的腦袋必定是認為，這裡才是世界上最安全的地方，所以才怎麼都想回來吧，但卻壓根沒想到，我又不住在這裡。

正看得入迷，遠方巷子裡傳來一陣細微輪胎聲，慢慢靠近。這麼晚了，一定是建設公司的人。我趕緊躲進車亭。橫欄門打開，轎車開進了停車場，在路燈幫助下定睛一看，是輛開得極慢的紅色豐田Camry。是楊店長，他這麼晚還來公司，是忘了什麼東西嗎？停進車格，他匆忙下了車，左顧右盼一番之後，邊滑著手機邊往租車公司走，開了側門進入。

我等了五分鐘人還沒出來，突然建設公司二樓的窗戶發出聲響，我忙轉頭去看，是棻，她一身黑，從窗台往下爬，沿著和上次一樣的路徑，跳到柏油路上……她一定是看到我來了，所以特別要過來跟我說話，要感謝我，可能還會……還會親吻我也說不定。我不禁舔舔嘴唇做好準備。她快步進了停車場，我打開車亭迎接，她卻沒看見我，而是直奔租車公司，推開虛掩的後門，閃身便沒了人影。

我先是錯愕，而後等待，又過了十五分鐘，棻也沒出來。

明知是走向深淵，但好奇與不甘驅使著腳步向前，恍恍惚惚出了車亭，緩步邁向租車公司，後門差了一公分沒關上，輕輕一推，店裡沒開燈，躡著腳進去，隨即聽見節奏分明的拍打聲，尋著聲音往裡面走，走經樓梯下方，一聲響過一聲，還帶著喘息，抬頭望，是從二樓傳來，樓梯上散落著衣物。我心裡還裝作看不懂，想著，他們若不是在鼓掌，就是在打節拍。

往上走，腳邊經過鞋子、襪子、衣服、褲子，一件內褲帶著蕾絲，另一件則是四角樣式，腳步愈來愈重，冷氣開得很強，愈來愈冷，再往上，一雙眼睛已經高於二樓地板，從扶手欄杆間隔裡探出頭，只覺得四肢一陣涼麻，腦袋像銅鐘被砸了一下，嗡嗡響個不停。

點著一盞立燈，待客大沙發上，棻滿身汗珠，一手撐著沙發扶手，半跪半趴、垂著長髮，彎過緊緻的腰，一臉漂亮癡態與楊店長吻在一起，楊店長伸著舌頭，英俊又貪婪，邊吻邊喘，渾身汗溼發亮，更顯肌肉結實，一手揉捏棻渾圓的乳房，一手在棻修長脖子上摩娑，柔韌腰桿不停往腿間突刺，肌膚相擊泛紅，呻吟聲高低唱和，兩人被熾熱蒸氣包覆，彷彿不只肉體，連靈魂都彼此纏繞。

我霎時想通很多事：周總經理說過，是楊店長晚上過來，才發現貓在抓車；第一次見面，棻就站在楊店長的紅色豐田旁邊；那晚棻爬下電線桿，楊店長的車也在，她不是要找我；棻在二樓窗台裸露，看的方向正是租車公司後門，她在跟楊店長調情；棻說要跟我永遠在一起，絕對是謊言。

錯愕感被眼前的激烈掩蓋，褲子已被高高頂起，趕緊用手去壓卻壓不住，反而愈壓愈是充血，愈來愈脹大，大得快爆了。我告訴自己，必須馬上離開，腳步想挪動，卻被視線定住了身體，直盯盯地看著，眼睛愈睜愈大，睫毛動也不動，眼皮眨也不眨。翻身，吮吸，倒臥，舔舐，傾躺，囓咬……兩個人始終不曾分離，擺動得愈來愈快。我的手墮落地伸進褲頭緊抓，恣意搖動起來，一波又一波快感不斷侵襲，直衝腦門，他們一起吼叫，我則咬牙忍住，三個人同時達到高潮——

楊店長用力閉上眼睛，脫力躺了下來，菜拉上茶几上的蕾絲桌巾蓋住身體，趴在他胸膛上假寐，隨著呼吸逐漸平復，兩個人緩緩睜開眼，看著彼此，像是重新找到了靈魂。我該離開了，沖個澡，找個地方好好吼一吼……但是，我還想看。

「終於能跟妳見面，這次真的隔太久了，我想妳想到快受不了了。」楊店長說，又親了親她額頭，眼神帶著滿滿笑意與滿滿溫柔。

「難怪，我才剛進來你就那麼等不及，衣服都扒壞了。」

「破了嗎？我太不小心了，回去被發現怎麼辦？」

「呵，傻了你，我都自己洗衣服，壞了大不了丟掉，誰會去看。放心啦，我一直很小心。」

「是啊，小心到亂丟求救紙飛機，要不是被我撿到，妳來這裡第一天，就被那隻豬發現了。」

「呵，好險是你撿到，值得了……」她吻他，他也吻她，她又說：「你那時還氣得開車去撞他的蓮花跑車，那時我就知道你的心意，還有傻氣。」

原來是他。紅色蓮花跑車和紅色豐田，都是紅色，就算烤漆脫落也看不出來，用水蠟一擦，刮傷也能暫時抹平……我恍然大悟，卻無破案的喜悅。只因眼前兩人實在太過恩愛，恩愛得令人羨慕。

「蠢事就別提了。」他笑笑，捏捏菜的臉頰，一時沉靜下來，撫著她長髮，說：「寶貝，我……我星期天去了一趟高雄，看了一棟房子，屋齡十五年，四房兩廳，靠近捷運站，價錢挺合理的，我已經備好了頭期款……我想，要是妳帶著家人都去那邊安頓，一定可以擺脫那隻豬，妳說好不好？」

「不行……」她說：「謝謝你，我知道你的用心，真的很謝謝你，但是我之前沒跟你說清楚，那隻豬似乎有一堆朋友。像今天，他就是去高雄參加婚禮，說是高高屏的許多朋友兄弟都會到。恐怕……只要他還在，我們家還是逃不了。」

「先躲個三年五年也可以啊，到時候我們再換個地方。」

「這……恐怕行不通，我最近才知道，他威脅我姑姑和姑丈做了許多事，已經牽連太多人了。」

「這……」楊店長咬了咬嘴唇，「那、那隻豬他老婆呢？我看過她一次，果然是竹鐵幫幫主的女兒，穿裙子還能踹倒保全，非常霸氣。要是我們把妳的事透露給她，是不是有機會讓她從中破壞？」

「嗯，這個我也想過，但是那些手下們說，那隻豬的上一任，就是被他老婆帶到荒郊野外，親手埋掉的……告訴她，恐怕會死得更快。」

「那……真的沒其他辦法了嗎？我只要想到那隻豬跟妳……他跟妳……我就……我就……」

她又吻他，深吻，像是永遠不想分開，吻得我又蠢蠢欲動起來。菜一臉幸福，說：「放心，你不要想這麼多，我已經有辦法了。」

「妳是說，之前跟妳搞曖昧那個打手？他不是調去台北了嗎？」

「不是他。聽說他在台北遇到仇家，中了四五槍，早就已經死了，真是太可惜了。」

「這……曖昧了幾個月，他才剛向妳告白，馬上就被掉走，現在還、還死了，這……那隻豬該不會發現了什麼吧？那隻豬平常有哪裡怪怪的嗎？」

「他都挺正常的，應該沒有發現。你真的放心，就算有什麼，一到了床上，我都能安撫得了。」

「呃，嗯……」他臉上露出心疼的表情，「那樣就好……那麼妳說的辦法是？」

「下面停車場的管理員。」

「我就知道。」

「你知道啊，那太好了。我一直以為，這個李先生是個勤勤懇懇、不愛說話的悶葫蘆，上次在窗邊看了我的裸體，一下就彎著腰跑了，我一看就知道是勃起，立刻就察覺到是個機會。」

「我也看出來了。」

「我們真有默契吔。」她臉上的笑容愈發燦爛，「那天之後，我找機會跟他攀談，又偷聽他和那隻豬說話。這個人竟然是個博士，很聰明，卻又有點固執，做事挺衝動，最重要的是，他心裡有一份俠義感。我裝作楚楚可憐，三兩下就搞定了，比那個打手還好對付。尤其他好認真，還幫我取了名字，『棻』，芬芳的『芬』下面一個樹木的『木』，真的是想像力豐富。」

「妳已經向他確定了嗎？」

「是啊，我們已經約定好了，明天晚上他就會來拿帳本，之後再通報警察，事情就能解決。」

原來不是那個棻。遭到利用的感覺讓我不由得握緊拳頭，但一廂情願被狠狠揭開，彷彿擊中軟肋，讓我心虛，又將手鬆開。不管，就是那個棻。

楊店長說：「這……李大哥……這……這個嘛……這……可以不要找李大哥嗎？」

「什麼意思？他有什麼問題嗎？」

「他是沒問題，但是──」

「沒問題為什麼不能找他？你不希望我趕緊脫離那隻豬嗎？」她說，身體往旁邊挪了挪。

楊店長摟過她肩膀，眼神突然變得遙遠，嘆了口氣，說：「妳知道的，我從航太科技研究所畢業之後，懷抱夢想，進入全國最大的航空工程公司，沒有想到，學校的課程與實際在廠裡操作完全不一樣，才兩個禮拜，我就從副組長降成領班，又沒兩個禮拜，從領班變成高級技師，之後又變成最底層的小技師，負責修理服役五十年的古董飛機。我從來沒碰過，才在摸索，其他技師就開始諷刺我，笑我不切實際，浪費時間讀書，除了學歷好看，其實什麼都不會……是個、是個『白色國手』。」

她一臉心疼的表情，說：「什麼是白色國手？」

「那是他們公司裡的笑話。修理技師叫做『黑手』。要是修理功夫不好，公司裡就叫做『灰手』，代表黑油碰得不夠多。而『白手』連灰手都不如，是在笑我根本沒摸過黑油，只會翻書說理論，從來沒實際操作過，所以手是白色。加上我是一流國立大學畢業，於是就變成『白色國手』。」

「他們說得太過分了！」

苦笑，他說：「其實他們沒說錯，我對理論的興趣遠遠高過實際操作，學校將我們當作精英訓練，未來要我們當主管，當高級學術研究人員，卻忘了讓我們多多接觸實際面。我後來才知道，那些維修技師雖然學歷只有高中、高職，但是他們在校時就經歷過至少三百小時的實習課程，畢業之後還參加各種培訓、在職後還去上各種認證課程，拿到許多證照……我才醒悟，當初學的東西根本不夠。」

「你這是被學校騙了。」

「不，我是被學歷騙了。我從小就被灌輸，只要有學歷，在社會上就可以所向無敵，只要一路往高處爬，就能愈接近成功，但是現況完全不一樣，表現得不好，學歷不過是張紙，一撕就破。」

「這……這跟那個管理員有什麼關係？」

「上次我找李大哥喝過一次酒，他酒量很差，什麼都跟我說了。他是跟我一樣的人，不……他比我還慘，我好歹也是國立大學，他不僅是私立，論科系還不是什麼一流學校，研究所、博士班，被他老師騙了七八年。他親口說：他到現在才知道，原來這一種博士根本沒有半點博士光環，甚至是反過來，在別人眼中，他就是一個沒有半點用處的怪胎。」

……我到現在才知道，我這種博士學位完全沒有半點博士光環，在別人眼中，根本就是史上最超級沒路用的可悲怪胎廢物殘渣啦！

心裡深處的吶喊，竟從別人嘴裡說出來，我瞬間找回了那天在熱炒店的記憶：那晚，我幾瓶啤酒下肚，將心中所有忿懟吐了出來，指天罵地，砸盤砸碗，不僅跳上桌子唱歌，還調戲老闆娘和老闆，甚至想撒尿在魚湯裡，一碰見人就訴說我不堪的往事，怒吼我離奇的遭遇，暢談我遠大的抱負……有些人離我遠遠的、更多人指著我笑、還有人要動手揍我……好在楊店長跟老闆有交情，一起擋住其他人，護著我離開，雖然丟盡了臉，我也半點不在乎，在馬路上依然撒潑胡鬧，又噴又吐個不停……

回憶帶著恥辱，像無數根針扎來，而我是個游泳圈，漏著氣，變得塌皺又空虛，扭曲了靈魂的形狀，不住下沉。

「呵，」楊店長說：「他還說過，我們從小到大，學校什麼都教，感覺好像要把大家都教育成完美的人，但是只要有一科不及格，就會被歸類為是笨蛋白痴，但是到了大學、研究所、博士班，我們所學的卻變得更加狹隘，只鑽研一個項目，甚至是項目裡的一個小小分枝。事實證明，一開始學的那些亂七八糟的知識僅僅是陪襯，折騰了十幾年，都是浪費時間。呵呵，真是太有道理了。」

棻說：「嗯……他的確很特別。」

「對，特別堅持，跟我不一樣，」楊店長說，低下頭又仰起來，臉上帶著光彩，「妳知道我臉皮薄，那時沒有堅持下來，辭了職，卻也在業界留下壞名聲，再也沒機會接觸航太。不得已，輾轉找了租車公司的工作。但是他不一樣，他現在都已經這樣了，還在繼續堅持。妳知道嗎，他平均一個禮拜至少要讀三本書，做停車場管理員是為了存學費，因為他竟然報名了英國皇家藝術學院的博士班，那可是世界第一，有學術權威又能兼顧商業與時尚，是世界上最頂尖的設計學校。」

瞪大眼。啊，我怎麼連這個祕密都說了……

「他考得上嗎？」棻問。

楊店長偏過頭，「我不知道，但是我非常希望他能考上。他去年那把火已經是顆震撼彈，要是他能成功帶著這個博士學位回來，那更是打了所有人一個大巴掌，我簡直無法想像那種痛快、那種爽，到底可能爽到什麼程度。我想……可能就像是一萬次高潮同時間爆發吧。」

他怎麼知道……沒錯，打臉所有人，也是我報考英國皇家藝術學院博士班的目的之一。

「你喔……」棻嬌羞一笑，「要是他沒考上呢？」

「要是他沒考上……」他扶著額頭沉思了好一陣子，「沒考上，他依然是我心中獨一無二的英雄。」

英雄，兩個字竄進我耳朵裡，輕輕的，像一縷煙，在腦中細細繚繞之後，突然變成一道雷，從頭貫穿腳底，登時鼻子一酸，眼眶一熱，淚水竟從臉頰緩緩流下，很燙，彷彿能燒出兩條疤。

「所以你的意思是……」

「我的意思是，李大哥已經非常辛苦了，要是他被那隻豬發現，沒死也要半條命，再好一些，也得少幾根手指吧，那就真的慘到沒救了。」看著菜表情帶著為難，他又說：「寶貝，妳就聽我這一次。我當兵時有一個好朋友，是金門人，下個禮拜要來找我借車環島，他身手非常俐落，體能是全連第一名，那隻豬查不到的。我要是提出要求，他一定會幫我。再委屈妳一個星期就好，一個星期，再不然我就自己來。放心，我絕對會搞定這件事。」

「這……」菜低下頭，沉沉想了半天，像是出了神。

「寶貝？」

「嗯……好吧。」

楊店長笑著摟了她，又吻了她，「妳現在給他打個電話吧，李大哥應該還醒著。他上班好像不太用手機，妳現在通知他，他也不用多擔心那麼久了。」

「也好。」菜披著桌巾站起身，走近樓梯邊的小桌子，拿起免持電話，才按響了第一個鍵，我忙躡著腳下台階，掏出手機要按靜音，慌亂間脫了手，在兩手間跳了六七次還是沒拿住，摔在地毯上。

「喂……李先生嗎？」菜說：「抱歉這麼晚打擾你，是有關於明天晚上的事……」

我忙撿起手機放在耳邊，張開嘴想要回應，這才驚覺它根本沒響，怎麼能夠通話呢？愣了一會，又聽向樓上狀似對話的聲音依舊持續著，不曾有絲毫間斷。我終於理解，她已經下定決心。

雖然我對她這份果決與心計感到訝異，卻更訝異於我心中竟萌生了一絲絲開心：如果能有機會，幫助這世界上唯一理解我的知己，還有他無比心愛的女人，拚了命，為他們解決一件天大的難事，讓他得到夢寐以求的幸福，那絕對是我此生最大的榮幸。

◇

隔天，星期六，是執行任務的日子，我特地換上了一身黑衣黑褲去停車場上班。

一大早，楊店長才下車，就跑到車亭來看貓，聊天氣、說新聞、問我讀了什麼書，又從公事包裡拿了兩罐冰提神飲料給我，卻沒問我臉上的新傷，想必他從新聞裡也知道法庭的事，卻體貼地選擇忽略，令我心裡感到觸動又溫暖。不過，只要一想到他和棻全裸交纏，我就不敢直視他的眼睛。

假日人少，我拿竹掃帚掃地，按遙控器讓人還車，偶而遞號碼紙，收錢，記帳……一切都平平常常，沒什麼大事發生，我卻無時無刻不盯著鑫展建設公司打量，緊張得心跳加速。太陽像空中扔過一顆球，不一會就到了晚上八點半。我代謝過快，肚子餓得很，本想吃個自助餐，還沒走到米店，已看到吳警官坐在車裡吃漢堡，又見小孟坐在路邊打瞌睡，便立即回頭，想到建設公司內外要是出現什麼變化，我卻不知道，那就糟糕了。於是又悄悄藏進車亭裡，在橘貓陪伴下，撥開百葉窗展開監視。

終於到了十點，紅色蓮花跑車開了過來，就停在建設公司門前，沒有五分鐘，丘董事長挺著大肚腩，摟著棻的腰，一邊調笑一邊上了車，緩緩從巷子駛離，建設公司也隨即拉下黃色鐵門。我深深呼了口氣，感覺輕鬆不少，直到看見吳警官的暗紫色福特轎車竟然跟蹤了上去，我才開始後悔：

本來想把吳警官當作後手，但是他綁架過我，太過亂來，我不願意提前向他說明計畫，如今他一走，我就真的變成孤軍奮戰了……早知如此，叫吳同學來把風也行啊。唉，我被楊店長感動過頭，一直想著要親自行動，這下子弄巧成拙了。上？還是不上？猶豫了半個小時，想著，確實沒有比今天更好的機會，又想著，必須速戰速決，以免事情又發生變化。

不能再拖下去了。放下橘貓，揹上背包，戴上有防滑膠的棉布手套，確認了四周沒人，緩緩打開車亭門，從我刻意掃得一塵不染的柏油上走過，過馬路，那個白鐵大狗籠在路燈照耀下閃閃發光。

再次確認了附近沒有任何動靜，我側身攀上狗籠，鞋帶尾端的塑膠包束不時敲打著中空的白鐵條柱，發出鏗鏗細響，聽在我耳裡，像是有人按下了警鈴，嚇得我趕緊蹬上電線桿和路燈間的縫隙，踏歪半步，一時重心不穩，一腳跌落，猛地踩在白鐵籠上，「砰噹！」一聲巨響，震得我心臟差點麻痺。

僵了十幾秒不敢動彈。沒有喝叱、沒有尖叫，只聽見不知哪間房子裡傳來噴噓聲。我趕緊接著行動，一腳蹬上電線桿，一腳蹬上路燈，兩隻手臂撐著往上爬，水泥電線桿摩擦力十足，金屬路燈桿就沒那麼友善，加上我鞋底已磨平大半，每登上二十公分就會下滑三公分，離地兩公尺時，雙腳不停發抖，離地三公尺時，我確信自己會摔死在這裡。

我幾乎是跌上一樓的加蓋屋簷，兩腳發出「砰！砰！」兩個響聲，一片壓克力板還裂了開來，彎下腰，兩手趕緊幫忙撐住，四點著地以分擔壓力，緊閉眼睛，再度聆聽四周。建設公司裡一個男人說：「什麼聲音？」另一個男人則說：「管他，難得老大不在，我們今天不要按靜音也不要載耳機了啦，都拔掉。」緊接著傳來電玩不斷開槍的音效聲，轟隆隆地悶在裡面，必定能遮掩住外頭一切動靜。

不禁吁一口氣。拉著牆上突出的一節水管，踩過屋簷橫樑走向窗台，伸手開窗，果然是鬆動的。我學著棻，一次一兩公分往外拉，盡量不發出聲音，不一會就鑽了進去。環顧四周，化妝台，書桌、椅子、茶几、沙發都是造形傳統、價格實惠的產品，唯有一張加大歐式雙人床，黃金色銅管結構、超厚彈簧床，珍珠色被套和床單裡藏著金線，長長床裙還帶著流蘇，洛可可式的華麗與優美，就像是一個雍容貴婦。但是一想到棻就是躺在這張床上，被那隻豬恣意玩弄，便趕忙別過頭，不忍心多看。

衝出一道白影，嚇了我一跳，是棻的那隻馬爾濟斯，我怕牠叫，雖然有點害怕，還是得鼓起勇氣去抓牠，牠開心得直搖尾巴，安安靜靜被抓進懷裡，我這才想到這個可憐的小東西早被割了聲帶。抱著狗，看著整面牆的系統櫃，才想開第一道櫃門去找，門外頭就傳來說話聲。我屏住呼吸，瞪著門縫直看，看見影子逐漸靠近，又聽見鑰匙聲，驚覺不妙，跳出窗已經不可能，腿一軟，順勢跪在地上，躲進大床側邊的死角裡，從門口方向看不見。

我才趴定門就開了，連心臟都不敢跳，只敢發顫。天花板上的燈一開，亮光刺得我直眨眼。

「狗狗、狗狗？你在哪裡啊？」一個男人聲音帶著鼻音。小狗聽見，一個勁掙扎，我趕忙牢牢抓緊牠、摀住狗嘴。鼻音男又說：「怎麼躲起來了？牠之前都會跑來讓我抱一抱、摸摸頭啊。」

「一定是你腳太臭了。」另一個男人聲音帶尖。鼻音男才要反駁，尖聲男又說：「快點啦，要是老大知道我們玩電動玩到差點忘了送東西，那就死定了。」

「這、這不是上禮拜才送過嗎？怎麼今天又要送？」

「這有什麼好奇怪，租車那個老頭子，他全家都死光光了，寂寞啦，所以才每個月都要我們送那麼多草過去。真是……用來泡茶也沒用這麼兇。」

全家都死光的老頭子？……難道是周總經理？草？什麼草？難道……是大麻？啊，就是大麻，難怪，周總經理身上那麼濃的香水裡總有股怪味道，他故意噴那麼多，就是要用來掩飾……嘖……沒時間管這個閒事了，先顧好自己吧。他們似乎也不太熟悉這裡，聽見櫃門一扇又一扇打開又關上，終於找到了位置，聽聲音，約莫是正對著床尾、下層的櫃子。

鼻音男聲音更近了，似乎是蹲了下來，說：「老大說密碼是幾號啊？」

尖聲男說：「白痴啊，556231啦，裡面的黃色密碼包。」

「喔，」喀喀喀……喀喀喀……按下六個鍵，一個彈跳聲，保險箱的門開了。「哇！這麼大一包！」

「我看一定是那個老頭子要出遠門，所以要多帶點貨啦。」

「這麼多吔……你知道這包的密碼嗎？要不我們偷拿一點？」

「傻了你，這包是老大親自鎖的，密碼只有他和老頭子知道啦，要不是老大說，不然我們連保險箱在哪裡都不知道。」

「還是我們拿旁邊的粉？我從來不知道公司裡有存這麼多貨……唉呀，這怎麼沒包好！」

「笨吔！灑出來了啦，快掃回去啦！」

「你看，這粉特別細，好像不錯吔。不要掃回去了啦，直接放口袋好了——」

「別耍蠢了！老大的手多可怕啊，只要一拿，少了半克都測得出來。記不記得對面停車場那個管理員，在新人來之前，老大本來不是要招他進來嗎，還讓我們特別照顧他。後來他敢拒絕也就算了，粉還回來的時候，竟然少了十克，還是老大叫我一包一包補足的呢。」

「少了？所以老大才說之後要剁了他嗎？」

剁了誰？我全身一涼，差點漏尿。我沒有動過那些毒品啊，怎麼會少！他量錯了吧！還是、還是我聽錯了？掏掏耳朵，耳朵沒問題啊！

「是啊，」尖聲男說：「本來老大看他有點來頭，不想和他計較，結果我在巷口的自助餐店，親眼看見一個警察，客客氣氣地把他請上車吔。我立刻跟老大報告，老大說，之前少那些，一定是拿去檢測了。所以才下決定，等那個管理員的什麼官司打完之後，就要立刻動手。」

天啊！真的要殺我！我怔地張大了嘴，感覺四周空氣裡都瀰漫著致命危機。快躲，快逃！伸出僵硬的手，掀開床裙下擺，悄無聲地慢慢鑽進床底下……

鼻音男說：「要是他去告警察，那這裡不是被發現了？怎麼不趕緊把貨都撤走？」

「你真的很智障吔。」尖聲男說。

「哼。你聰明，那你說說看為什麼？」

「這……」一陣沉默，「反正老大做事不需要跟我們報告啦，你到底整理好了沒啦。」

「你也不知道嘛……好啦，清好了啦，走吧。」

關上保險箱的門，鼻音男才站起身，尖聲男就說：「窗戶怎麼沒關好，你去關一下。」

「喔。」鼻音男說。我加快速度匍匐前進，閃過好幾根床腳，趕在他過來之前把腳縮進床底。聽見他關上窗，還上了鎖，又說：「怎麼會開這麼開？該不是有人偷跑進來，躲在床底下吧？」我一聽，忙放開手，鼻音男掀開床裙的瞬間，小狗從我懷裡衝了出去，嚇得鼻音男一雙小眼睛眨個不停，縮頭驚叫，我看見他，他卻沒看見暗處裡的我，「啊！原來你在這啊，找到你了！」他樂得抱起狗來。

尖聲男急著要去打電玩，出聲催促。等到他們關了燈，帶著狗退出房間，上鎖，我全身還在發抖，心臟怦怦跳個不停。嚇得又在灰塵之中趴了半個小時，這才敢緩緩探出頭，仔細審視房間裡每個角落後，才敢爬出來，顫顫巍巍站起身，滿腦子只想逃跑，往窗戶走了兩步，腦中又響起另一個聲音：

李子摶！你好不容易找到一個知己，好不容易下定決心要做，好不容易辛辛苦苦爬上來，不能再苦惱了，不能再猶豫了！來都來了，做就對了！不做他們也要殺你啊！

轉身，開衣櫃，蹲下來，按入556231，保險箱門隨即彈開，數百個小夾鍊袋裡裝滿白色粉末，一本暗紅色棉布書皮的冊子就躺在其中，封面沾著小一片不怎麼顯眼的白粉，必定是那個鼻音男翻倒留下的痕跡。抓起，翻開，滿滿的記號登記在人名的位置，後面是一目了然的毒品種類、數量、價格。沒錯。闔上，塞進背包裡一個牛皮紙袋，關保險箱，起身，關衣櫃，往回走，開鎖，開窗，爬出去，關窗，上屋簷，蹬上電線桿和路燈，原路往下爬……從狗籠跳到地上那一刻，立時反胃作嘔，所幸沒吃晚餐，吐不出什麼具體的東西，只有滿嘴苦澀酸水。

要是被抓到，我就死定了。

拚盡了所有力氣，抬起沉重的兩條腿，踉踉蹌蹌，往家裡的方向奔逃。

第八章　殘局

回到家，我全身捂著被單在床上窩了好幾個小時，別說睡，眼睛連閉都不敢閉，手裡緊握著牛皮紙袋裡的帳本，焦慮加上害怕，兩腿抖得連床腳也搖了起來，心裡一件事情一件事情細數，思考著眼前不斷迫近的威脅：

……有人要殺我！丘董事長那隻豬要殺我！馬的！怎麼那麼衰啊，為什麼要懷疑我？我根本沒有找警察串通……一開始是沒有，但現在是真的有……可惡……

……要是他懷疑棻，抓了棻，棻會不會把我招出來？不會，招了我就是招了她自己，沒好處……會，為了活命，能推給別人一定會推，何況她根本對我沒有半點意思呀……

……他們沒裝攝影機，也沒人看到我，戴著手套，不會留下指紋，頭髮……啊，我沒戴帽子，要是掉了一根頭髮，拿去驗ＤＮＡ……不會的，他們又不是警察，沒有這種技術……

……要是警察和他們是一夥的呢？不會吧……若真有串通，吳警官不會不知道……還是，只有部分警察，畢竟丘董事長生意做這麼大，怎麼會沒人發現，早知道應該讓吳警官去試探一下……

……還是拿回去還？他們星期一才回來，再爬上去一次，歸還帳本就沒事了，反正楊店長他還有一個金門朋友，要就要快，明天有打掃阿姨……不！就算我還了帳本，丘董事長還是要殺我啊！……

客廳突然一陣開關門的聲音，嚇得我差點滾下床，聽了十幾分鐘沒有其他動靜，這才敢起身，開門探頭，背靠著牆繞了一圈，抓了掃把防身，走到門邊，櫃子上的安全帽不見了，又看了眼時鐘已經要四點，這才想起是阿泙去送報紙。鬆一大口氣，開燈，發現自己捂得渾身是汗，衣服都已溼透。我自知不能再這樣下去，卻又不知道能做些什麼，低頭看見垃圾桶滿了，下意識抓起塑膠袋打結，換了一個新袋子，拿上掃把和畚斗，將地上幾球衛生紙也掃乾淨，一時感覺大腦多了半分清爽。

驚覺這個方法能幫助思考，立刻著手大掃除，從上而下，先換了壞掉的日光燈管，再撢下櫃子上的灰塵。換了四桶水，用溼抹布把所有櫃子、桌椅、沙發、茶几、電視、冰箱、窗戶、大門都擦乾淨。寶特瓶、鐵鋁罐、玻璃瓶全部打包，舊報紙、舊型錄、舊繳費帳單，全部整理出來扔進紙箱子，等著資源回收，發票則照月份分開收進袋子，等對獎。洗了所有碗盤歸位，刷了廚房擦乾。曬了洗好的衣服，挪開家具掃地，先加沙拉脫拖一次，再用清水拖兩次。接著洗了電風扇，刷了浴室、馬桶、鏡子，甚至連電話機和電視遙控器都拿酒精擦拭。最後沖了個澡洗去一身酸臭，換上乾淨衣服，終於有個想法漸漸成形——我必須立刻找個人討論，好好腦內風暴一下。

找誰呢？媽媽？不行，再不堪也不能問她，而且她會擔心死的。賴律師？她一定只會叫我報警，不行，我要更客觀、更多面向的意見。楊店長？不行，他一定會拿了帳本自己去報警，恐怕會害了他。棊？她……應該沒時間通電話吧。舅舅？算了吧。小學弟？他在英國，遠水救不了近火。吳同學？嗯……吳同學是業火博士的頭號粉絲，他還有一幫朋友，似乎也是粉絲，但如果在他面前示弱，我刻意捏造的神祕身分恐怕立即破滅，這些粉絲就未必靠得住了……暫時列入考慮吧。還有……還

有……還有……天啊，我真的沒幾個朋友……

「我回來了……」外頭傳來熟悉的聲音，大門打開，陽光伴著阿泙一起走進來，說：「哇……阿搏，你怎麼打掃得那麼乾淨，是要過年了嗎？」

「啊，是你回來啦！」對啊，沒有人比阿泙更置身事外了，「阿泙來，坐，我有事請教你。」

「喔，好啊。都快九點了吔，你打掃不累嗎？啊，對了，要不要我去停車場幫你代班？」

「好，當然好。今天星期天，可以晚一點。」反正我也不太敢去。

「太好了，」阿泙樂呵呵地攤坐在沙發上，「你要問我什麼事？」

「這……」我記得阿泙是鄉下來的，實話實說恐怕嚇到他，便說：「阿泙，我問你，假裝現在有一個人，他被一個黑道大哥誤會……其實也不算誤會，反正就是那個黑道大哥認為，那個人聯合了警察要來對付自己，所以黑道大哥計畫要、要殺了那個人。阿泙，如果你就是那個人，你會怎麼辦？」

「啊？」他嫌我說得太快太複雜，我只得放慢速度再說一次，他才聽懂，說：「喔……，原來是這個意思，那個黑道大哥為什麼會認為那個人聯合警察要對付他？」

「因為……因為那個黑道大哥其實在販賣毒品，他原本想讓那個人幫忙運送毒品，那個人不敢，毒品還回去之後，黑道大哥發現每一包都少了，之後又發現那個人和警察碰過面，所以才產生懷疑。」

「少了？」阿泙突然坐直身體，直盯盯看著我，顯得有點嚇人，「他怎麼發現的？」

我說：「這……聽說他的手很敏感，一拿就可以量得出差別，誰信啊？一定是搞錯了，不然就是故意找我麻……找我說的那個人麻煩啦……呵呵……重點是啊，如果你是那個人，你會怎麼做？」阿泙把我從頭看到腳，又從腳看到頭，最後直盯著我雙眼，像是放大鏡聚焦所有陽光，要燒穿我的瞳孔，看穿所有偽裝。我只能無奈搖頭，「唉……對啦，那個人就是我啦。」

「你怎麼會？你真的要跟警察一起對付他嗎？」

「是……我已經偷了帳本要交給警察。」

「帳本！你、你交給警察了，這、這太可怕了，你、你、你……怎麼那麼多管閒事啊！」

「呃……」想不到阿泙這麼一針見血，「更可怕的事情還有呢，他們還說……等我官司告一段落，他就要、就要殺了我。」

「殺了你！那我……那我……那讓我想一想、想一想……」

「對對對，快幫我想一想，給個意見，我現在到底該怎麼辦比較好？」

「這……」阿泙的眼神逐漸迷離，突然變得無比疲憊，像是已震驚得不敢相信眼前的一切。我從來沒發現，相處了一年多，自己竟然還交了這麼一個朋友，既能設身處地關心我，還這麼替我著想。

「去……ㄠ……」他喃喃地說，小聲得像是要說給蚊子聽。

「你說什麼？」

「逃……一定要快、快點逃……」

「喔——！好主意！」沒錯，我可以逃，對啊！反正無論如何丘董事長都要殺我，我只能先賭一把，先將帳本交出去，讓丘董事長鋃鐺入獄，趁著他們一團亂，我再悄悄離開，這就是我唯一的勝算，之後我就能逃跑，逃到……逃到……逃……我能逃到哪裡呢？

「那我、我去幫你代班了……」阿泙說：「……對了，拿去，剛剛在樓下遇到房東太太拿信過來。」

「喔……」我邊提醒他車亭裡頭住了橘貓，邊拿出遙控器和車亭鑰匙，換過他手上一疊信，本想放在茶几上，但是會破壞難得的整潔，便一封看過一封，不是繳費單就是廣告信件，簡單瀏覽，沒用處的直接扔進垃圾桶……阿泙拖著身體又離開了，彎曲的背感覺比進來時更頹。

我心裡不斷思考：我能去哪裡呢？眼下唯一選擇就是媽媽家，但是她已經把我趕出來，能再接受我嗎？如果我老實跟她交代這段經歷，她會相信我？還是會生氣？要是我真的能夠回去，會不會反而拖累她？……等等，從垃圾桶裡撿回一封剛剛丟棄的信，拿在手上仔細端詳，寄件人的位置書寫著英文……

「英、英、英、英、英、英、英國皇家藝術學院——！」我大喊著，猛地站起來，任憑其他信件掉了一地，兩隻手恭恭敬敬地端著那封滿是英文與各種郵戳的國際信件，絲毫不敢動彈，像是舉著女妖美杜沙的頭顱，將我與整個空間完全石化，只有窗外的陽光偷跑進來，緩緩在地上蠕動……

不知道是過了一分鐘，十分鐘，還是一個小時，我發現自己一時忘了呼吸，差點缺氧，大喘一口氣打破凝結，彷彿拿著一團冰或是一球火，抖著手撕開，幾次差點掉了，終於攤開信紙：

尊敬的李子搏先生：很榮幸您參加英國皇家藝術學院博士班甄選……

直接跳到最後一行。

附文件。

……審核通過。口試時間，二〇一九年六月十五日上午十時，期待您的蒞臨，相關細節見信中所

「哇啊啊啊啊啊啊——！」我嘶吼歡呼、奮力振臂，來不及笑，眼淚、鼻涕、口水一時間全噴了出來，瞬間用盡力氣，渾身虛脫跌回沙發，沒坐穩，不住往下滑，撞開了茶几躺在地上，突然有一肚子的感觸想說，卻半個字不能吐，全都化成嗚嗚啊啊的哭喊和哀號，從身體裡向外傾洩，匯在地上，溼了一大灘，感覺靈魂中心愈來愈寬敞，也空曠，讓我不得不側過身、蜷起腰、縮起腿，緊緊抓攬住自己，就像個初生嬰兒，也像是一顆氣球，渾圓飽滿，剩一條綁線勾著，只差再吹來一陣風，就能夠徑直向上飛，飛入雲霄。

◇

昨天痛痛快快哭了一場，哭到虛脫，又扎扎實實地睡了一場好覺，等我迷迷糊糊從地上爬起身，已經是夜裡，阿泙也睡了，我終於有時間思考怎麼跟這間鐵皮屋，跟那片停車場告別，思來想去，除了楊店長和阿泙會讓我感到不捨，還有就是丁小妹，便趕在附近文具店關門之前衝進去，買了一個最大、最貴的北極熊絨毛填充娃娃，還在它脖子上綁了一個粉紅色大蝴蝶結。

星期一，拿著大北極熊去上班，像抱著一團雲，路上、早餐店、便利商店裡，每個人與我擦肩而過，都微笑看著我，彷彿他們都知道我要去英國了，好像自己腳下也踩著雲，輕飄飄的，沐浴在微風

中。到了停車場，時間還很早，拿出鑰匙，車亭卻沒鎖，一定是阿泙昨晚疏忽了。一開門，看見橘貓還舒舒服服窩在那裡，瞇著眼抬頭看向我，一臉「幹嘛吵我睡覺」的表情，逗得我呵呵直笑。把北極熊和背包放在板凳上，打開剛才買的貓罐頭，從抽屜裡拿出塑膠盤子倒給牠吃。

我摸著牠的頭，輕聲說：「抱歉啊，我暫時不能養你了，我會拜託楊店長照顧你幾天，他是個好人，你跟著他，不要怕喔。」

「喵……」橘貓應了一聲，像是聽懂了，接著低頭吃個不停。可愛。

走到車亭後頭，拿了那把擁有十大缺點的竹掃帚，摸了又摸，搖搖頭，不禁輕笑。這個設計史上最該被消滅的無形文化資產，害我吃了許多苦頭，如今，再幾天就要出國，無論考不考得上，也不會再回來這裡用它，心裡反到有些不捨，拿上畚斗，仔仔細細把地面掃了個遍，一次又一次，掃得臂腿發痠、竹屑扎了手也不在乎，就算彎腰去撿，也得在最後這幾天將停車場掃得乾乾淨淨。

掃著掃著，聽過兩次隔壁小學鐘聲，終於地上一片葉子都沒看見，我一擦汗，這才發現今天楊店長的紅色豐田沒來，來租車公司開門的是另外一個員工，等了又等，卻是等到了周總經理。

他一身名牌依舊，下車就走向我，滿臉堆笑，說：「少年頭家，今天我們有員工請假，人手不太足，但是每月二十七號，所有車都要洗車打蠟，嗯……我看你上次水蠟用得不錯，不如你來給我打個工吧。」

這人到底有多白目啊。我說：「是楊店長今天請假嗎？他車不在。」

「啊？楊店長沒來啊？來來來，那又少一個人，你今天一定要給我過來打蠟，我一個小時給你九十。」我不禁翻了個白眼。他又說：「那九十五，心動了吧。」

若非英國皇家藝術學院的事讓我開心壞了，難保不會痛揍他一頓，說：「不需要，我不缺錢。」

「那一百啦，一小時一百，你一定會答應吧，少年頭家，打蠟很簡單啦，可以吧？不要逼我又打電話給你舅舅，到時候變成義務幫忙，就一毛也沒有了喔。」

人渣。我滿吸一口氣，斂起眼神，裝出神祕莫測的表情，用輕而慢的語調說：「怎麼……好像有股怪味道？」周總經理渾身一僵。看來消息正確無誤，我又說：「你身上……有股讓人不舒服的味道。」

「你這小子，在胡說什麼啊你？——」

「嗯……」我伸長鼻子在空中嗅了嗅，「我知道了，是『草』，是草的味道。」

「怎、怎麼會……我、我最討厭那些花啊草的，怎麼身上會有青草的味道呢。」

「我說的不是青草。沒錯，我絕對沒聞錯，是另一種，一種非法的草。嗯？你身上怎麼會有這種味道？周總經理一向兢兢業業地在行業裡打拚，從事的是正經生意，怎麼會搞這種非法行為呢？」

「你在亂講什麼！」他往前跨了一步，臉上肌肉已在抽搐，伸出手指狠狠指著我，眼神卻是退縮。只消看一眼，我就知道他怕了，而且不是一般的怕，他嚇壞了。他又說：「臭小子！你竟然污衊我，我要告你公然侮辱罪，我要你賠到傾家蕩產，等著接律師信吧你！」

「這裡只有我們兩個人，哪裡能算什麼公然侮辱。就算真的有，頂多拘役，或九千元以下罰金，哪裡就能夠傾家蕩產，欺負人不懂法律呀，騙我沒上過法院嗎！」我一大聲，他立馬縮起身體，膽怯全爬到了臉上，我一時竟忘乎所以，說道：「別以為我不知道，昨晚鑫展拿了什麼東西給你。」

「你——」他倒抽一口氣，「——你到底是誰？」

「呵……我啊……我……」看他夾緊大腿，一副卵蛋萎縮的模樣，實在是太痛快，但仔細一想，周總經理和丘董事長絕對認識，這時攤了牌，他必定會通報丘董事長……必須唬住他，否則會壞了大事，我說：「……你聽過『業火博士』嗎？」

「業火博士……嗯……去年燒掉鑒明科大那個姓李的……」他立時定睛一看，「啊！你！你就是那個李、李、李、李、李子摶——」

「正是，」我的惡名遠播啊，「不瞞你說，我背後不只一個人。」

「什、什、什、什、什麼意思？」

「我啊，躲在這裡一年，就是要對付丘董事長，只要你什麼都不說，不再與他聯絡，之後不再哈草，昨天那個黃色密碼包裡的東西，我可以不跟你計較。」他全身一顫，想發問卻張不開嘴，「我知道，我什麼都知道，但是我不計較，不過，你要是敢透露一句，就一句，我現在就可以讓你做出選擇。」

「選、選、選、選、選……」他牙齒打戰了半天，終於發出聲音，「……選擇什麼？」

我板起臉，說：「選擇你自己要幾分熟。」

「嚶——」他喉間發出一聲嬌細哀號，皺紋全擠在一起，緊抓兩隻手臂，絲質襯衫都弄皺了。

「要哭回去哭，不要在這裡丟人現眼，滾，」我手一擺，「等等，」他才轉身我又叫住他，「今天你得親自打蠟，我就在這裡看著。」

他連連稱是。我再次擺擺手，他像隻老狗夾著尾巴，一溜煙就跑走了。過沒一個小時，他果然領著五六個員工走到停車場，僵著臉宣佈，今天是「公司合作日」，要所有人，包括他自己都得一起洗車打蠟，一邊胡扯一邊歪頭觀察我的態度。我抬抬下巴，勉強同意他投機取巧。他露出無比僥倖、如獲大赦的表情。哼，老狐狸，早知道剛剛就說讓他自己一個人做了……算了，他都這麼老了，家裡又沒半個人，只能靠著吸大麻排遣寂寞，也是怪可憐的。

那些員工沒人敢笑、沒人敢鬧，沒有兩小時，所有車子都已完成打蠟，人都退回公司後，要去巷口自助餐的停車潮正好開始湧現，有一台廂型車要進來，車側寫著「智慧停俥公司」六個大字。我抽了號碼紙過去，黝黑粗壯的中年司機還沒將車窗降下，坐在副駕駛上的年輕男子已經跳下車往前走，他頭上綁著毛巾，一抬腳就踹斷了橫欄門。

「喂！你在幹什麼！」我忙衝上去推開他。

年輕男人說：「沒幹嘛，執行工程。」

中年司機探出頭說：「你是這裡的管理員嗎？」

「是啊，你們到底要做什麼？」

中年司機說：「嗯？怪了，你們老闆跟我們簽了約，沒跟你說嗎？我們今天是要來拆除這些東西，還要進行場地丈量，再兩天就要裝上我們公司的智慧停車管理系統了。你們老闆什麼都沒跟你說嗎？」

「啊……」原來，這就是舅舅要報復我的方法。

「唉呀，」年輕男人說：「那你失業了啦，不過啊，現在哪還有人請管理員，都用電腦才方便啊，其實你早就該失業了啦。」

「呵呵，哈哈哈哈哈，太巧了……太巧了，實在太巧了！哈哈哈！」我大笑，立刻放人進來，樂呵呵地看著他們施工，愈看愈開心。原來這就是舅舅的絕招，讓我不再有工作、不再有收入。要是早兩天，我可能還會有些擔憂，如今我就要去英國了，這些鳥事根本不放在眼裡，悠然坐在車亭裡休息，不時翻翻書、摸摸貓，樂得不用管車輛出入，讓他們隨意停車。

不一會舅舅來了，一下車就衝著我罵：「你在幹什麼！偷懶啊！怎麼進出的車都沒收錢！」

我說：「號碼機和橫欄門都拆了，我拿什麼跟人家收錢？這是你叫人拆的，不是我拆的喔。」

「你、你至少可以收個半個小時啊！」

「算了吧，你這些不義之財都賺了這麼多年，還差這十五塊？」

「你——！哼！好、很好。我告訴你，我的確是不差這十五塊，我也不差你那兩萬四薪水和三千租屋錢，我更不差這安裝系統的三十萬！我就是要你沒事可做，你現在就可以永遠下班了！滾！」

「你要開除我？」

「呵，怕了？來不及了，這裡用不上你，滾！回家裡找媽媽去吧！」灰黃色的寬臉扭曲而得意，令人厭惡，又使我動怒，不想就這麼善罷甘休。

「走不走的，我倒是無所謂啦。不過你要開除我，那這個月薪水和遣散費總要給我吧？」

「作夢！我不給你你能怎樣？」

「不給我啊……我在這裡工作是事實，沒有加勞健保已經很過份了，該不會連這個都要欠吧，要是讓那些政府單位知道，這麼多該辦的事都沒辦，那麼多該繳的錢都沒繳，那就不太好了吧。」我看他要插嘴，立刻瞪住他，又說：「可惜啊，你來得太晚，其實我就要去英國了，再三四天就是月底，本來我是要自己辭職，連這個月的薪水也不想要，但是，現在是你要開除我，那就不一樣了。我要我這個月薪水和一個月遣散費，現在就要。」

「你……你……你……」舅舅瞪著我，瞪了好久，臉上逐漸緊繃，牙齒愈咬愈緊，無不顯示著他已經敗下陣來。

「快點，」我直視他的眼睛，彷彿寃魂，「錢拿出來。你欠我的，你欠我媽媽的。」

舅舅漲紅了臉，氣急敗壞地掏出皮夾，握了把鈔票算了又算，說：「遣散費沒貼房租，不夠的兩千自己去收銀機拿！滾！你現在就給我滾！現在就滾出『我的』土地，『我的』、『我的』土地！」把錢一砸，藍色和紅色鈔票撞在我身上散開，飄落在地。

「你的土地？不知道外公聽見了會怎麼說，畢竟他那時候中風，你又餵了他吃了這麼多滷肉、炸雞，和那些來路不明的藥，不知道這算不算是一種謀殺呢？」

我可以看見血色突然從他臉上褪去，猛地一吐氣，像是全身都空了，先是向後一傾，接著一頹，彷彿靈魂都融化了，一灘爛泥般緩緩轉身，緩緩爬上車，緩緩駛離……

「哼，」我贏了，「唉……」痛快一下便過去，留下淡淡哀傷，彷彿永無止盡。我不該賭氣傷了舅舅，但是，舅舅也不該賭氣害了外公……就算平手吧。撿起一張張鈔票，一共四萬九，我其實不想要，轉身進車亭，打開收銀機將錢放進去，卻發現裡頭空空蕩蕩，一塊錢也沒有。可能是阿泙昨晚忘了鎖門，錢被偷了。查了帳本，從上次查帳到昨天為止，臨停總共收了七千八百六十塊，拿出皮夾，雖然不夠，還是掏出所有的錢補上，一起放進收銀機裡，牢牢關緊，留給舅舅自己發現吧。

中午，我特別走遠一些，換了家乾淨整潔的日式便當店，點了一客照燒雞腿飯內用，周總經理也在，吃著最貴的鰻魚飯，一看到我，嘴裡的飯就噴了出來，忙縮起身體，轉過臉不敢面對。我不想理他，打了一通電話給吳警官，沒有二十分鐘他的警車就到了。我剛剛吃飽，走出玻璃電動門正好碰上他。

「你、你真的拿到了。」吳警官說，他滿頭大汗，一身制服都貼在身上。

「是的。」我從包包拿出牛皮紙袋遞給他。

他抽出暗紅色帳本，翻開一看，滿滿都是人名記號、毒品品項、價格數量，雙眼立即亮了起來，「是，真的是，這的的確確是帳本，紀錄得很詳細。我、我一開始還懷疑……真的，是真的……我、我真的想知道，你、你背後到底是什麼組織？」

「我背後的組織嘛……現在還不能說，能告訴你的是，組織是無所不在、無所不能的。」

「是，」他不住地點著頭，「從結果來看，的確是。」

「我再提醒你一件事，你現在先不要貿然行動，鑫展建設公司的丘董事長今天晚上就會回來，你讓警察埋伏在附近，等著他們上二樓的時候，再一舉進攻。在他房間衣櫃裡有個保險箱，滿滿都是毒品，密碼是556231。人贓並獲，直接把他們老大捉去關，就絕對萬無一失了。」

「真是好主意！556231是吧？」他忙拿出紙筆抄寫，「556231，好，我記起來了，我一定照辦。」

「好，你去吧。」

「是！」他忽然立正，差點舉手向我敬禮，臉上有些尷尬，又說：「對了，這件事過後，以後也要仰賴您多多照顧了。」

「先認真過了眼前這一關，之後的事，之後再說吧。」

他忍不住又大喊了一聲「是」，精神抖擻地走了。我搖搖頭，盡力不讓自己去想他的恣意違法和貪婪野心……雖然我再也不能幫助他什麼，但如果他之後因為這件功勞而一路升官，成為隊長，又當上局長，最後甚至變成署長，那對這個社會也未必是件好事。我會不會做錯了……算了……如同我自己說的：先認真過了眼前這一關，之後的事，之後再說吧。

回到停車場，坐在車亭裡看看書，看看小學弟幫我蒐集的面試經驗影片，隔壁小學四點的鐘聲剛響過，我突然感覺到一股視線，一抬頭，似乎看見一張圓臉出現在與小學間隔的矮牆上，一瞬間就不見了。正想上前查看，吳同學來了，大老遠就對我吶喊——

「業火博士！我來了！」

我嚇得跳起來，衝上去摀他嘴巴，「小聲一點啦……還有，不要叫我『業火博士』。」

他竟一臉幸福的樣子，說：「那我叫你『博士先生』好了。」

「呃，」我被他噴了滿手熱氣，忙縮手在衣服上擦拭，「你來這裡做什麼？」

「剛剛我哥說，今晚這裡會有大事發生，所以趕緊過來看看啊，要是出了什麼意外，我來幫個忙、撿個功勞，說不定也會變成大英雄。」

這兄弟兩個怎麼那麼像。我說：「當警察可不能只想著功勞，最重要的是要積極為人民服務，維護公平公正，替民眾主持正義。」

「是，我記起來了。要為民服務，公平公正，主持正義。」他對我立正敬禮，兄弟倆根本一模一樣……除了他一臉認真表情，似乎真的有在反省。

「嗯，對了。謝謝你那天帶人到法院聲援我，在輿論上幫了大忙。」

「有幫上忙嗎？太好了，我還怕我們是瞎忙一場咧。不過您那天的表現實在太猛了，我有看新聞，那個郭主任根本見笑轉生氣，還敢打人咧。大家都很佩服您——」

我擺擺手，不想聊這個，「你怎麼能聯絡到這麼多人，都是你說的那個臉書社團裡認識的嗎？」

「是啊是啊，我們原本就是您的粉絲，自從我向他們說了您與神祕組織的事之後，我們就都變成您的信徒了！全都願意為您赴湯蹈火、衝鋒陷陣！」

「你、你都跟他們說了？」

「啊……對、對不起，我不知道不能說，對不起、對不起、對不起，我真的不知道！對不起！」

吳同學突然朝我下跪，還要磕頭，我趕緊去拉他，卻一時拉不動。慌亂間四下看了一圈，租車公司後門那裡，周總經理正一臉詫異地盯著我們瞧，我急忙一眼把他瞪回公司裡。用盡力氣，終於將吳同學拉起身，帶他到停車場外，站在馬路邊說話。旁邊小學生們排著路隊回家，無不盯著我們直看。

吳同學哭喪著臉，「博士先生，對不起啦……」

我說：「唉……算了算了，說就說了，讓他們不要再傳開就是了。」

「是！謝謝博士先生！」他又笑呵呵的了，「博士先生，其實我今天來這裡，還有另外一件事啦……」我用眼神示意他說下去，「就是，上個星期五我們社團裡的人去了法院之後，我就帶他們去拉拉山露營了兩天，現在他們要各自回家了，都說……都說非常想要見您一面。不知道您有沒有空？他們現在都在火車站那邊啦，您有興趣嗎？不用您過去，我一打電話，他們就全部立刻過來。」

「啊？見他們？」我快昏倒了，「你們有多少人？他們……他們都是些什麼人啊？」

「他們一共四十八個人，有體育系的、有汽修科的、也有幼保科、護理系、美工科、電子科，還有很多已經在工作上班，有男有女，最老五十幾歲，最年輕的十五歲，有一個知名網紅、一個插畫家、一個攝影師、一個棒球員、一個徵信社的、還有一個是電競選手、一個是射箭國手、有一個好像是地下格鬥拳擊手、還有一個人很會爬樹和翻跟斗……啊，對了，還有兩個原住民跟一個外國人。」

「感覺還真複雜，你們怎麼會湊在一起，是有什麼共通點嗎？」

「有，當然有……」吳同學抿起嘴虛弱一笑，說：「我們這些人，要不是成績不好，就是被爛學校害了，有人欠了一大堆助學貸款，畢業後卻找不到工作。有人已經四五十，好不容易找到人生志向，卻沒有夠好的學歷和經歷去追夢。因為生活壓力，大家都沒有錢和時間繼續讀書進步，只能過一天是一天……博士先生，我們都是您和您背後組織最關心的那種人，他們真的非常非常崇拜您，很想很想見您一面，不用說話，一面，能見一面就好了。」

「嘖，唉……」都是些可憐人，算是跟我同病相憐吧……見了面，就把事情都說破吧，「好吧，那就見個面吧。」

「真的嗎？太好了！我馬上打電話叫他們過來！」

「不用打了，等我一下，你找一家餐廳……」我算了算，他們、吳同學、加上我，共有五十個人，摸摸皮夾，想著要是剛剛拿了錢就好了，「……找一家熱炒餐廳，多買幾手啤酒吧，等等我見了一個人，回去拿個錢，就跟你一起去火車站，我們一起吃頓飯吧。」

「太好了！」吳同學高興得上竄下跳，忙著打手機聯絡。

我則是抱上北極熊，不斷望向小學後門等待著，孩子們的回家路隊一波接一波，人愈來愈少，卻是一直沒看見丁小妹的身影，過了幾分鐘，丁媽媽一身貴氣打扮，騎著機車過來。

「李先生，好可愛的北極熊呀，要送誰啊？」

「要送給妹妹的啦。」

「怎麼那麼好啊，竟然還有禮物。嗯？妹妹還沒出來啊？」

「是啊，怪了？」我看看手機，都四點二十了。

「一定是老師留她下來說作業了啦，嗯？」她抬頭一望，看見一個女人，長髮編辮、身著長裙，正帶著幾個小朋友往外走。丁媽媽說：「方老師！」

「嗯？」方老師說：「丁媽媽？妳身體還好嗎？」

丁媽媽說：「啊？我身體好得很啊？」

「啊？可是快三點的時候，有人打電話到教務處，說是妳病倒了。剛要放學，她舅舅就到教室把她接走了啊，怎麼會這樣？」

「我是獨生女啊！她哪有什麼舅舅！啊……怎麼辦，妹妹！妹妹！啊！怎麼辦啦！」丁媽媽忙跳下車，車子摔在地上也不管，急得跳腳。

「這、這、這……我、我、我……」方老師也手足無措。

我說：「別急，馬上報警，先到教務處查那通電話，再調出監視器畫面比對，一定能知道是誰。」

「是是是……丁媽媽快跟我來……」方老師帶著丁媽媽快步走進校園。

我本也想追上去，看了看手上的北極熊，太不合時宜，趕緊先放回車亭，才轉身，想跟吳同學交代兩句推遲聚餐，耳邊突然聽見一陣刺耳的手機鈴響……鈴鈴鈴、鈴鈴鈴、鈴鈴鈴……像在催命，朝著聲音望去，一支舊款折疊手機就放在與小學間隔的圍牆上，銀色外殼，跟水泥顏色很相近。這絕對有問題。慢慢走去，像是靠近炸彈那樣緊張，掀開螢幕，是一通不知名來電，按下接聽鍵，湊到耳邊，是個男人的聲音。

「那個女孩在我手上，報警就殺了她。照我的話去做，不然就殺了她。我沒讓你掛電話你不要掛，不要做多餘的事，只要讓我一查覺不對勁，立刻就殺了她。聽懂了嗎？」

「是，是的，聽懂了。」我說，頓時已是全身冷汗。

「把你自己的手機扔到旁邊的小學裡去。」

「是……」我瞪向吳同學，他正張嘴要問我發生什麼事，我立刻比了一個安靜的手勢，大腦通電般飛快翻攪，拚命想著應對辦法。憑記憶，把手機拋過圍牆，落到草皮上，說：「我丟過去了。」

對方先是沉默，接著發出「嗯、嗯……」的聲音，像是正在跟誰確認。所以，他看不見我……我繞著四周看一圈，沒有陌生人，若是有人監視，那個人應該也沒看見我……手機，對方或許只能確認我的手機，對，有人在幫他確認我的手機……那我就有辦法了。

「很好，不要掛電話，走到馬路上，走到最近的公車站。」

「是。」我用最小的動作迅速抽走吳同學手上的手機，比了手勢，讓他待在原地，我迅速向外走，心臟不禁噗通噗通直跳，走到馬路上了，對方都沒出聲。

「看到公車就上去。」

「是。」對方果然沒發現我的動作。我招手，跳上車。即使對目的地毫無頭緒也無所謂。那是我這輩子第一個學生，就算豁出一切，也必須救她回來。

◇

公車坐了十幾站，他突然叫我下車，並讓我向他報備附近的景物。這更證明了他無法監視我。他命令我在陌生的巷弄裡繞來繞去，正當我看見一棟破工廠，以為就要到達對方巢穴時，他又打來，叫我往旁邊小路走去，還讓我爬上山。我大概猜出他想消耗我的體力，便故意放慢速度，在山上看了紫色雲霞和金色落日，他又打手機來讓我下山，繞回去坐客運，車子跑了一大圈到了林口，天都黑透了，他再次讓我下車，我四處閒逛了一個小時，還趁機買了一百塊滷味當晚餐，最終他要我隨便找一班公車回桃園，坐了幾十分鐘，就快到站的時候，手機又響了。

我一接便說：「繞了這麼久，總算可以確定沒有人跟蹤我了吧？」

「哼……」他沉默了一陣子，恨恨地又說：「……你難道不想知道我是誰嗎？」

「……」在停車場時我太震驚，還搞不清楚狀況，一坐上公車後就已有了頭緒，完全確認了這個綁匪是誰，問題是，我現在是該裝傻，還是通盤拖出，好壓制他的氣勢，這才是關鍵。我說：「……你是誰不重要，重要的是，你是衝著我來的，對吧？」

「哼，沒錯，我要報仇。」

「那恭喜你，今天可以如願了……朱先生。」他陷入沉默。我又說：「雖然只有一瞬間，我還是認出了圍牆上冒出來的人就是朱小弟。之後沒過多久，這支手機就在牆上響了起來。我扔過手機之後，是他拿著另一支手機跟你確認的吧。加上你上次跑來揍我的事，我就把事情串起來了。」

「蠢豬！」他大吼，隨即聽見一個巴掌聲，又脆又響，接著聽見朱小弟嗚啊哭叫。「你報警了？」

「沒有，我身上又沒手機，你的手機又沒繳費，只能接不能打，怎麼報警呢？」他的計畫看似嚴謹，其實漏洞百出，去除吳同學的手機不說，一路上我有一百個機會可以借到電話，但是我可不敢冒險讓警方插手。朱小弟愈哭愈慘了，我說：「呃……其實也不要怪你兒子啦，最近跟我結仇的人雖然多，但綜合所有情況來看，也就只有你一個人符合條件，所以我才能聯想起來。」他哼了一聲，我又說：「而且，上次的事是誤會，不是我開槍打爆你兒子的便當，是鑫展建設的丘董事長——」

「解決你之後，下一個就是他。」

「這……你上次已經揍了我一頓，現在我鼻子上還有一點疤沒掉乾淨呢，這還不夠嗎？」

「夠？你也不想想，你讓他做了什麼事，這個痛，我死了都要討回來！」

「做了什麼？我、我不知道啊？」車上乘客都轉頭看向我，我忙壓低聲音，「不管什麼，那是他做的，跟我沒關係，我根本不知道他做了什麼，你要報仇就去找他，實在是跟我沒有半點關係呀——」

「呵呵呵，你就騙吧。現在才怕，來不及了。」

手機保持通話，我卻無語了，他也不說話。等車子到了桃園火車站，我照著他的指示下車，一路行走，途經的紅燈、車燈、招牌燈卻是愈看愈熟悉。這是回家的路，再轉彎進去就是我租的鐵皮屋——

「停，走進巷口那間檳榔攤。」

檳榔攤？看著黯淡的招牌，我滿腦子只想到那個檳榔西施，對我頭都不抬一下、話都不說一句，立時有種不好的預感。眼見鐵捲門已升了一半，彎腰探頭，一片黑壓壓，只聽得見抽泣聲嗚嗚噎噎，有種說不出的陰森。

「進來。」店內和手機聲音幾乎同步。

我鑽了進去，用最快速度拿出吳同學的手機，輕輕放進檳榔攤車上一個塑膠籃子裡，頓時五顏六色的霓虹燈全都亮了起來，一陣刺眼過後，先是看見了那個檳榔西施，隨即發現她其實就是朱太太，她站在角落裡，一身粉色熱褲和小可愛，點點淚水把妝都弄花了，背部朝外，雙手護著肚子前的朱小弟，朱小弟臉上帶著巴掌印，兩隻小手不停抹著，鼻涕淚水沾得到處都是。原來這裡就是朱小弟的家，當初我進來買飲料，朱太太必定是因為尷尬怕羞，所以才對我這麼冷淡。往裡頭看，飲料櫃前一張木頭椅子上，一個女孩渾身纏繞著繩子，全身都在發抖，頭上罩著一個裝檳榔用的小麻布袋，袋子下面露出兩條辮子，正是丁小妹。

「妹妹，不要怕，叔叔來救妳了！」我正要衝上前，飲料櫃後側陰影裡一道眼神讓我卻步。

「你想救誰呢？」朱先生從一張滾輪辦公椅上緩緩起身，慢慢走了出來，兩隻眼睛充斥怒氣，滿是血絲，泛黃吊嘎下，原本黝黑的皮膚似乎帶著淡淡灰白，全身肌肉也有些頹縮，拿著一把切檳榔用的短小菜刀，隔著麻布袋，鋒刃抵著丁小妹的喉嚨。丁小妹一聽我來了便嗚嗚亂叫，想必還被塞住了嘴，發不出聲音，然而朱先生一靠近，她立刻強自鎮靜，動都不動。這孩子真是聰明。

「妹妹好乖，妹妹好棒，妳放心，不要怕，要冷靜喔，叔叔來救妳了。朱先生，你快把那個東西拿開！你！你、你、你、你的手、手……手指……」我仔細一看，發現朱先生的兩隻手竟都少了一隻小指，缺口包扎著紗布，透著暗紅血污。天殺的！「是丘董事長……」丘董事長！看看你做了什麼好事，難怪他要報仇呢！

「你……和他……還有所有人都得死。」朱先生從桌上拿起一束繩子扔給朱太太，說：「把他綁起來。」朱太太一手撿起繩子，一手牽著兒子，走到我身邊綁我，小聲說：「管、管管、管、管先生，對、對、對對、對不起啦……」

「沒事，」我暗自撐開手臂，看向朱先生，又說：「把我綁好之後，你要怎麼做？」

「呵，問得好……」他提起地上一個兩公升的白色半透明塑膠桶，裡頭裝著粉紅色液體，想必是汽油吧，他說：「……聽說你叫業火博士，其實就是一個縱火犯嘛，現在，我就在這裡燒死你，燒了這間店，說是你放的火，我就可以拿到保險金，之後我再去燒掉那間公司，讓他們連手指都不剩。總有一天，我還要再去燒掉市政府，死之前，我還要燒掉總統府，我一定要看到所有人都痛苦掙扎，全部的人都變成焦屍，我才能痛快啦！」

我聽得心驚肉跳，好不容易擠出話來回應，說：「連市政府，連總統府你都要燒？為什麼？」趁隙活動活動手臂，然而朱太太全身都在發抖，繩子根本沒綁緊。

「燒！為什麼不燒！我早上幫人搬貨，晚上切檳榔，才賺那麼一點錢……政府一下搞什麼檳榔捐，一下說我招牌太亮，被抗議，被開罰，害我搬了兩次家，花了多少錢。還有什麼外籍單位說我虐待老婆，逼她當檳榔西施。屁！她是我去越南花錢買的，買回來幫忙賺錢有什麼不對。幹！還到處貼什麼海報，說吃檳榔害死人！讓我到哪裡都被看不起，他們才害死人！我沒讀書，只會做這件事，他們不讓我做，就是要害死我！不行！我一定要先弄死他們！去死！去死！去死！」朱先生突然發怒大吼，抬腿不停踹著玻璃飲料櫃，玻璃破了一面又一面，飲料摔了一地，發出尖銳又紛雜的聲響。

我趁機小聲說：「我已經安排了人，就在外面，你們趕緊向外面的小巷子裡跑，馬上就安全了。」

「啊？我不敢……」朱太太說。旁邊朱小弟巴巴望著我，拚命拉他媽媽衣角，彷彿已經等不及了。

「為了妳的兒子，妳必須要敢，外面的是警察，都有槍，妳老公搞這一齣，已經完蛋了，一定要被抓去坐牢，再也管不了你們母子，妳放心，現在快跑就安全了。」她還在猶豫，支支吾吾下不定決心。

我隨即朝她耳邊大吼：「跑！」

朱太太像被按下開關，一把抓起肥胖的朱小弟，鑽出鐵捲門就向外衝。朱先生見狀，大吼一聲，趕忙將腳抽出飲料櫃，又踩到一瓶莎莎亞差點滑倒。我趁機鬆開繩子，鑽出鐵捲門向外跑，看著朱太太即將消逝的背影，準備跑向另一個方向。朱先生用力頂起鐵捲門，眼看計畫全部失敗，回頭要去抓丁小妹，我立刻大聲喊住他：

「沒手指的廢物！只敢拿小女生出氣！你不是男人！你沒卵葩！你是最廢廢物！難怪沒人瞧得起你！我就第一個最瞧不起你！老實跟你說啦，就是我叫丘董事長去切你手指！我好後悔啊，應該讓他切你卵葩！我就是要讓你在這個社會活不下去！我就是要你死！你現在殺不了我，我立刻去報警，你就什麼仇都不用報了，直接被槍斃吧你——！你廢物！你是廢物中的廢物——！該死的廢物！」

朱先生整張臉扭曲漲紅，渾身筋肉暴凸、血管浮起，猶如修羅，要將連同我所存在的天地空間一併燃燒殆盡——他才有真正憤怒的業火，可惜，卻不是一個博士，他不懂得怎麼設計規劃，也不夠聰明看破我的安排，更沒有我東拼西湊的知識。

「你——！該——！死——！我要殺了你——！」朱先生雷響一般大吼，手上還緊握著汽油桶，不顧一切向我狂奔而來。

我不可能是他的對手，趕忙轉頭往前衝刺，一步未完又跨過一步，一步在前又追上一步，耳邊都是風聲……很好，如果一切順利，丁小妹馬上就能安全了，接下來，就是要拯救我自己——第一個方法，甩掉他。若是辦不到，就得用第二個方法，跑到鑫展建設公司，吳警官今晚要攻堅，那裡一定埋伏了很多警察，只要早他一步到達，就能活過今天。我為振奮自己而吶喊：

「衝啊——！」

◇

「呼——呼——呼——呼——呼——呼——呼——呼——呼——」

現在應該已經快晚上十一點了吧。我在黑暗中東闖西竄，在街巷裡急停轉向，在變電箱與路邊車輛遮擋下時停時跑……無奈，從下午四點開始被迫四處走動，累積了不少疲勞，感覺到腿腳因乳酸堆積而愈來愈僵硬，身邊的風愈來愈小，腳步聲也愈發沉重……身後腳步時刻緊逼，我幾次勉強加速卻不持久，好不容易拉開一點距離轉瞬又沒了，相距總不超過兩個轉彎。

只能往建設公司前進了。刻意迂迴兩圈迷惑對方，終於從小學後門跑到鑫展建設公司門口，衝刺，壓線，我滿臉解脫，彷彿得了金牌，卻發現黃色鐵捲門緊閉，外頭卻沒有半條警察封鎖線，白鐵狗籠子也不見了，換停了一台小卡車，載了一個蓋著帆布的大箱子，四下悄然無聲，彷彿是一個再普通不過的夜晚，我張望了五六圈，不放過任何一個陰影和角落，差點閃到脖子，卻是半個人影也沒見。

「喂……！有人嗎……！警察先生……！」我用最小的聲音吶喊。只有帆布下傳來鏗鏗的敲擊金屬聲，悶在裡頭，像是有什麼東西在搖晃……可惡，現在是什麼情況？怎麼半個警察都沒有？吳警官在搞什麼鬼啊？後方腳步聲愈來愈近……我再次邁開腿要逃，卻發現兩條大腿已經硬得像石頭，跑不出這條巷子就會被追上。怎麼辦？我還能躲在哪裡……停車場，對啊，車亭！

拖著雙腿走向車亭，沒上鎖，開門，橘貓就窩在北極熊玩偶的肚皮上，悠閒地對我喵了一聲。而我螢幕破碎的手機已放在桌上。吳同學，做得好。我趕忙關門，抓起手機撥打，才嘟了兩聲便接通——

「吳警官，你怎麼沒派人來鑫展建設公司啊？」

「姓李的！」吳警官壓低聲音吼道：「我不知道你是要整我，還是你也被騙了，或是從頭到尾，根本就是你在報仇，反正，不管你到底在計畫什麼，我們合作到此結束！」

「你在說什麼啊，帳本都拿給你了，罪證確鑿，你今天不抓人，錯過今天，他們發現少了帳本就沒機會了，你現在就給我過來！」

「你還騙，我們差點出隊，好在局長讓人事先驗了帳本上的粉末，根本是糖粉，不是什麼毒品。而且整本帳本完全找不到一枚指紋，甚至還有一個賣家，記號解密之後，竟然是我們局長的名字！地址就是警察局！」我聽著倒抽一口涼氣，差點噎住心肺，他繼續罵：「都是你！害我被局長罵得要命！什麼升官、什麼加薪，永遠都沒機會了！姓李的，別說我沒提醒你，下次見面，你給我注意一點，要是敢洩露我和我弟那件事，我絕對會做出比上次更厲害的事！」

「不是這樣，那是、是丘董事長的計策，他看穿了……」可能不是看穿我，是看穿了菉，一定是。

「我管你怎樣？哼，不只我，還有我們局長也不會放過你的。」

唉呀，管不了這麼多了，「今天下午，停車場旁邊的小學發生一起擄人綁架案，那個綁架犯要殺我，我現在躲在停車場的車亭裡，你快派最近的警察過來救我！——」

「殺你？救你？哈哈，好，太好了，看來不用我動手了，哈哈哈——」隨即切斷通話。

「馬的——」我才罵出口就噤聲，腳步聲衝過來，朱先生依然提著汽油，在建設公司門前的路燈下停住腳步，他先掀開一角小貨車上的帆布，看了一眼，冷笑一聲，隨即又掩上，原地轉了一圈，先用瘋狂又銳利的眼神掃視，像要看透四面八方，又把手掌括在耳後，再轉一圈，勢要收納所有聲音。我透過百葉窗盯著他看，死死閉著氣，縮脖子彎腰，渾身連一個細胞都不敢動，深怕下一拍心跳太大聲，就此出賣了行蹤……橘貓跟我心有靈犀，睜大貓眼盯著我直看，也是動都不動。

眼看朱先生往停車場裡移動了兩步，忽聽到大馬路那邊傳來一陣金屬敲擊聲，便即刻往前追去，沒有進來。好險，但是不能放鬆。我迅速展開思考：只要前面動靜一停，他必定要回來，想要百分之百保命，就得拋棄車亭，這裡再安全也只是一時，若悄悄往原路撤退，等朱先生回過神，再進來搜索時，我早就躲到天邊去了。

主意既定，我鼓起勇氣，用最輕的力道打開門，本想帶走橘貓，怎知牠又臥回北極熊肚子上，我拚命招手牠也完全不想離開，只好給牠留一個門縫，我自己一個人向外移動，腳跟著地，腳尖離地，盡可能不發出半點聲音，害怕地探頭望了望朱先生離去的方向，又黑又安靜，這才敢走出停車場。

我急忙往反方向走了兩步，正要跑起來，卻聽見小貨車上的大箱子裡傳來一陣敲打聲，節奏異常規律，「鏗鏗鏗，鏗，鏗，鏗，鏗鏗鏗。鏗鏗鏗，鏗，鏗，鏗，鏗鏗鏗。鏗鏗鏗，鏗，鏗，鏗，鏗鏗鏗……」三短三長三短，這是摩斯密碼的求救訊號，好奇加上心頭一陣預感，我回過頭，伸手往小貨車上一拉，揭下半張帆布——

是楊店長和棻，他們被關在白鐵大狗籠裡，被粗麻繩緊緊捆住，只著內衣內褲，身上滿是傷痕血跡，一倒一臥，膠布繞著頭，嚴嚴實實封住了嘴，楊店長只得用力扭出背後的手，用大拇指指甲不斷彈擊白鐵籠子發出聲音，指甲都裂開了，血珠飛散。

我瞪大眼睛，下巴打顫，「你們……你們被發現了……」

楊店長和棻發出嗚嗚哀鳴，雙雙對我投以求救的眼神，虛弱、著急、無助，讓我差點站不穩……看這個態勢，丘董事長是不打算讓他們活命了。我一心要幫他們，但是沒有鑰匙，怎麼幫？正手足無措拿不定主意，楊店長和棻悶喊得更大聲，少了無助，更多緊急，彷彿有巨大危機正在降臨，我順著兩人閃爍的視線，轉身向後一瞅，朱先生已然站在我身後。糟糕……怎麼把他忘了。猛地一拳打在太陽穴上，我重摔在地，頭又在地上撞了一下，劇痛加上頭暈目眩，已然站不起身。

「管停車場的就是改不了吃屎，果然只會躲在裡面，」朱先生一臉殘忍又得意，「拖不回去，那就在這邊燒了，就在……就在這裡不錯，你最喜歡的地方，長得也很像棺材呀。」

朱先生力量巨大，彎腰往腳踝一拉，便將我拖進停車場裡去，柏油地磨得我背上滿是破皮，所幸刺痛讓我重新掌握了一些思緒，能思考就還有機會呀。朱先生一開車亭門，橘貓花了一秒感覺到情勢不妙，喵一聲，縱身一跳，往他身上又抓又咬。真是隻好貓啊。我趁機要爬離現場，不料朱先生用力一拍，橘貓就飛了出去，痛得牠忙逃出停車場。我又被往回拖，臉上挨了兩拳，整個人被硬塞進車亭。

他打開塑膠油罐，噗、噗、噗、噗……往我身上傾倒，刺鼻的汽油味又讓我多回過一絲心神，用盡力氣抬起腳，猛踹他下襠。男人的痛處遭受重擊，朱先生瞬間就趴下了，總算爭取到了幾秒鐘。逃是沒機會了，以拖待變還可以一試，我再一腳踢他出去，膝蓋跪地，伸長手將車亭門關上，才反鎖，朱先生已然緩過疼痛，站起身，竟仰天大笑。

「裡面！外面！都一樣！」他撿起塑膠桶，往車亭門和左右兩側，繼續將汽油倒個精光，從口袋中掏出打火機，拇指一刷點燃，說：「去死吧——！」

是，他說得很對，裡面也澆了汽油，外面燒和裡面燒都是一樣。我趕忙伸手去拉，扯掉了兩面百葉窗才終於撐起身體，抓起能夠助燃的北極熊，奮力踩上板凳再繼續往上踩，踢開收銀機，頭頂著天花板，屈著腰，顫顫巍巍站在桌子上。

打火機靠近車亭，火焰與汽油接觸瞬間，轟一聲！像突遭雷擊一般，一陣閃光瞬間籠罩所有視野。都是火！低頭一看，火已鑽過門縫，延燒到車亭裡的地板。我要死了、我要死了、我要死了、我要死了、我要死了、我要死了……只要一絲火星沾上衣服，我就死定了！濃煙惡臭伴隨熱氣襲來，嗆得我直咳嗽，趕緊憋住氣。看來，就算沒燒死我，我也得嗆死，沒嗆死，也會缺氧窒息啊。

「哈哈哈——！哈哈哈哈哈——！哈哈哈哈哈哈——！」朱先生大笑不止，如痴如狂，拿著點燃的打火機等在外頭，像是要在我忍不住衝出來的瞬間，給我最後一擊。

「救命……咳，救命、救命！咳咳咳！救命啊！救命啊！誰快來救救我啊！咳咳！咳咳咳！」

我拚命思考怎麼逃出去、怎麼才能做最後一博，各種方式在我心中模擬，無論何種策略，都沒有半點生機。突然，遠方又聽見一陣笑聲不停靠近，頻率完全不同，壓迫感卻絲毫不輸給朱先生——

「呵……呵呵呵呵……呵呵呵……呵呵呵呵呵呵……不要跑……」又尖又高的聲音透著呆傻。

橘貓飛速竄了回來，鑽進離停車場出入口最近的一台轎車車底。「……呵呵……呵呵呵呵呵……呵呵呵！不要跑——！」碩大身影閃出來，是小孟，小孟拿著死老鼠和長柄鐮刀追來了。

「喔？」小孟看到大火，忽然一愣，站在原地不動，接著盯向朱先生，說：「貓咪，是我的喔。」

朱先生轉過頭，說：「什麼？」

「抓到貓，阿嬤買了炸雞，也不會分給你喲。」

「什麼炸雞？」

「你果然要吃我的炸雞！不給你！」

「你這個白痴，到底說什麼啊……？」

「啊？白痴，你說誰白痴？」

「喔，你不知道啊？哈哈哈，就是你啊！你就是白痴！還是廢物！你就是個廢物白癡！」

「啊——！啊啊啊啊啊——！啊啊啊啊啊啊啊——！」小孟臉部扭曲，尖叫聲彷彿火車在鐵軌上緊急煞停，「你才是白痴！你才是白痴啦——」死老鼠一扔，邊吼邊往前爆衝，速度快得活像是一顆人肉砲彈，舉起八十公分長柄鐮刀就是全力劈砍，第一刀就打爆了打火機，第二刀劃傷朱先生臉頰，緊接著第三刀、第四刀、第五刀……橫劈、直砍、斜勾，還有打叉叉和轉圈圈……亂七八糟地揮舞，絲毫沒有半點章法，唯一的規律就是一刀緊接著一刀、一刀快過一刀，沒有半秒鐘停歇，逼得吳先生拚命後退，只能拿出檳榔短刀應對。

好啊！比瘋狂，誰能比得過小孟呢！但現在可不是看戲的時候，我脫下破T恤和舊牛仔褲，幸好四角內褲還是乾的，沒沾上汽油。我快不能呼吸、快沒力氣了，門外是火，開了就會燒進來，便用腳踢向被熏黑的玻璃窗，第一次踢向角落，姿勢不好，出不了力，沒破。聽見「唦咧」一聲，玻璃正中間竟燒出了裂縫，好機會，趕緊側過身用力一摔，全身體重壓在那道裂縫上，啪！裂縫更大了，一摔再摔，終於玻璃爆開，我瞬間失重，身體從不斷舔噬的火舌之中穿越，扭過腰，用北極熊當作緩衝重摔在地，布偶裡棉花塞得扎實，將我彈向一旁，滾了兩圈撞在圍牆上，碎玻璃和碎石子都刺進皮肉裡，來不及喊痛，看見腳下沾了汽油的布鞋已被點燃，嚇得我立即跳起身，拚命踩地直至熄滅。鬆了一口氣，臉上映著灼人火光，後退兩步遠離車亭，大口大口呼吸著涼爽的晚風。

逃，我要趕快逃！抬頭，肥胖的小孟已經滿臉通紅，汗像灑水器一樣四處亂噴，小眼睛眨個不停，張大了嘴巴喘不過氣。他快不行了，我得趁現在快走，但是小孟怎麼辦？朱先生哈哈大笑，一個箭步向前，一刀劃破小孟睡衣，往前又是一拳，重重打在小孟鼻子上，登時鼻血、鼻涕、眼淚都噴了出來，慌得手上長柄鐮刀一陣亂揮。

「小孟！快跑啊！」我大喊，小孟根本沒聽到。朱先生稍稍後退保持距離，一臉蓄勢待發。他會殺了小孟嗎？不會吧，他要殺的是我。我面朝門口，做出跑步姿勢，又大喊，「沒手指的混蛋，來追我啊！我要去報警了！你死定了！」

「哈哈哈，白痴、白痴！」朱先生全神貫注，眼看小孟陷入慌亂，四隻手指把弄著檳榔短刀，另外四隻手指抹著臉頰傷口，擦開鮮血，用極度張狂又痛恨的表情說：「敢妨礙我，我絕對要弄死你！」

即使我是一個打架外行，也看得明白清楚——等到小孟累了、鐮刀揮得慢了，下一擊，朱先生就要把他拿下。快跑，不要管小孟，他只是一個智商有問題的人，讓他擋住朱先生，等朱先生殺了他就惡貫滿盈了，從此沒有後顧之憂，我現在快去找人來救楊店長，他對我而言才比較重要……重要……不行、不行、不行，說到底，小孟雖然只是一個腦袋有問題的孩子，但是他也很重要，因為，在我內心深處，一直是知道的，我跟他其實是一模一樣：

一個想要拿死老鼠抓貓，一個想著拿爛博士學位換到助理教授的工作，兩者根本沒區別。

我得幫他。怎麼幫？戰鬥，我要一起戰鬥，兩個打一個才有勝算。怎麼戰鬥？拳頭我不行，武器，我需要武器。什麼武器？像羅馬武士一樣，一個盾、一枝矛，而且跟只穿一條內褲的我也很搭，別想造型設計了！用什麼當盾？嗯……北極熊填充玩偶？可以，柔弱勝剛強。矛呢？矛……矛……矛……

有了！快步跑到車亭後面與圍牆的縫隙，雜貨車老闆做的舒適加工塑膠掃把已經燒成黑炭，塑膠畚斗也已融成一團，只剩那隻竹掃帚，它因為重心不平衡而傾倒在地上，竟逃過了大火，只燒焦了掃帚頭幾根竹枝。

可是……上次朱先生來揍我，我用竹掃帚反擊過，他根本不怕……看著竹枝冒著煙……除非……我突然想起竹掃帚十大缺點之一，竹枝過於尖銳，總會刺穿垃圾袋。立刻撿起剛脫下的破T恤，拉得死緊，往竹枝上用力壓，果然四五根竹枝刺穿出來，我再用力扯，直到穿過了十數根竹枝，便已完全勾住固定。沒問題，可行。左手抓起蝴蝶結緞帶，立起北極熊當作盾牌護住全身，夾緊右手手臂，將沉重的竹掃帚水平抬起來，伸向車亭，滿是汽油的T恤一沾火，立即冒出熊熊烈焰，像根巨大火把，勢要點亮黑夜。

轉身對準目標，慨然鼓起勇氣，跨出步伐，愈來愈快，向前突擊——

我能想像當下自己所在的畫面有多不協調，但是已沒有半分心情發噱，定睛一看，朱先生的臉上也是完全笑不出來，檳榔短刀才舉起要砍向小孟，就嚇得迅速後退，狼狽撞上身後車輛，又以最快速度翻轉身體逃離，差點被我點燃了衣服。果然，野獸都怕火焰。眼看效果這麼好，我趕緊回頭大喊。

「小孟！快跑！這邊交給我！」

小孟終於揉開了眼鼻，大喊：「我不是白痴！」

「我知道啦，你快跑，這個人很危險，快點逃走！」

「我不是白痴啦！」

小孟又衝了出去，腳步和長柄鐮刀揮舞的速度都慢了許多，才剛靠近就差點遭受朱先生反擊，我只能將火焰掃帚往前猛戳作為掩護，朱先生被燙得後退，小孟又去追，追到了又打不過，我用北極熊打掩護，檳榔短刀砍下，棉花都掏出來了，嚇得我發愣，虧得小孟不屈不撓又砍了上去，逼退了朱先生，我才逃過砍殺……三個人繞著車輛在停車場裡滿場飛奔，喘氣聲、腳步聲、罵喊聲，明明是以命相搏，卻彷彿在玩一場實力均衡的鬼抓人遊戲，久久不能結束。

只見T恤和竹枝逐漸化作灰燼，火愈燒愈小，小孟累得臉色愈來愈白，動作也益發遲緩，朱先生原本不安的表情漸漸淡去，嘴角慢慢揚起，笑得像朵異色的花，緩緩綻放，愈開愈是燦爛盛大。誰輸誰贏，我和朱先生都知道，只有小孟不明白。我喊了好幾次要他快跑，他依然執著追逐，半點沒聽進耳裡，不料一陣腿軟，被朱先生逮住空隙，抬腳用力踹向那巨大的肚皮，小孟登時跌得四腳朝天。我趕忙去救，無奈單手拿著竹掃帚太久，太重導致筋骨僵硬，還是慢了一步。朱先生赤手拍歪火焰竹枝，順勢往小孟頭上狠狠一蹬。小孟兩眼一翻，在鼻血飛濺之中渾身抽搐，發出游絲一般的嚶嚶哀號。朱先生迅速跨站到他身上，檳榔短刀高高舉起就要捅下——

「朱先生！不要啊！」我喊著，想衝上前已經遲了，沒力氣再拿起竹掃帚，電閃一般的念頭竄進來：那就用離心力吧！一轉身，緊緊抓住竹掃帚想甩過去，卻沒想到朱先生突然改變方向，一揮檳榔短刀用力射向我，察覺到刀刃閃光逼面時，已經閃不開了，硬扭過腰後退，左手反射地阻擋，千鈞一髮間，北極熊的頭彈開短刀，終於撿回一命。

好險……他沒刀了，要阻止他就得趁現在。才要往前衝，就看見朱先生已經撿起長柄鐮刀，彎而鋒利，閃耀懾人寒芒……馬的，我怎麼沒想到還有這把刀啊！馬的、馬的、馬的、馬的、馬的，他騙我，他的目標一直是我……腳步不自覺向後挪動。

「去——」朱先生說，缺小指的手高舉鐮刀，渾身暢快，彷彿已提前沐浴在勝利之中，眼睛裡遍布火熱血絲，笑意卻極度冷冽，「——死。」

快！好快！他怎麼還能有體力這麼快！不，不是他快，是他手上鐮刀太長——只一刀，北極熊就開腸破肚，我忙後退兩步，又一刀橫掃，嘶一聲，手上忽然一輕，北極熊的頭斷開飛落，粉紅緞帶失去支撐點，北極熊的身體也同時脫落。靠夭……盾沒了。

我踉蹌後退好幾步，差點跌倒，順勢又甩一圈竹掃帚，要在第一時間打落長柄鐮刀。朱先生立即收手後退。好，知道保持距離最好，我手上再加力氣，將竹掃帚在頭上用力甩，一圈又一圈，用不斷加強的離心力加速，像是直昇機螺旋槳般風轉，形成一個不能侵犯的圓，風壓終於熄滅了火焰，焦黑掃帚頭冒出陣陣青煙，不斷向外擴散，打在朱先生充滿耐心又不懷好意的臉龐，吸進他的肺腑。

僵持。只要動作一停，我就會被殺死。

反擊，我需要反擊。計畫，要有一個能出其不意的完美計畫。怎麼計畫？我需要筆記本和三色原子筆，不！現在沒有那些東西，用腦子，想！我手裡還有什麼？還是這把竹掃帚，一年多來，我仔細研究過的竹掃帚，一共十個缺點，如果需要出其不意，就必須利用這些只有我知道、對方卻完全摸不著頭緒的知識，這才有機會成功。還有什麼可以輔助嗎？還有，還有這片停車場，我用竹掃帚掃過數百次，一草一木我都清楚不過了，可以。還有……還有……還有橘貓，他在這裡逃命的經驗豐富，我可以向牠借鑒。有這三個條件，我能設計出一個成功的計畫嗎？能，剛剛一連串行動都有效果，只要現在這個竹掃帚的缺點夠厲害，能夠一口氣全部發揮出來，就有機會成功，不，必須要成功！對！死也得成功——！那竹掃帚到底有什麼可用的缺點？用什麼缺點……用什麼缺點……用什麼缺點……一片陰香樹葉從綁竹掃帚的鐵絲上落下，正好飄經我面前，對了！就是那個缺點啊！

我不停轉動著竹掃帚，不斷在思考著所有可能方案，條列出細項，模擬行動順序，直到我高舉的手掌被掃帚柄拉扯得滿是傷口，手腕、手肘、肩膀開始以劇烈疼痛表達抗議。

「朱先生……」第一步，我盡量把聲音控制得極為和緩，面對那些試圖擁有自尊的人，說出他們無不害怕的話，「你實在是……非常可憐啊……」

朱先生撐開雙眼一瞪，說：「你說什——」

我瞬間鬆手，竹掃帚往他臉上飛去。第二步，克服太重的竹掃帚。

朱先生迅速側身閃躲，竹掃帚一如預期，重重打在他身後陰香樹幹上。我轉身就往外跑。朱先生立刻在身後追。我能感受到鐮刀逼近，瞬間轉換方向，學著橘貓在車輛裡亂鑽，這裡每塊柏油的一凹一凸、每輛車子的型號和停法，我都熟悉到不能再熟悉了：那台貨車總是停太靠牆——我預先轉彎。前面停車格落葉最多，一直空著——低下身加速通過。那台小金龜總是停歪一邊——我過得去，朱先生可過不去。這一台吉普車換了大輪胎，底盤高得可以住下一家人了——學著橘貓，躺著滾過去……抽空回頭看，朱先生還困在車陣裡繞不出來。成功完成第三步，學習橘貓的逃命策略。

滾出來，起身，位置正好，撿起竹掃帚，兩手高高舉起，用力砸向陰香樹旁一輛賓士跑車，就打在車頭位置，如果我記得沒錯，這台車有裝警報器，「拐——拐——拐——拐——拐——拐——」果然聲音爆出來，簡直可以撕裂夜晚。好，我挺腰，雙手向後一拋，將過於沉重的竹掃帚往後扔去。當朱先生終於又靠近上來，我再次躲入車陣，閃、轉、躲、鑽，再次撿到竹掃帚，往一旁計程車砸下，「咭！咭！咭！咭！咭！咭！」。朱先生這次跑得快了一點，差點抓到我，我將竹掃帚用力甩向下一輛車，又鑽進車輛之中，繞了半圈，撿起竹掃帚又砸向一台富豪轎旅，「叭、叭、叭、叭、叭、叭……」又丟竹掃帚……第四步，假裝製造聲音求救。

「不會有人來的啦——！」朱先生大喊。

他已然察覺我的意圖，提早往扔竹掃帚的方向飛奔，迅速欺到我身後，一鐮刀劃傷我後背，痛得我不得不往前跌了兩步。他以為我要逃，又追上來。我卻忍住，撿起竹掃帚，扭腰轉身，並用力把竹桿一擰，使手上竹掃帚旋轉起來，往前一送，燒焦的竹枝往他臉上突襲，劃出了數道血痕，朱先生咬牙後退半步，一手遮臉，一手格擋，我順勢將竹掃帚往地上一砸，抓準碰撞反彈的瞬間，猛力往後回抽。朱先生趁隙再次砍向我，腳步移動，刻意踩在掃帚頭上，不讓我再次反擊。

但他不曉得，我早就完成了計畫中的第五步，也是最後一步，藉由不停打擊、旋轉與抽動，徹底動搖了掃帚頭的竹枝與鐵絲。

我奮力向後一抽，掃帚柄已然分離，他僅踩到了一個掃帚頭，竹枝寸斷。

我後退……他高舉長柄鐮刀蓄力……我倒在地上……他用力劈下……我將掃帚柄尾端拄著地面，挺立那堅硬的竹桿……他察覺到了，伸手要攔卻擋不住全身衝力……我想閉上眼卻閉不上，眼睜睜看著斜削的掃帚柄尖端刺進他的肩窩，滾燙鮮血濺得我滿臉，大張的嘴裡嚐到一絲腥鏽……

他的表情瞬間震驚慘白，手臂無力垂下，刀尖碰到我脖子，破了皮，帶來一絲刺痛，沒來得及砍進動脈，鐮刀就被鬆開，落在一旁……我趕忙握著竹桿，站起身，扶住他沉重的身體，輕輕將他放倒，想壓著幫忙止血，卻慌得不知道具體該怎麼做，沾得雙手都是鮮紅……他渾身抽搐，脈博愈來愈弱，噎著沒力氣說出口的咒罵，眼神逐漸迷離……我活下來了，大腦一片空白，只能想著一件事——

「救、救護車……救護車……救護車……」我說，在三台防盜警報器干擾下，幾乎沒聽見自己的聲音，恍恍惚惚，起身往外走去求援，忽看見一顆人頭拿著手機對著我，在圍牆那頭的小學裡邊，手機移開，是吳同學，他一臉興奮，翻過牆來，喋喋不休地對我解釋他為什麼會在這個地方、手機哪來的、他對我又多麼崇敬……我沒心情聽，只說：「救護車，」他一臉聽不清的樣子，又關心起我的傷勢。我大吼：「叫救護車——！」所有警報器正好停止。

吳同學大聲應答並對我敬禮，看著他趕忙撥打手機，我懸著的一顆心才能稍微安放，才想著要去開鎖，要救楊店長和棻，高處突然一陣壓抑過的爆響，還來不及驚訝，聽見吳同學一聲驚叫，他手上的手機突然爆裂，夾雜著火花和碎片飛了出去。

我抬頭，建設公司二摟窗戶裡，一道粗壯的黑色西裝身影，映著路燈，優雅地舉起一支手臂，握著一把黑光閃耀的手槍。鑫展建設公司黃色鐵捲門突然上升、玻璃落地門被拉開，燈光忽然點亮並流洩出來，人影伴隨著紛沓腳步聲向外魚貫，站到馬路上分開左右，這邊十個，那邊十個，各個拿著手臂長的開山刀，堵住停車場出入口、堵住我們、堵住生路。

◇

再抬頭，身影已不在，一分鐘之後，丘董事長已下樓，踩著沉穩的步伐緩緩出現，寬大西裝沒扣釦子，隨著步履颯颯搖擺，巨大肚子一頓，雙腳大開，站在二十個人正中間的空位，拿著手槍，慢慢理著袖口和衣領，帝王一般，渾身無處不充斥霸氣與悠閒。

丘董事長說：「反擊得真是精彩，我從來沒見過，誰能在如此短的時間裡，想出這麼多、這麼完備的策略，並且百分之百付諸實行。實在是精彩，值得我為你——」

「閉嘴，」我見他要舉手鼓掌，立刻打斷，聲音在夜裡格外響亮，「這一切都是你亂搞惹出來的事。」二十支刀刃同時指向我，爆出的怒吼聲重疊在一起，除了幾句髒話，聽不懂到底說了什麼，直至丘董事長敞開雙手制止。我又說：「難道不是嗎？先是亂開槍，又亂剁人手指。這不過是一個辛苦討生活的人罷了，有必要做這麼狠、做這麼絕嗎！」

「我這可都是為了你啊。不對別人狠，就是對自己殘忍。剛剛我就在後悔，那時候實在太心軟，應該直接殺了他才對，因為，我這個人啊，非常惜才，一直期望你能加入，能當我的手下。你該知道，我是絕對不允許有人，來傷害我的人。」

「所以你就在二樓看戲，判斷我有沒有那個價值？所以……」我環視那二十個手下，「所以當你們老大很欣賞你，但是不確定你們的實力或忠心，你們老大就會讓你陷入危機，然後站在一旁看戲，就算你正在生死一瞬間也不會出手……直到，你們活下來，你們的老大就會認為你們有利用價值，就會接納你，但要是你死了，他就算了，打消這個念頭……這種人值得嗎？他到底是欣賞你，還是欣賞你能為他去死的決心？還是，他只是要在你們面前表現一下，創造一種愛護下屬的假象？」

二十雙怒視的眼睛依然不變，不曉得是聽不懂，還是不願意聽。

「呵呵呵……」丘董事長仰著臉，頭一低，說：「你果然不懂啊，兄弟嘛，這裡的人，誰和誰沒有過命的交情，進了這個社會、踏上這條路，本來就是用性命相搏。」

「除了你。」

「哼，我當初殺人放火的時候，你還沒斷奶呢。」

「所以你現在有免死金牌了，」我再次看向那二十個人，「記住這句話啊，十年、二十年之後，這裡可能只有一個人能活下來，那個人就是未來的老大。喔，我看見有兩三個人少了小指，你們恐怕沒機會了。還有兩個我見過，當初你們喊棻姐的時候，眼神也不太單純，難保將來被關進狗籠裡啊……」

一番退無可退的挑撥，終於在那二十人臉上看到些許閃爍，不過隨即又被直指我的憤怒掩蓋。

「你……」丘董事長微微左瞥，稍稍右瞟，縮起下巴，瞇著眼看向我，彷彿突然決定要把我當成頭號危險人物，「只是，我本來以為會是這個姓楊的進來，沒想到是你。」

「嗯……你知道……你怎麼能知道？」不對，「……你有內應？你在警局裡有內應。」

「呵呵呵，聰明，不過是個朋友。」丘董事長一說，手下二十個人立刻重燃信心，全心全意恨我。

吳同學大聲說：「不可能！警察是正義的一方，不可能會有人跟你一起做壞事！」

「哈哈哈，警察不會做壞事？」丘董事長說：「是，大多數警察總是不願意做壞事，所以他們只要什麼都不做就夠了。」

「你騙人！你亂講！你說謊！」

「年輕人……幻想多……要是讓你知道他是哪個層級，恐怕你連嘴都不敢張。」

「我……」吳同學閉上嘴。

「……」我尋思，一個警察高層的朋友，足以把之後所有的挑撥和退路堵死，但是不知為何，或許是為了生存，或許是已經歷太多，心中的某部分已更加堅韌，竟感受到一股寧靜，彷彿湖面，面著風，只有微微漣漪漾開……我說：「放過這兩個人，」指向楊店長和棻，「放過這個孩子，」指向一旁的吳同學，「放過這個傻子，」指向小孟，「救這位先生，」指向朱先生，「我包准不會有人再來找你們的麻煩。」

「啊？你說什麼？」

「饒過這幾個人，我背後的組織就不會對你有進一步行動。」

「你？」丘董事長一張大臉因壓抑不住笑意而扭曲，「呵呵，你背後能有什麼靠山？」

「我堂堂『業火博士』，家裡有房也有地，親手燒了學校之後，不回家享福，也不避避風頭，何苦跑到這個鬼地方做了一年多的停車場管理員。這件事，你想過嗎？」他愣了愣，我又說：「事到如今，被朱先生攪亂了計畫，那也沒必要再隱藏了。我背後的確有靠山，這些都是我身後祕密組織的安排，我們十分隱密，在全國有一百二十處據點，五百七十二位成員。我先被安排燒了那間學店，接著又被安排來到這裡，處理你賣毒的問題。不要問我為什麼知道，我們也有消息來源……」我想起那天偷聽到棻說他去喝喜酒的事，「……只能說，屏東明明是鄉下地方，那裡的人，心思卻也不少啊。」

「你說的是……」他瞇起眼睛。

「嗯……」我記得看過相關新聞，介紹過屏東毒品走私亂象，只能賭一把了，「想想你的貨源吧。」

「是他……」瞪大眼睛，「……你到底是？」

成功了。鬆開得逞的拳頭，故作輕鬆在空中輕輕一揮手，「不要問我是誰，有些人，你不僅殺不起、惹不起、還問不起。你只要知道，我背後組織有心要對付你心裡想的那個人。已經鋪排了五六年，本來是想先除掉你，再對他下手。但是我能向組織內部建議，若能透過你這裡配合著手，至少可以少犧牲組織裡五到八個人，何樂而不為呢？」

「你們是什麼系統的……？政府？還是調查局？」

「呵……我們啊……」我偏過頭。猙獰眼神加上這三句問話，我知道他目前是偏向相信，但畢竟我這邊所顯現的，不過是故作神祕的三言兩語，如果這個時候，他們能夠適時出現，那我這一番謊言就能更有力量，「……我們，無所不在。」

「業火博士……」遙遠夜色中有人高聲吶喊。來了，終於來了，來的時機不能再更好了。

突然間喊著「業火博士」的聲音在東南西北間此起彼落，有大有小，有高有低，有男有女，在大街小巷裡不斷響起，朝著我靠近，伴隨著紛沓腳步聲，就像是睡夢之中突然刮起一陣風雨襲擊，又像是一支突擊隊，埋伏良久終於受令進發，那麼猝不即防，讓丘董事長的二十個手下全都亂了手腳，眼神瞬間從我身上抽離，二十把開山刀全都轉向四周，將丘董事長圍在正中間，防守住巷子兩端。

黑夜裡，人影一一浮現，他們都來了，體育系、汽修科、幼保科、護理系、美工科、電子科、網紅、插畫家、攝影師、棒球員、徵信社、電競選手、射箭國手、拳擊手、會爬樹和翻跟斗、兩個原住民、一個外國人……高矮胖瘦不一，所有我不曾見過的面貌，急匆匆地向我靠近，有人拿圓鍬，有人拿十字鎬，都是些露營配備，還有人拿著球棒和反曲弓。

四十八個人，四十八張著急緊張的臉，唯一共同點是都不害怕。

「業火博士您好，」一個年長我十來歲、文質彬彬的灰髮大哥站了出來，說：「我們按照您手機裡的吩咐，利用手機定位一路跟蹤您，已經找到了吳同學的手機，丁小妹妹也已經獲救。適才看手機直播，知道您遇險，於是都趕著過來，現在全員抵達，請您下達命令，接下來該如何行動？」

有救了。我說：「好，很好。不著急，我跟丘董事長談點事情。」

丘董事長說：「呵呵，不過是一群烏合之眾，外行人不是對手。」

「誰外行……」一個女人的聲音說，咻一聲，一支箭瞬間鑽過人群，從丘董事長眼前不到一個拳頭的距離飛過。

慢了一秒，丘董事長嚇得急忙後退，臉上身上肥肉顫動，他二十名手下也全都慌了，用力揮振著開山刀，防守著再有任何東西飛過去，前躍後跳蓄勢待發，等待著要迎接一場廝殺。我方的四十八個人也全都緊繃起來，緩緩聚攏，慢慢加速，想找出一個最好的時機點向前衝刺，要倚仗人多踏平對手。

混亂突如其來，衝突一觸即發，我瞬間壓抑住吃驚，裝作一切失控就是我要達成的效果那般，在臉上露出了微笑。其實心裡直呼可惜，失去了一次談判機會。丘董事長失了顏面，臉上一陣陰鬱籠罩，瞅了瞅我，穩穩抬起手，舉槍瞄準我的眉心。吳同學立刻擋在我身前，他的英勇令我動容，但是不停發抖的雙腿卻令我不捨。

李子摶，你還有辦法全身而退嗎？有，一陣衝殺。衝殺有多少勝算？對方下手必定凶狠，我方則是人多、衝動、難以捉摸，勝算大概一半一半。有變數嗎？可能有，建設公司裡面說不定還有人。輸了會有多大犧牲？這四十八個年輕人、吳同學、楊店長、棻、朱先生、我，都不能活命。要是勝了會有多大犧牲？我們的武器大都不致命，只可以撂倒他們，他們拿刀，我們至少得死一半，另一半重傷。這群年輕人死一半，你能接受嗎？不能。丘董事長值得你們這麼做嗎？不值。丘董事長的目的是什麼？之前是利用我，現在是殺我。你自己的目的是什麼？之前是逃走，現在是救下所有人。你的籌碼是什麼？我自己，還有我編造的神祕組織。你怕嗎？怕。你願意嗎？願意。你為什麼願意？因為……因為……夠了。什麼夠了？我這個年紀，比起這些年輕人，已經沒有什麼機會了，我夠了，他們還不夠。那你的英國皇家藝術學院呢？面試還不一定能通過呢。要是通過了呢？那……恐怕迎接我的就是三四年的半工半讀。你怕辛苦？不怕。你既然不怕，為什麼不衝？衝了之後，我怕後悔。放棄一生的夢想難道不後悔？這……等我拿到博士學位就超過四十歲了，再教書也沒幾年了。這是什麼屁話？這是我真實的心聲。李子摶，你到底是怎麼了？我、我、我……我……我……

……我累了。

「全——部——停——止——」我用最威嚴的聲音大喊，輕輕推開吳同學，迎上丘董事長詫異的表情與無情的槍口。所有人無不暫停動作，看向我。

我迎上所有視線，脫下沾血的眼鏡，試著抹去沾在臉上的鮮血，說：「各位，現在衝殺一陣，雖然痛快，但是效率卻是極低，也無法達成半點目的，反而斷送了你們的大好未來，這不夠明智。所以，聽我命令：散了，撤退……」耳畔傳來失望的呼嘆。我說：「你們要了解，沒人知道你們是誰，你們可以隱身在暗處，這是你們的優勢，而這間建設公司、這個人卻永遠躲不了，這是他們的劣勢。如果，你們走後，這位丘董事長就是不願意妥協、不願意接受這份誠意、不願意和平收場，還是選擇對我開槍，那你們所有人還是得一邊為自己的興趣與事業努力，一邊盯著他，盯死他，別忘了，我背後的組織永遠不會停止運作，我們不敢說是正義，但絕對是守護幸福、穩定公平的一方。我曾經說過的話、做過的事，將伴隨著這股力量永遠存在，雖然死了，也不會死。」

「業火博士……」所有人的口中都念叨著這個詞彙，此起彼落，像一陣風撫過草原。

「不要怕，不要恐懼於找不到方向。你們到我住的地方，書櫃後面有一個馬口鐵盒，裡面有二十幾萬的任務經費可以隨你們使用，裡面還有一個手機號碼，撥打之後不要說話，連打三次，都不要說話，」像我跟媽媽說話那樣的沉默，恐怕，再也沒機會了，「一個星期之內，會有一位姓賴的女將軍與你們聯繫，」臨時只能想到賴律師，便以此捏造個將軍，故意說漏嘴，好加以震懾，「你們就說，是我業火博士新招募的人才，之後就照她的安排去做。」感覺臉上已經擦乾淨了，重新戴上眼鏡，我最後的最後一步也已完成。

「業火博士——」眾人哀聲喊道。楊店長和菜也發出嗚嗚哀鳴。

「撤退——！」我說。

瞟一眼，槍口已有些微晃動。或許這是在世上的最後一眼，我不願看他做決定，慢慢閉上眼睛，在黑暗視野中張大了耳朵。沒有腳步聲，只有眾人發出猶豫的低吼，他們如我預料不願散去也不敢前進……這下，所有壓力就挪到了丘董事長身上，他原本呼吸就粗厚，如今更加沉重，猶豫了好久，可能是一分鐘，可能是一小時，像是一個月，一年……我終於聽見上膛的金屬響聲，敲進我心裡，變成永恆的回音……

輸了。永別了，這個我接受不了、也接受不了我的世界……

鈴鈴鈴！刺耳電話聲響起，暫時打斷這個瞬間，響了三聲後停止，聽見有人「喂……」了一聲，是從建設公司裡傳來。果然還有埋伏。「什麼！」那人說：「老大、老大、老大——」聲音變大、變近了，「老大，姓周的出賣我們，他把東西交給了警察署長，一大批警察正在往這裡靠近！怎麼辦！」

「什麼，老周，他怎麼會——」

兩句話讓我的大腦像通了電——姓周的？難道是周總經理。對，楊店長說過，他在內政部裡有認識人。他把東西交給了警察署長？什麼東西？昨晚丘董事長交給周總經理的東西？那不就是一大盒大麻……多到可以泡茶……多，太多了……要不是……那個盒子裡面的不只是大麻……假帳本？……帳本？……莫非……裡頭是真帳本！丘董事長以防萬一，把帳本放進密碼盒，交到老客戶手上，免得真帳本要是受到搜查會被翻出來……可是，周總經理為什麼要出賣自己呢？他突然醒悟了？還是他可以靠著關係當污點證人，所以不受到影響？對，但是也不對，沒有人強逼他，他怎麼可能會甘願拿自己的聲譽與自由去冒險？這……難道……是我，是我今天上午對他故作神祕的嗆聲……還有，他看到了，今天下午在便當店門口，我和吳警官碰了面……再加上，不斷對我下跪的吳同學……是，一定是，他那個懼怕的眼神……是！不會錯！絕對是！

「呵……」亂轉的眼珠子定了下來，睜開眼皮，恍如隔世般讓世界重新進入，「哈、哈哈，哈哈哈哈哈——哈哈哈哈哈哈哈哈哈——！」

「笑什麼——」丘董事長死死瞪著我，手槍還沒放下。

「看來，你逃了一命……」我強忍興奮，悠著聲音說：「我早就知道，你把帳本交給了周總經理，不枉費我特別暗示他，他總算是把真帳本交出去了。我知道，我知道你的保險箱裡都是糖粉，沒有半點毒品。我就是刻意要引你開槍，要你被判死刑。想不到你情報來得這麼快，這才會讓你逃過了……可惜……實在可惜啊……」

「你——」緊握得手槍發顫。

「你該不會這麼無腦吧？當然，你還是可以動手，殺我吧，人證都在，請吧，那我輸了你的這半招，也就可以贏回來了，也算完成了組織交付的任務。你下手吧。」

「我——」

「如果你問我，我會建議你快點逃，」才說完，遠方便傳來警笛聲，愈來愈近，愈來愈響，「雖然，束手就擒才是最好的選項。」

「這——」

「我，業火博士下令，」對著所有人說：「立刻撤退隱藏自己，警察交給我和吳同學來應付。」

「是——！」無比興奮的一聲充滿信心，四十八個人瞬間後退遠離，隱入黑暗之中。

「走……走！我們也走！快——！快走！」丘董事長大喊，槍口一頹，總算從我身上挪移開來，瞪了楊店長和菜一眼，領著手下們往巷子裡奔逃。

太遲了……警笛聲如雷聲震耳，已經飛速抵達，藍色和紅色燈光不停輪轉，快速照亮著天空、雲、房子、樹、圍牆、電線桿、車、地面、我的雙腳、我的身體、我的雙手、我的眼鏡、我的靈魂……視野裡的所有事物無一不被籠罩，像是突然進入了幻境，忽近忽遠，腳步聲滂沱大雨般席卷而來，我幾近麻木的腳底也能感覺到震動，隆隆向我集中。我知道，他們逃不了。救人，快來救人……我想喊，卻發不出聲音，往前一步，猶如踩在雲霧之上，頃刻間天地上下旋轉，我才發覺自己渾身脫力，視線渙散，完全失去重心而向後翻倒，即將失去所有意識……

原來，身體和心理早就已經超過能夠承受的臨界點……

原來，這就是我也未曾見過的那個自己……

原來，只為當下拚盡全力的感覺……

……那麼踏實又那麼過癮。

第九章　之後

再次睜開眼，我又進了醫院。還沒回過神，就見吳同學開心得又跳又叫，劈哩啪啦說了一大堆話，還沒聽清楚半句，他已經往外衝出病房，不一會，帶回了一個白袍醫生和一名刑警。

醫生說我之所以休克暈倒，是過度運動導致身體缺氧、缺水、低血糖，外加腎上腺素大量分泌又迅速消退，所有事情同時發生所導致，已經幫我打了葡萄糖和生理食鹽水，只要多吃東西、多休息即可，最後還要求與我合照。我難掩詫異，因一身凌亂而拒絕了。醫生摸了摸鼻子，尷尬離開。

換上刑警問案，我一時還未想到怎麼說，多虧吳同學直播的網路平台會自動暫存影片，立即開啟重播，我坐在床上，從火燒車亭看到竹桿穿肩，沁出了一身冷汗之餘，也想好了說詞，交代了所有事情，避重就輕地說了每個人與我的關係，尤其刻意忽視了那四十八個人，反正影片沒拍到，沒必要多添麻煩……刑警聽了頻頻點頭，最後，問吳同學為什麼會在那裡直播，不幫忙也不報警？

吳同學立刻說：「因為我對博士先生很有信心啊！我知道他一定能贏！」

「喔……原來是這樣啊……呵、呵呵……」果然是我的腦殘粉，差點沒被害死。我猛拍腦袋，「對了，刑警先生，還不知道朱先生和小孟他們的情況，他們還好嗎……？」

男警說：「你說的那個孟先生只是皮肉傷，清醒過來就一直哭鬧，昨晚就被他爺爺帶回家了。至於朱先生，雖然挺過了手術，受損的動脈和肌肉也已經縫合，只是血流得太久、太多，目前還沒清醒。」

「唉……是我下手太重了。」

吳同學說：「跟您沒關係啦！博士先生他不會有責任吧？」刑警說是有影片為證，警方可以確認是正當防衛。吳同學舒了好長一口氣，「那我就安心了。對了，那個丘董事長說，警局裡面有他的──」

「你安靜一點，我頭痛。」我知道他要說什麼，故意打斷，吳同學立即閉上嘴巴。我又問：「丘董事長抓到了嗎？」

「連同他二十個手下都已逮捕，正在警局盤查，」刑警面露難色，「可是，他似乎要把責任都推給手下，那些手下也願意，又沒查到毒品，都是些糖粉、麵粉，這就比較麻煩了。現在正依照著帳本破譯出的資料做進一步調查，不過風聲不知怎麼已經傳出去了，可能效果也有限……」竟還有這一招，我又問楊店長和棻。他說：「因為怕對方還有些手下在外頭，可能會繼續完成滅口，所以先將他們和家人帶到祕密地點安置。對了，那個楊先生要我們幫他向你說『謝謝』，至於你說那位叫做棻的小姐，一直要我們向你轉達『對不起』，這又是什麼意思呢？」

「喔，這樣啊，呵呵。沒事啦，只是一點誤會罷了，等他們聯絡我，我再向他們當面說清楚吧。對了，現場應該有一隻橘貓，牠怎麼樣了？」

「在這呢。」吳同學從床邊提起一個寵物籃，橘貓正在裡面擺著臭臉，「我好不容易才騙牠進來，坐救護車的時候又抓又喵喵叫，像要發瘋了，只有放在您身邊才會安靜下來。」

「呵呵。」看來我是非養牠不可了。

警察走後，我吃了兩份早午餐，護士小姐要幫我全身換藥，我說回去後就要洗澡，不用麻煩，她有點失望，便把藥裝進袋子遞給吳同學。等到打完點滴，感覺恢復得差不多，換了衣服，提著橘貓便辦了出院，病房外一名警察特別護送我們坐警車，一起從醫院後門出發回家，才出院區就看見有人扛著攝影機在附近聚集，也不知道是在等什麼大人物。

才到達我租屋處一樓門口，開車的警察就為我們指出馬路對面的一台轎車，說是我也有極大可能遭遇尋仇，所以派了人二十四小時保護，並讓我們有什麼事都可以去找他們。兩個便衣警察坐在裡頭，隔著玻璃跟我們揮手致意。作別之後，我們下車，上樓，進到家裡，立刻把橘貓快快樂樂地放出來。還是家裡舒服，我一屁股跌坐在沙發上，感覺還有一點虛弱，全身都在痛。

「博士先生，我有一個問題要問您，」一路不怎麼講話的吳同學終於忍不住開口，「博士先生，您為什麼不把真帳本交給哥哥，而是給他假帳本？」

「喔……」我之前根本不知道什麼真帳本和假帳本，但是講出來未免太遜了，「……你說呢？你覺得呢？為什麼我不把真帳本交給他？」

「嗯……是不是還是因為……因為哥哥讓我假扮警察的事？」我問他怎麼會這樣覺得？他沉思了半分鐘，說：「因為……因為哥哥明明是警察，卻……卻違反規定，借制服給我穿，讓我假冒警察，還試圖綁架您……您是不是不希望他有機會破案升職，覺得他、他沒有辦法達成您的要求……所以您才不想給他這個大功勞，是這樣子嗎……？」

「嗯，」這說法倒是毫無破綻，也有九成是事實，「是的，不能讓你哥哥升官。他要是變成警方高層，恐怕會與壞人串連，就像丘董事長在警局裡安排的內奸那樣，這種人會不擇手段，我之前不讓你說出口，就是怕他們在暗處，會對我們不利。」

「喔……」他點了點頭，似乎沒認真聽，一會又說：「那……我呢？我也假扮過警察，為什麼我就可以有第二次機會？是因為我幫過您……還是……還是同情我和您有過一樣的遭遇？」

「都不是，」我知道，這是一個重要的認同問題，只有虛無縹緲的回答才能夠安撫，「是因為，我在你身上看到了潛力。」我拍拍他的肩膀，既不結巴，也不臉紅。

「業、業、業、業、業火博士——」他有著痘疤的臉唰地通紅，「我、我願意為您去死——！」

「我只需要你好好活著，」伸手按在他肩窩上，巧妙地擋住擁抱，「回去吧，你也累了。」

「我不累……喔，是您累了。我馬上離開，也請您好好休息吧！」他站起身，用手背拭了拭眼眶，又曖昧地看了我兩眼，像是又在偷偷計畫著什麼事情……

「呃，」我忙說：「不要鬧事，也不要張揚，尤其影片不准流傳出去喔。」

「喔……是……」他一臉失望，頭一歪，卻忽然偷笑，隨即用最快速度離開。

拿了兩件衣服，進到浴室把自己脫光，照了鏡子才發現全身都是傷口，挨揍的臉、柏油地磨出的擦傷到處都有、手肘和膝蓋大片破皮、玻璃割傷了腿和肩膀、鐮刀砍傷的背和頸子、竹掃帚磨傷的手……有些已結痂、有些還在滲血、有紅有紫，幾百個口子，醫院大多都處理過了，一沖水依舊刺痛，痛得我不停扭曲身體，肥皂也懶得用，藥也懶得換，才穿上衣褲，走回客廳手機就響了，趕忙去接。

「喂！子搏！是我，賴阿姨。電視上說你經過一番打鬥，救了一對母子、一個小女孩、一對男女，一次破了三樁綁架擄人案！那是怎麼回事啊？」

「電視有報啊？」

「有啊，剛剛三立才報完，現在中視正在報，你快看。」

「好。」我立刻開了電視，轉台，我的大頭照竟出現在新聞台裡，女主播字正腔圓，正在介紹我的事跡，沒一會就提到我燒了鑒明科技大學辦公室，又說到我在法院挨了郭主任一拳，還提及了一些毫無根據的小道消息，說郭主任是靠關係才當上系主任，並沒有真才實學……「怎麼、怎麼……怎麼媒體突然都站到我這邊了？」

「所以真的是你做的，你現在可是大英雄呢！你看，後面還有兩段影片——」

我瞪著眼睛接著看電視，兩個警察陪著一個女人一起面對記者，雖然打著馬賽克，但是聽她一說話就知道是誰。「謝謝管先生——！謝謝俚救了我和我的兒子，謝謝俚！謝謝俚！謝謝俚啦——！」朱太太突然大聲哭號，「我丈夫，他原本不是這樣子……自從有人切斷他的手指之後，他就……我就說他——他又打——我就哭……他又……我說……管先生……我兒子……他然後……」她後面說的話已經沒人聽得清。畫面一個剪接，馬賽克後面變成了朱小弟的一張圓臉，他媽媽握著他的肩膀，他用變過聲的聲音說：「謝、謝、謝、謝、謝謝叔叔啦——！」然後也大哭起來。

畫面切換到一條馬路旁，行道樹下站著一對母女。馬賽克依然藏不住兩條辮子，丁小妹也變過聲，說：「叔叔真的好厲害喔！他突然就找到我了，我本來嚇得要命，叔叔叫我不要怕，我就不怕了喔。我那時候好想跟他說，壞人很壞，還欺負他的老婆和孩子，但是嘴巴被黏住了，說不出來。結果壞人又跑來要打我，叔叔就說他有夠笨，壞人一生氣就跑去追叔叔了，後來又來了一個很帥的大哥哥把我抱出來，說是叔叔叫他來的。叔叔真的好厲害喔！好厲害！好厲害！」見她沒事，我眼淚差點流下來。

旁邊丁媽媽抱起女兒，也說：「李先生，謝謝你，謝謝你……謝謝你救了我女兒，我之前跟你提過，我先生已經決定了，我們不開安親班，我們要開一間美術教室，希望可以請到李先生來當我們的老師啦，我們給你乾股，做股東，時間、課程、員工……完全完全都可以讓李老師你決定，想怎麼做就怎麼做！請你一定要答應，一定要讓我們好好報答你，一定要……一定要啦……」泣不成聲，不停往墨鏡後面拭淚。

畫面又切換，一群記者擠在我剛剛去過的醫院大門前，不停猜測著我的傷勢……

「哇——！」我驚呼，鬧得這麼大，「這、這會有不好的影響嗎？」

賴律師說：「怎麼不好，太好了！有了這件事，我就有百分之兩百的勝算了，就算那個郭主任去賄賂法官、還能請出教育部長替他求情，也絕對贏不了！我絕對能讓他撤告！對了，你快點打手機給你媽，她正要上飛機，為你緊張得要命，又怕驚動旁邊的教育部官員，你快打個電話跟她報平安。」我還沒來得及答話，手機就切斷了。

趕忙撥號，接通，我說：「喂……媽。」

「小搏……」一陣柔軟的沉默不同以往，聽得見她的呼吸與身旁空服員的聲音。「你、你還好嗎？」

「我還好，都是皮肉傷。」

「你在想什麼？這麼危險的事，你想都沒想就去做了嗎？你在動手之前有沒有先想一想後果？有沒有想一想你的朋友，想想……想想你的家人……想想我？」

「抱歉……」沒有，「……我只有想著，如果我不去做，恐怕會後悔。」

媽媽頓了一頓，「那現在呢？」

「不後悔了。」

「你不怕嗎？」

「那時候超怕，現在好一點。媽，我下個月中要去英國皇家藝術學院面試，我通過書面審核了。」

「啊，這、這……那是一間很好的學校……恭喜你……」又一陣沉默，卻不尷尬，「……你、你真的要去再讀一個博士回來嗎？」

「我不知道。但是畢竟通過了第一階段，去見識一下也不錯，至於讀不讀嘛，還得我過去親眼看一看。不只學校要考我，我也得考考他們適不適合我才行。」

「喔……」她的聲音難掩一絲喜悅，「好，這樣很好，你……」又安安靜靜地沉思了一會，「……你、你好像變了？」

「有嗎？或許吧。」我說，突然好想見見她，又說：「等妳回國，我們一起去吃火鍋好不好？」

「好。說定了。」她立刻說。隱隱約約聽見女空服員請她關閉手機，飛機就要起飛了。

「妳去忙吧，自己要小心安全。」

「好，再見。」

「掰掰。」

她不得不切斷通話。我緊緊握著手機，感覺到一股暖意，依舊不斷往心裡傳遞。

◇

下午閒來無事，我搬出行李箱預先打包，找出用得上的筆記、又挑出兩本書放進去。攤開衣櫃裡所有衣服，試著搭配出面試用的戰袍，可惜庫存太過平凡，一兩個小時過去，也試不滿意，便決定先打包盥洗用具，從牙刷到襪子都齊備之後，才想到了最重要的錢和護照。

挪開床邊櫃子，抓出馬口鐵盒，打開，護照和身分證就在裡面。不對，這應該是塞在最底下才對啊……拿起來，卻是空空如也，我一年多來攢下的二十五六萬現金全都不見了。遭小偷了？懷疑一瞬間成了詫異——家裡都沒亂，是內賊，是……阿泙？會是他嗎？

我細細回想，阿泙好像總是在我找東西、拿錢，甚至是領薪水回家時湊到我房門口外面，好幾次都差點跟他撞個正著，還打翻過不少東西，這難道不是巧合，他就是故意在張望我藏錢的位置？走到玄關看了眼，他的安全帽不在，又去敲敲房門，沒有回應。握住門把輕轉，沒鎖，開門，所有櫃子、櫥子、箱子全都敞開著，除了地上些許零食包裝與紙屑垃圾，空無一物。

著急與憤怒都極其輕微，絕大部分的情緒是好奇。

走到客廳，拿起電話打他的手機：第一通，響到語音信箱。第二通也是如此。第三通到第五通都是直接切斷。第六通到第九通未開機。第十通又通了，響了好久，我都以為要語音信箱了，突然接通。

「阿泙，你這是要搬家了嗎？」我說。

「……」呼吸的聲音裡嗅得到一絲絲怯意，「你、你已經發現了，是、是不是？」

「是，」我說：「那車亭裡收銀機的錢——」

「也是我拿的。」

「為什麼？」

「為什麼……呵呵……你問我為什麼？我再也受不了你這個公子哥！這就是為什麼！」

「公子哥？你說我是公子哥？我都落魄成這樣了，怎麼能算是公子哥？」

「落魄？你這個樣子算是落魄嗎？呵，你可是一個博士吔，我呢？沒讀過幾本書的我，跟你比起來，又算得上什麼呢？廢物？垃圾？」

「你家裡怎麼了嗎？」

「跟你住了一年，現在才想到要問我嗎？」

「唉……」的確，我們的興趣和生活背景差太多，平時也不常碰面，或許，我從來只把他當作室友，可以分擔房租，而不是可以分享心事的朋友，「所以，你是家裡突然有困難嗎？」

「不是突然，一直都是困難。」

「你家裡是……？」現在問還來得及嗎？

「哼……」一聲無奈輕笑，「我家裡種田，爺爺奶奶、外公外婆都要人照顧。」

「那你怎麼……？」

「怎麼不待在老家是吧？哼……」又一聲無奈輕笑，「我身體又不好，下不了地，成績也不好，為了減少家裡負擔，國中畢業就去台北找工作，搬家、送貨太粗重，其他工作要經驗，但卻連要應徵一個飲料店店員，明明寫著不需要任何經驗，老闆聽到我只有國中學歷，立刻理都不理。後來我才知道，其他應徵的人至少都有讀過高中，甚至讀過大學。我就想知道！煮紅茶、搖飲料，跟讀過大學有什麼關係！為什麼只看學歷就不錄用我。從小農忙的時候，家裡喝的涼水、茶米茶、冬瓜茶，都是我負責煮的，其他那些人恐怕從來沒摸過茶葉吧，我才更有資格得到那份工作！我才該去工作，不是那些公子哥和大小姐！」

「是，是很不公平。」我說，他奮力怒吼震得我耳朵發疼，我卻不願把話筒拿遠一公分。「可是我幾次要借你錢，你怎麼都拒絕了——」

「我不要你施捨！因為就是你最讓我生氣！家裡明明有錢，學歷這麼高，不去找工作就算了，已經給你安排了一個這麼好、這麼輕鬆的工作，除了薪水，租房子還有補貼，想不到、想不到竟然有人會不喜歡？你不喜歡！一個博士還不夠，還想再去讀一個是吧？我一直不知道你是什麼心態，後來才想明白，你就是想要找一個錢多、又受人尊重、又能吹冷氣的工作！你貪心！你不知足！要是我能跟你交換，讓我去停車場工作，我自己花錢也牽一條水管過去，收錢幫人洗車，不只停車場，租車公司的車我也洗，一台一百，一天五台，我一個月至少就能多賺一萬五千塊，哪像你每天在那邊混吃等死，要做不做，還看書、還要我幫你借書……每次去代班，看到你不好好把握住機會，我就覺得生氣！」

洗車，這真是一個好主意，可惜，我從來無心於停車場的工作，根本沒去想過，「那……那你是怎麼來到桃園工作的？」

稍作喘息後，他才說：「我考到駕照之後，好不容易找到了外送的工作，但是台北物價太高，我賺的、花的只能勉強打平，根本沒錢寄回家，再加上……再加上……我、我又……根本撐不過半年，只好從台北到新北，又從新北到桃園……」

「是不是和毒品有關？」

「你、你怎麼知道……」

「之前藏在盒子裡的毒品，是你拿去的吧？我偷聽到給我毒的人說，每一包都少了一點點。」

「是……我是為了……提神。我凌晨送報紙，早、中、晚加宵夜又要做外送，好幾次打瞌睡，出了幾次車禍，差點死在路上，一開始我以為只是些興奮劑還是提神藥，多虧了有它們，才讓我開始多賺些錢，不只能拿回家，還能存點下來，後來……後來藥效就愈來愈差，我、我就愈吃愈多……後來只要沒吃，身體就不舒服，之前存的錢都……錢都……都拿去買藥了……」

原來那不是熱感冒，而是毒品戒斷症狀，「可是你才拿那麼一點點，怎麼夠用這麼久？」

「呵呵，我就說你是公子哥吧……」他笑得蒼涼又不屑，讓我不敢去想像，平時他是用什麼眼神在背後看我。他說：「我找到你的鐵盒，看到你那些藥，以為你是因為好玩，我那時正好又發作，就拿了一點。之後我去停車場代班，聽見建設公司的人聊天，說他們老大要找你幫他們送藥，又聽他們說，送藥一個月可以拿十萬塊。那個人我跟他聊過幾次天，馬上請他推薦我，見了丘董事長，立刻就被錄用。你知道嗎，才執行了兩次任務，花不到一個小時，就賺了兩萬塊。但是……這麼好的機會竟然有人拒絕！你竟然拒絕！你要不是公子哥，那誰是公子哥！現在還害丘董事長被抓去關，害我斷了收入。你可惡！你有錢不賺、有機會不會把握，每天只會讀死書，做白日夢，害自己就算了，還害別人！害我！你就是永遠不懂得腳踏實地的廢物公子哥——！」

「呃……」如果將賺錢當作目標，那他說的一點也沒錯，可是我追求的是夢想，不一樣……難道他沒有夢想嗎？不，不會的，人不可能沒有夢想……或許，這個人被困於現實壓力，已經沒有多餘力氣去追求夢想了……又或許，他只是要先賺錢，之後再去追尋夢想。畢竟，這一年多來，我確實深刻體會到，沒有經濟支撐而去追逐夢想，只會離得愈來愈遠……會不會，他其實是正確的，會不會……追逐夢想其實應該不要求快，要慢慢來，好好抓準方向，且不時調整，穩穩踏出每一個腳步前進，反而會是捷徑，像我這樣用盡全力狂奔，不嘗試其他任何可能性，不知不覺已經多繞了十幾年遠路，直到如今才曉得後悔……或許，這就是媽媽想讓我看清的現實。我又說：「所以，你拿了錢之後呢？要再去買毒？」

「不干你的事。」

「你拿的是我的錢，當然干我的事。」

「這……」他呼出長長一口氣，說：「……我……我已經寄回家去了，我……我……我……」他又嘆了一口氣，好長，彷彿吐出了生命的重量，卻也聽得出許多猶豫，「不，我不會再吃了……我、我現在正在勒戒所前面。」

「喔，這很……」我想說這樣很好、想說這是一件好事、想說我替他不捨也替他開心，但是突然一個念頭讓我沒說出口，「呵、呵呵、呵呵呵——」

「你笑什麼！」

壓低了聲音，反口說：「我賭二十萬，你根本沒種走進去。」

「我幹你老——」沒等他髒話飆出口，我已經掛上電話。

我想微笑，但是沒笑，畢竟損失了二十幾萬，不過聽了他一席話，也算值了。然後，就那樣呆呆站著，不斷思考著自己人生的下一步該怎麼走，一開始，除了博士學位，我還是沒有半點頭緒，直到我想起丁媽媽……美術教室……那裡也有學生、也是教書、也可以盡情繪畫和設計、也可以參與一堆作品的創作。也許，這會是個好主意。

我立刻從房間搬出筆電和筆記本，一邊查資料一邊分析，以我博士論文中的課程設計為基礎，參考其他美術教室的課綱與作品，花了三個小時，慢慢將我想要的經營方針一一條列，甚至裝潢格局、員工甄選都有了雛型，逐漸形成一篇企劃書。

正覺得靈感不斷，愈來愈得心應手時，筆電突然響了起來，是要求視訊的鈴聲，我本來不想接，一看是小學弟，還是按下接通鍵。

「喂——小學弟，咦？」不是小學弟，是個銀白頭髮、滿是雀斑的女生，我馬上改說英文：「哈囉？喔，我記得妳，妳是小學弟的朋友。」

「啊！太開心了，博士你記得我！」她高呼之後又趕緊摀住嘴巴，「我是偷用他的電腦，不能太大聲。」稍嫌昏暗的房間裡，看得見窗外的倫敦。現在桃園是下午四點，她那裡差不多是早上九點左右。我忙問她找我有什麼事？她說：「就是上次說過的，我兩個月後研究所畢業展演，要請博士幫我看一下，給我服裝造型和論文修改的建議，無論好壞，請你務必要都說給我聽。一件十五英鎊，我有二十件，一共三百英鎊，我立刻匯給你。你要給我銀行號碼還是你有網路支付？」

「啊……不用──」那可是快一萬兩千塊台幣吔，我本來想婉拒，免費幫她看看就是了，但是阿泙的話讓我念頭一轉，又想起小學弟的話──以我的學識涵養，賺一點顧問費並不為過，就像找律師算鐘點一樣，既讓她順利畢業，我又能賺一點機票錢，何樂而不為呢。「……好吧，那……妳就先付一半吧，其餘等妳真的能夠畢業再補足，這樣比較合理一些，妳也能少一些負擔。」

「我的天啊！你真是個好人！我馬上付錢，哇，」她突然半遮眼睛，露出可愛的表情，「怎麼辦，我好像有點愛上你了？」

「呵呵，妳真愛開玩笑。」

「我是認真的。」

「是是是……那我們開始吧。」我給出網路支付帳號，她立即匯了錢過來，又傳來碩士論文草稿和她設計的二十件衣服照片，各個角度細節都不放過，總共一百多張。我一邊等下載一邊讀論文，有不懂的地方馬上問，她也立刻解答，進展得非常順利，一個半小時就讀完兩次，抓出了十七個拼音錯誤、八個年代錯誤、六個引用錯誤、二十二個格式錯誤……她趕緊拿筆記本抄下來。

我接著看照片，依照論文，她是利用顯微拍照技術觀察昆蟲外殼的質地與結構，並製作少量的印花，搭配極簡風格，設計出一系列中性的女裝。我很喜歡，直言不錯，生物機能性與極簡風剪裁十分搭配，但是為了強調生物特性，她加了許多荷葉邊、打摺、包邊、立領、門襟……用來模仿那些昆蟲的造型，雖然已經有所節制，但還是太過了，應該再收斂一半，讓布料去呈現就已足夠，不要為了像而做，那不僅違背了極簡風的意義，還讓人感覺是戲服，降低了格調……她不斷露出恍然大霧的表情，抓了一疊紙就開始畫草圖。

我又指出，雖然是中性，但是每一件衣服男女感覺的比例差不多都是一半一半，從整個系列來看就少了層次，要是有幾件能更柔軟、偏女性一些些，另外幾件則更剛硬、更男性一點點，讓兩者在比例上不停浮動，甚至能搭配幾個女性化的男模特兒，或是男性化的女模特兒，更能產生衝撞，更有發展性與可看性。她邊聽邊拚命點頭，草圖畫得更多、更快了。

我另外指出她搭配的飾品，都是一體成形、手工打造的單品，造型雖然簡單，卻帶著古文明的意象，與科技感產生衝突，不如多用極細的鏈飾、戒指，或是極小的掛墜和耳環，造型簡單又可以與顯微鏡契合，還能呼應昆蟲繁瑣細微的結構。我找了一些連結給她，她超級滿意，立刻就下單了四五樣。

她把完成的草圖一一放到鏡頭前給我看。我霎時對她的理解力與創造力佩服不已，不僅完全修正了我所指出的缺點，甚至加以沿伸出許多不同的巧思，煙火一般，超乎我想像，更有不少全新設計，比原本作品更貼合主題，也比我說的建議更面面俱到。

「好，很好……」我說：「簡直比我腦中的圖像更好，把妳自己的理念完全展現出來了，真是、真是漂亮，非常精準又非常有個性。我想，關於這個主題，我恐怕已經不能再給出什麼建議了。」

「哇！真的嗎？我怎麼突然覺得靈感不斷！」她還在畫，「不行，再這樣下去我的畢業作品就要重做了，但是，怎麼辦？靈感就是停不下來！」

「嗯……讓我想想。其實不用重做，可以再做一系列小的，五件就好，就用妳這些禮服和宴會風格，走秀時換個音樂和燈光，當壓軸，會更有爆點。改動論文也簡單，只要再增加一個章節就可以了。」

「天啊！天啊！天啊！」她突然瞪著鏡頭，「你是我見過最聰明、學識最淵博、最有智慧的人！」

「呃，我比你年長了六七歲，這也很正常啦。」她真摯的眼神讓我有些不好意思，不禁直摸鼻子，「而且妳學校的教授一定比我厲害啦。」

「嗯……或許有那麼一兩個吧，」她晃著頭，翻了一個白眼，「但是他們都沒有你的耐心，每次討論論文都是二十分鐘之內解決，根本沒了解我的理念就開始批評了。」

「呵，」看來，全世界問題都差不多，「他們的學生多嘛，而且，要是妳也給他兩百英鎊，他們肯定也會跟我一樣有耐性。」

「呵，你真是幽默，又很謙虛，你很……很特別。你有女朋友嗎？」

「呃，沒有。」

「喔……聽說你要來英國讀書，是嗎？」

「是，我會去一趟參加口試。」

她眼裡燦著微光，傳遞出一股真切，「你來就找我，我們一起喝杯咖啡。」

「喔，我不喝有咖啡因的東西，」馬的，我在說什麼啊？我是白痴！「我……我……我……」

「喔……」她愣了一下，又說：「那麼……我有車，我帶你玩一趟倫敦，怎麼樣？」

「好！」彷彿得到救贖，心頭一漾，我說：「好，一定！我一定去！喝茶、喝咖啡都可以！」

「好。」她笑得比世界上任何一束花都美。「對了，我還有兩個朋友，一個學珠寶設計，一個學遊戲設計，我也可以讓他們來找你諮詢嗎？」

「可以啊，但是遊戲我只能看美學的部分，程式我一竅不通。」

「那沒關係，不如你寫個價目表給我好了，把你的專長都列出來，我們這邊好多人都很需要你。」

我立刻答應，隨即交換了通訊軟體帳號。小學弟突然回來，在鏡頭那端發現了我們正在「私會」，他佯裝怒氣，發起一頓抗議和耍賴，硬要她立刻請吃午餐當作補償，我和她才意猶未盡地切斷通話。愣了愣，感覺這不一樣的心動，不太適應，也不願多想，趕忙又拿了一本筆記本，列出我相應於各種設計科目類別的各種學識專長，以現有標準，為每一個項目各自制定出合理的收費價格與方法。

顧問……或許這真的是一個可以經營的事業。

寫了一個小時，幾乎就要完成，餓過頭的肚子突然叫了起來。抬頭看時鐘才發現已經九點半，天都黑了。拿了手機、皮夾、鑰匙出門買東西吃，一通陌生來電拖住了我的腳步。

「喂？」

「李子搏先生嗎？」男人的聲音，成熟低沉，有點年紀、有點熟悉，帶著些許雜音，聽不很清晰。

「我是。你是哪位？」

「我是鑒明科技大學校長，我們在畢業典禮見過的。」

「喔，校、校長好，好久不見了，」我趕緊挺胸，差點立正，「找我有什麼事嗎？」

「那我有話直說了，我想聘用你為設計系的教授，開學之後就可以即刻上任，不知道，你還有沒有意願？」

「教授？」我瞪大眼睛，「您的意思是助理教授嗎？」

「喔，不是。」

「還是副教授？」

「呵。不，就是『教授』。」

「這、這、這太好了——」等等，不對，有問題，「你有什麼條件？」

「呃，這……」他猶豫了，以他的身份和年紀，不該有的遲疑。

我聽出來了，他開了擴音，「誰在你旁邊？」

「這……這……」

「是郭主任吧。」

「呃……」

「是他想跟我和解，還是您想讓我們和解？」

「不如，我們一起吃個飯，慢慢聊、慢慢聊。」

「您這是承認了，郭主任就在旁邊？」

「……」

「呵、呵呵，呵呵呵呵……」我果然贏定了。我曾幻想過，要是真有一天，我掌握了郭主任什麼嚴重的把柄，該怎麼對付他：我要他立即辭職，我要他開記者會道歉，我還要他向我下跪認錯，甚至想過讓他切腹自殺。但如今，事情真走到這一步，心中只覺得過去的自己真是蠢得可憐，而躲在對面的這個男人，連聲屁都不敢放，也實在是無恥得荒誕，一切都是那麼可笑，我就只好笑了，「哈哈哈，哈哈哈哈哈！哈哈哈哈哈哈哈——！咳咳，咳！哈哈，哈哈哈哈哈！」

直到對方掛斷電話，我還笑個不停……

◇

等我笑完，肚子又疼又餓，出家門時已經十點，踩著樓梯，只想著要去最近的便利商店，買個御飯糰、微波個咖喱飯填填肚子，只要心情愉快，吃什麼都沒差。直到打開一樓大門，看見提著安全帽的吳同學正在找門鈴。

「好巧喔！」吳同學說。

最好是啦。我說：「這麼晚了，又來找我幹嘛？」

「呵呵呵……我下午回學校，被記了一支大功吔，老師、主任、校長都來跟我拍照，班上的那些人再也不敢嘲笑我了，這都是博士先生您的功勞，所以啊，我實在是太想要好好感謝您了，想了半天，就想到要請您吃頓宵夜。」

「別瞎扯了，你是要找我去見你們社團那四十八個人吧？」他趕緊噤聲，一臉詫異，我又說：「要吃宵夜你可以直接買來，而且你不打手機就跑過來，一副非得讓我出門的樣子，不是有人要見我，就是想讓我去見其他人，太明顯了。約在哪裡，走吧。」

「是。博士先生您真的是太厲害了！」他傻笑著領著我走向機車，說：「我約在一間歡唱熱炒，不遠。其實我這也算是在執行任務，您昨天交代過，要我訂餐廳的嘛。」

「你不是說過，他們昨晚就該各自回家了嗎？」

「是啊是啊，但實在是，每個人都非常非常非常想見您一面，所以就都留了下來。我看他們不敢打擾您，但是明天又實在非走不可，才快點去安排，一安排好，就趕緊跑過來。博士先生，以後您盡量交代我事情，放心，我絕對使命必達喔。」

「嗯，做得不錯。不過他們就只想跟我見一面……這……」這不太可能吧。

他遞了頂安全帽給我，我爬上後座，吳同學立刻驅車前往。晚上車少，一路順暢，突然發現後面有輛轎車毫不掩飾地一直跟蹤著，我這才想到，是那兩名便衣警察。我不禁思考：雖然這兩個人說是在保護我，其實也有可能是在監視……不知道丘董事長和他的手下們被抓之後，到底說了什麼，如果他說了有關我瞎掰的組織，還有這四十八個人，絕對會被當成胡言亂語，原本不需要害怕，不過，要是讓這兩個警察真的發現了這四十八個人，串起其中的關聯，那這些人難免受到影響，我也會受到懷疑，這可就不太妙了。再加上，還不知道這些人找我是為了什麼事、要說什麼話呢，要是場面過於混亂，造成進一步誤會，那情況就更糟糕了。

我喊著讓吳同學停車，說明了現況和我的想法，讓他轉達，說今天只簡單見面吃飯就好，等風頭過了，看要約什麼地方，我們再一起深談。吳同學連忙稱是，馬上打電話，很快對方也同意了。

◇

下了車到了歡唱熱炒，地方有點偏僻，附近多是公司、工廠，都下班了，一片漆黑，沒什麼住家，半開放的店面掛滿金色串燈，在屋簷下圍成一個個半圓形，像波浪混著星光，竹方桌和竹方椅擺得到處都是，帶著山的氣息，位子裡早已經坐滿了人、點滿了菜，男女老少、各種裝扮，與昨晚那肅殺的印象完全不同。

我才踏進店裡，位在中間的所有人立刻安靜下來，仰慕與欽佩在他們臉上表露無疑，一時間統統站起身迎接，無處不是竹椅子挪動的聲響。嚇得四周幾桌散客，有人也跟著站起來，有人坐在位子上手足無措，各個面露狐疑表情。我趕緊朝大家壓壓手，大夥會意了坐下，等到後面警察開著轎車到了，每個人立即繼續吃菜、喝酒、聊天，餐廳又鬧哄哄起來，都盡量裝出全然無事的樣子……雖然生硬，但是，當五十個人同時有嫌疑，那五十個人就都能擺脫嫌疑了。

吳同學帶我走從正中間，在小舞台的正前方，後頭就擺著麥克風和點歌機。一看，菜都點好了，鹹蛋炒苦瓜、宮保雞丁、酸豆角炒肉末、蔥爆回鍋肉片、蟹黃豆腐、炸蚵仔、糖醋魚、沙茶羊肉、蛤蜊湯、香腸炒飯、白飯……都還冒著熱氣。吳同學把我讓到主位坐下，視野很好，看得見整間店，整間店也看得到我。

我拿起桌上的罐裝冰金線蓮，問道：「你告訴他們我不喝酒啊。」

「是啊，我都跟他們說了，酒、茶、咖啡都不喝。」

這幫人也真體貼，不，是這群粉絲。我根本不想要這麼多粉絲，我想要的是學生。算了，吃吧，喝吧。取起筷子開動，每一道菜都是香噴噴，令人讚不絕口，只是，四周飄來的眼神實在過於干擾，打亂了用餐節奏，不一會就覺得吃不下了，不由得放下筷子。

「唉呀，這位不是英雄李子摶先生嗎？」隔壁桌一個灰髮大哥站起身，端起酒，朝我走了過來，露出溫文爾雅的微笑。

「不敢。」我說，也站起身與他握手。還有這招啊……我用餘光看向店外，兩個警察只是看著，並沒進一步動作……這人我見過，那時情況危急，他卻非常冷靜，腦袋也很清晰，是個厲害人物。

吳同學在我身旁笑吟吟地說：「這是我們社團的版主。」

我說：「版主你好。」

版主說：「我果然沒認錯人，今天都是您英勇救人的新聞，太厲害了，救了一個女孩、一對母子、一對情人，一次救了五個人，您真是我和我兒子的偶像。」說完，身後鑽出一個瘦小身影，才十四五歲吧，拿著一台平板電腦，靦腆地對著我笑，一雙清澈眼睛透過鏡片，似乎透露著異於常人的光彩。「怎麼不跟叔叔打招呼啊？」

「呢……凹……」他聲音小得跟蚊子一樣，我聽了兩次都沒聽清。他便在平板上畫了畫，翻過來，螢幕上顯示著：你好。他又往螢幕點了點，電腦立刻發出他原該發出的聲音：「你好。」

這類孩子實在令人心疼，我盡量克制住拉高聲音的反射動作，也說：「你好啊。」

「……凹……」

灰髮版主拍拍兒子的頭，摸摸那也已有些少年白的頭髮，說：「李先生啊，不知道有沒有榮幸，可以跟你碰一杯，聊表我對你的敬佩。」

「當然。」我說。吳同學立刻要幫我倒金線蓮。我擋住杯子，讓他換啤酒。在場的都是我的救命恩人，不喝酒說不過去。我舉起玻璃杯，說：「我酒量實在不好，酒品更是差，都隨意吧。」

灰髮版主笑得更開了，把啤酒一飲而盡。我本來只想酌一口，為了表示誠意，喝了快半杯。看見四周的人也想舉杯，有些忍住了，有些則沒來得及。

「好，李先生真是爽快，一定十分健談，不知道……能不能……」他邊說，眼神一直看向空位。

「那……難得有緣，就請留下來，一起喝一杯吧。」

「恭敬不如從命了。」他說，讓兒子拿過碗筷，兩人都坐到我對面。這個男人身上有種沉靜而強大的力量，令人舒適，也難阻擋，使我不由得保持警戒。我們又嚐過幾口菜，他用眼神四下示意，一旁的人立刻提高音量。他說：「李先生，我為您點的這桌菜，還合胃口嗎？」

「嗯，非常好吃，您也多吃點。」

「酸、甜、苦、辣、鹹，軟、硬、脆、酥、綿，就像我們這群人一樣，渾雜在一起，各有各的故事。李先生，您想聽嗎？」

終於要進入主題了，我放下筷子，說：「當然，願聞其詳。」

「嗯，」用眼神領著我看向他的身邊，「這是我兒子，國中二年級，有中度自閉症，打出生以來，什麼都不理，只注意他有興趣的事，自從六歲接觸電腦，便完全著了迷，也終於找到與外界溝通的管道，玩了兩年遊戲，之後開始寫程式。剛剛您看到的這個『手寫個人語音』系統，就是我兒子在三年前自己設計、自己錄音做出來的。」

「哇，這麼厲害啊！你是天才啊！」

滑一滑螢幕，他一雙大眼睛努力聚焦在我身上，電腦又說：「謝謝叔叔。」

版主摸摸兒子的頭，又說：「問題在於，他只要一離了電腦就會又哭又鬧，小學、國中沒有一間學校願意讓他帶著電腦上課，說會讓其他同學覺得不公平。等他沒了電腦，開始大聲哭鬧，學校又來指責，說我兒子給其他同學帶來困擾……我們轉了十次學、搬了三次家，後來受不了，向教育部申請通過，可以帶電腦上課，本以為從此會很順利，沒料到老師竟然帶頭，讓全班學生一起霸凌他，對他潑水、用躲避球打他，逼得他不得不休學，到現在已經在家自學半年了。」

「呃，天啊。唉……現今的教育忽略個體，只注重同質性，也不是一兩天了。」

「的確。」版主點點頭，「李先生，你再看向我後面，剪著俐落短髮的女生，她原本有機會入選明年奧運射箭隊。」

「哪一個？」原來昨天沉不住氣放箭的人，真的是個女孩子啊，我望了望，看她差不多十七八歲，長得十分英氣，吃喝起來動作颯爽，看了我一眼，伸出兩隻手指放在眉角向外一揚，向我致意，完全可以想像她射箭時有多帥氣，「就是她啊。」

「她還年輕，獲得過許多地方比賽的獎項，知名度還不高，但實力非常精湛，這都是源自於她父親手把手的傳授。可惜，她父親曾經得罪過射箭協會，而其他較有希望、較有實力的選手之中，有前羽球國手的女兒、還有一對姊妹是贊助商老闆的孫女，另外一個是體育署主秘的外甥女，年紀都稍大一些。決策單位為了護航，就在遴選選手時為她專門建立了一個排除條款，規定要有全國大賽經驗的選手才有資格，立刻斷絕了她明年參加奧運的機會，得再等六年。」

「這、這不公平，」我不禁加大音量，像是在為自己吶喊，「知道體育界很黑，卻沒想到這麼黑。」

「您再看向右邊這一對原住民兄弟。」

我轉過頭，那兩張小麥色的面孔，除了一個嚴肅皺眉、一個天真愛笑之外，長得一模一樣，兩人衝著我微笑點頭時，彷彿臉上有著陽光，「啊，他們是雙胞胎啊？」

「是的。六年前，他們兄弟同時考上同一間學校，都是外語系，無奈學費太貴，家中負擔不起兩個人的學貸，只能供哥哥就讀，他們就想到一個主意，哥哥學英語，弟弟修習日語，分開進行雙主修，直到三年前，兩人不小心在學校餐廳碰了面，才終於被揭穿。」

「這就有點不太對了吧，畢竟只有一個人考上。」

「是的。然而校方執意提告詐欺，向兩人索取各五十萬賠償金，還不許哥哥完成學業。最後，法院判定兩兄弟敗訴。」

「沒必要這樣處裡吧，這太過分、太死要錢了吧。」

「所以，他們只好又去借錢賠償，他們家裡人也因為此事受到輿論攻擊，不得不收掉生意，搬回山上。兩人年紀輕輕卻沒有學歷，打工三年，直到年初才連本帶利還清欠款。」

「還有，」版主又說：「我右後方，長頭髮、戴著大眼鏡、拿著單眼相機的洪小姐，」我看向她，她淡淡瞄了我一眼，輕輕頷首，「十年前華畜專科學校惡性倒閉，那時她剛升五年級，畢業證書沒拿到，又浪費了四年人生、欠了幾十萬貸款，找不到工作又不甘願重考重讀，日夜不斷糾結之下，患上妄想症，認為整個世界都是虛構的、都是假的。從此，她只相信透過相機拍攝過的東西，無論颱風、沙塵暴還是酷暑天，每天都得出門拍照，完全不想做別的事……」

「……看到靠近窗戶的金髮男人嗎？他是西班牙裔，來自薩爾瓦多，他透過政府申請公費來台灣留學，花了三年，不僅拿到了傳播碩士學位，也愛上了這片土地，之後才發現，全世界沒人承認他的文憑。加上畢業當年，他那間學校爆出假論文事件，現在就連台灣人也不承認那張文憑了，他沒臉回國，只好留在台灣工作，自詡為自由藝術工作者，其實一邊當模特兒，一邊找貴太太包養……」

「……那邊，單獨坐在角落吃飯的男人，他是地下拳擊比賽冠軍，大學時，他的教練為了升等，在他的飲食中添加禁藥，事發之後，那個教練又將事情撇得一乾二淨，害他因此斷送職業生涯，只好進入黑社會……」

「……那是今年棒球選秀探花，人稱左輪火彈，其實他全身是傷，再兩年，左肩可能就會報廢，除非轉打擊，否則再也不能打球了，一切都是因為從小開始，被父母逼著拚保送入學的緣故……」

「……那邊那個長相甜美的女人，從國中就是網紅，高中時遭到補習班班主任性侵，然而該主任的爸爸是著名電視製作人，操作各大媒體說是她想紅，一切都是炒作……」

「……那個長相白淨的男孩子因為性向被學校開除……」

「……那個美豔的媽媽桑讀書時慘遭體罰……」

「……那個妹妹小學時曾經遇到……」

「夠了，」我說，伸手制止他，「說得夠多了……」內心猶如被掘出了無數坑洞，伏流著一股巨大情緒，已然醞釀得太久，腐敗酸澀不住擴散，浸得我臉都皺了，漬得心肺都受了傷……我說：「你告訴我這麼多，到底想要我做什麼？」

「李先生果然看事透澈、說話爽快。」

「你說吧。」其實我已經大概猜到了。

版主輕輕吸了一口氣，說：「我們希望，能得到您的帶領，幫我們討回公道。」

「唉，」果然，「我能力很有限，恐怕——」

「不會的，還有很多人會幫你。」

「這……」瞥向一旁，吳同學依舊滿臉興奮。要是這個腦殘粉不在這就好了。我說：「老實說吧，我之前說的什麼神祕組織、什麼背後勢力、什麼一百個據點、五百位成員……都是……全都是——」

「都是您情急之下想出來的脫身之詞。」版主說。

「你、你怎麼知道？」我說，看向吳同學，他表情有些許失望，但興奮與笑容並不減去多少，沒有半分錯愕或氣憤。

版主說：「我原本聽吳同學說你的事蹟，加上昨晚你對那位丘董事長的慷慨陳詞，也差點信了。只是今天傍晚，吳同學來找我們，我詳細地問了他，這番說詞最初是在什麼狀況下說出口的。吳同學就說了他哥哥對您做的事，我才完全了解，那是您為了脫身而臨時想出的計策。確實是高明的一招。」

吳同學說：「我剛聽版主說的時候還不信，後來才信了。不過沒關係，我在不知道這件事的時候就很崇拜博士先生了，您永遠是我的偶像！」

「沒錯，」版主說：「您的智慧與謀略，大家都見識過了，自然是不在話下，更重要的是，大家都見證了昨晚那件事。」

「昨晚哪件事？」我說。

「昨晚，雙方正是一觸即發，您為了保全我們，願意以身犯險，走向槍口，跟對方賭了一把，這才有辦法爭取到時間，撐到警察到達，讓雙方都能全身而退，沒多流一滴血，就將事情完美解決了。您所具備的慈憫心腸，才讓我們都願意相信你的領導。」

「嗯……原來是這樣……」感覺我的心被輕輕柔柔翻頁、仔仔細細讀過，「所以，每個人都已經知道並沒有神祕組織了？」

「是的，我跟他們都說了，每個人都認為，比起虛無飄渺的組織，我們更願意相信眼前這個人。」
「可是……我一個人實在是……」
「啊，您還是沒了解我的意思，您並不是一個人，」版主伸出雙臂，托住我視野裡的整間餐廳，餐廳裡的所有人，「您還有我們，我們都願意聽從您任何調遣。」
「您的意思是……你們願意全部一起，各個擊破？」我心頭一怔，發現每一個人都轉頭看向我，視線無比堅定，一往無前。
「李先生果然心思敏捷。是的，我們全都願意為同一個人出力，不管每個人自己的事情是否已解決，甚至根本沒有機會解決，都願意奮鬥到底。」
「這……這有許多風險。」
「在您的帶領下，風險必定能降到最低。」
「在我看來，您也是相當沉穩，思緒邏輯十分清晰，這……您不能勝任嗎？」
「唉……我的能力實在有限，約束不了這群年輕人，」版主稍稍轉過身，往門口方向一指，「您看到坐在門口那兩個理平頭的男孩子嗎？一個瘦瘦高高，一個有些胖。」
偏過頭，「我看到了。」他們也看到我了，眼神異常熾熱。
「這兩個人是您的模倣犯，之前燒毀楠伍高中體育室和承軒大學學生餐廳，分別嗆傷了十幾二十個人，就是他們兩個人做的。」
「啊？」我大吃一驚，身旁吳同學也面露驚訝神情。

版主說：「動手前，他們分別都在社團私訊過我詢問意見，我打了幾萬字，打了幾十通通訊，甚至到了他們家裡也攔不住。這群人只信您，只有您能夠管理，只有您的話他們才能聽得下去，只有您的調度他們才會心服。只有您，才能確保這類事情不會再發生。」

「這……」嘆了一口氣，看著餐廳裡所有人，彷彿看著一面面鏡子，無不倒影出自己諸般過往。

「李先生……不，業火博士，請您務必要答應這份懇求。」

我能不管他們嗎？能。他們是我的責任嗎？不是。但是，我當時不也是四面皆敵、孤立無援，跟他們一樣，我懂他們的處境和難處，而他們正是因為受到我的啟發而聚集，而且，他們不僅幫過我，還救過我。現在的他們是我的責任嗎？恐怕是。現在的我能不管他們嗎？或許……不能。如果我不站出來，他們怎麼辦？一部分人只能繼續掙扎，然後慢慢沉沒，另一部分人會被逼得反攻，魚死網破。他們會像我這般幸運嗎？恐怕不會。如果我分享經驗給他們、指引他們呢？他們會多一點機會。要是有我直接帶領他們呢？他們會有更多一些機會。但是，我好不容易回歸平靜，如果又去進行這樣的事，生活必定會受影響，那時怎麼辦？他們也想回歸平靜的生活，那他們怎麼辦……。如果我……？那他們……。要是我……？那他們……。如若我……？那他們……。但是我……？那他們……。然而我……？那他們……。假使我……？那他們……。倘若我……？那他們……。若是我……？那他們……那他們……那他們……那他們……那他們……

我拿起筷子不停在桌面上書寫著，卻沒留下任何痕跡……我要三枝筆，一本筆記本，我得分析各種可能性……也許是我愣了太久，也許是我臉色太難看，也許是周遭所有人又統統安靜了下來，店外兩名便衣警察已然下車，一個戒備，一個準備進來……必須有所決斷了。我忙站起身，往玻璃杯裡斟滿啤酒，端著，轉身走上那個小舞台，靠近麥克風。

「各位，」我的聲音被擴大，環顧在場所有人，記住每一張真摯的臉，深呼吸，說：「想必大家都已經認出我了，沒錯，我就是今天又上了電視的『業火博士』。」

台下驚嘆聲如同地鳴般低伏，騷動著，各自忙著倒上酒水。

「剛剛，這位大哥對我說了很多，他說，希望能夠邀請我，讓我帶著大家唱幾首歌。雖然我能力有限，也不懂得太多曲子，只是碰巧知道那麼一兩首，所以，剛開始的時候，必定沒有辦法唱得如預期那樣好，但是，我確實有心，也願意盡全力去唱，希望大家多多忍耐。畢竟我跟大家有緣能在一間屋子裡，一起吃飯，像個大家庭一樣，那就讓我陪著大家，大家也都陪著我，我們一起慢慢摸索，一起慢慢經歷，一起慢慢完成每個音符，最後，漸漸的，所有人一定都會表現得愈來愈精彩，離夢想，愈來愈靠近。」警察見狀，笑了笑，搖搖頭，又退了出去。

所有人坐不住了，一齊發出驚嘆聲，猶如瞬間打了幾十道雷，轟隆隆不絕於耳。我舉杯。所有人也高高舉杯。

我說：「乾杯。」

「乾杯——！」所有人大聲回應，地面為之振動。

一飲而盡。

在全場歡呼、舞蹈、笑鬧、掌聲、落淚中，我翻翻歌本，沒一首聽過，隨便在點唱機按下幾個數字，陌生的前奏立時響起……我在心裡思量：這個組織要成功，必須有幾個前提：第一，必須保持絕對隱秘。第二，需要了解每個人的長處和個性。第三，內部要有不可踰越的規矩。第四，創建有效的聯絡手段與接觸地點。第五，要有足夠的資金來源以利運作。第六，明面上最好有一個不真不假的靠山。第七，積極延伸觸角以便蒐集情報。第八、針對任務內容需要有相應的訓練規劃。第九、一條後路。第十、確保所有人基本生活無虞……

各種想法與計畫一個接一個浮現，然而歌曲前奏已進入倒數計時，螢幕上，小球球在陌生的歌詞上蓄勢待發……3……2……1……我深吸一口氣，縱使完全無法預料會唱出怎麼樣的曲調，依然毅然決然張大嘴巴，盡力發出最好的聲音——

〈全文完〉

釀冒險55　PG2715

竹掃帚博士

作　　者　　圓　角
責任編輯　　石書豪
圖文排版　　黃莉珊
封面設計　　劉肇昇

出版策劃　　釀出版
製作發行　　秀威資訊科技股份有限公司
114 台北市內湖區瑞光路76巷65號1樓
電話：+886-2-2796-3638　傳真：+886-2-2796-1377
服務信箱：service@showwe.com.tw
http://www.showwe.com.tw
郵政劃撥　　19563868　戶名：秀威資訊科技股份有限公司
展售門市　　國家書店【松江門市】
104 台北市中山區松江路209號1樓
電話：+886-2-2518-0207　傳真：+886-2-2518-0778
網路訂購　　秀威網路書店：https://store.showwe.tw
國家網路書店：https://www.govbooks.com.tw
法律顧問　　毛國樑　律師
總 經 銷　　聯合發行股份有限公司
231新北市新店區寶橋路235巷6弄6號4F
電話：+886-2-2917-8022　傳真：+886-2-2915-6275

出版日期　　2022年2月　BOD一版
定　　價　　390元

讀者回函卡

Printed in Taiwan

國家圖書館出版品預行編目

竹掃帚博士 / 圓角著. -- 一版. -- 臺北市：釀出版, 2022.02
面；　公分. -- (釀冒險 ; 55)
BOD版
ISBN 978-986-445-601-7(平裝)

863.57　　110021683